KB050564

사랑가격

love price

§ 사랑 가격 §

2019년 10월 02일 초판 1쇄 인쇄
2019년 10월 10일 초판 1쇄 발행

지은이 § 해 화
발행인 § 곽동현
기획&편집디자인 § 신연제, 이윤아
발행처 § (주)조은세상

등록 § 제2002-23호.(1998년 01월 20일)
주소 § 경기도 연천군 미산면 청정로1355
TEL § 02)587-2966
E-mail romance@comics21c.co.kr
Blog http://goodword24.bolg.me

값 9,000원

ISBN 979-11-6432-468-2

이 도서의 국립중앙도서관 출판예정도서목록(CIP)은 서지정보유통지원시스템(http://seoji.nl.go.kr)과
국가자료종합목록(http://www.nl.go.kr/kolisnet)에서 이용하실 수 있습니다.
(CIP제어번호: CIP2019038934)

해 화
장편소설

사
랑
가
격

(주)조은세사

CONTENTS

1

"밥이나 한 끼 할까?"

그는 이혼남이었다.

"언제요?"

"아무 때나. 김효주 씨 괜찮은 저녁에."

저녁이라면, 퇴근 후의 시간을 말했다. 윤태열. 그는 효주 부서에 팀장이었고, 함께 외근을 나갈 때 식사를 한 적도 있었으니 저녁 정도는 먹을 수 있는 사이였지만 평소 부르던 김 대리라는 호칭이 아닌, 오랜만에 듣는 이름 때문에 그의 질문이 회사 상사로서의 물음은 아닌 것 같았다.

"네. 좋죠."

모른 척 그녀는 회사 동료끼리의 식사 자리처럼 대답했다. 그가 잘 가는 레스토랑을 예약하겠다고 했고, 그녀는 고개를 끄덕였다.

　다음 날 그녀는 그가 이메일로 보내준 레스토랑 장소로 향했다. 그와 같이 가지 않은 것부터가 사적인 자리라는 것을 느끼게 해주는 것 같았다.

　그는 아직 오지 않았다. 그는 항상 퇴근이 늦었다. 일이 많기도 한 중역이기도 했고, 딱히 집에서 기다리는 가족이 없기 때문이기도 했다. 그에겐 아이가 없었다. 듣기론 아이가 생기지 않아 불화가 생겼고 급기야 아내의 외도로 이혼을 했다는 것 같았다. 사원들 사이에서 그에게 문제가 있다고 소문이 났다.

　그녀가 예약된 룸으로 들어갔다. 그가 올 때까지 딱히 할 일이 없었기에 그녀는 가방에서 책을 꺼냈다. 유일한 취미 생활이었다. 집에 문제가 있을 때마다 그녀는 책 속에 파묻혀 살았다. 주인공에 감정 이입을 하거나 공감을 형성하기 위해서는 아니었다. 그저 글자와 글자 속에 있는 것이 현실을 잊게 해주었다.

　그녀가 입사했을 때, 그는 유부남이었다. 그때까지는 그에게 관심이 없었다. 이십 대 중반의 신입사원이 열 살 차이가 나는 상사에게 관심을 가질 일이 뭐가 있겠는가.

　그에게 관심이 간 건 이혼을 했다는 이야기를 들은 이후부터였다.

　아이를 가질 수 없는 남자.

그게 왜 그녀에게 관심사가 됐는지 잘 알았다. 자식에게 부담을 주지 않는 좋은 부모는 자식을 낳지 않는 부모가 아닐까. 종종 그녀는 그런 생각을 했었다.

하지만 그는 능력이 있을 텐데.

능력 없는 부모에 대한 생각이라 그와는 상관이 없었는데도, 한 번 보낸 관심은 거둬지지 않았다.

결혼 생활은 1년 남짓, 이혼 후 1년 동안 그녀는 그를 흘끗거렸다. 소문을 들은 다른 직원들처럼.

혹시 자신의 그런 태도에 대해 지적을 하고 싶었던 것일까. 그런 부분은 회사에서 말하기 어려울 테니 이렇게 따로 불러서 이야기를 하려는지도 모른다고, 잠시 생각했었다. 그러나 그를 그렇게 보는 눈은 많았다. 그때마다 직원들을 불러 고급 레스토랑을 예약한다면 그는 파산할 것이다. 게다가 이혼 후 소문이 꽤 오래 지속되긴 했어도 이제는 유행 지난 가십에 불과했다.

아닐지도.

그는 부유했다. 그녀가 이곳에 나온 이유에는 그런 점도 포함되어 있을 것이다. 누구든 돌아볼 외모를 가졌고, 회사의 중책을 맡고 있었고, 매너가 좋았지만 무엇보다 그가 부유하다는 것이 그녀의 시선을 끌었다. 그녀는 줄곧 가난했다.

노크 소리가 나고 종업원이 문을 열었다. 그녀는 천천히 책에서 시선을 떼 고개를 돌렸다. 그가 들어왔다. 그녀가 자리에서 일어나려고 하자, 그가 그럴 필요 없다는 듯 손으로 신호를 보냈다. 한쪽에 옷을 벗어둔 그가 자리에 앉아 커프스를 풀어 소매를 걷어올렸다. 그의 습관이었다.

굵은 팔뚝으로 검은 털들이 보였다. 징그러울 정도는 아니었고, 그저 그를 강인한 남자로 보이게 했다. 붙임을 가진 강인한 남자라. 그녀에겐 그것도 흥미로웠다.

"많이 기다렸나."

"아니요. 저도 방금 왔어요."

그가 그녀를 빤히 바라봤다. 마치 생소한 무언가를 보는 듯이. 그가 자신을 그렇게 들여다본 적이 없었기에 그녀는 저도 모르게 부르르 하고 떨었다. 죄를 지은 것도 아닌데 조금 두려웠다.

"밖에서 이렇게 보는 건 처음인 것 같군."

"그랬나요?"

"어색함이 없나 보네."

"매일 보는 얼굴이라서요."

"하긴. 그럴 테지."

그가 조용히 웃었다. 거짓말이었다. 그가 자신을 들여다보듯 본 이후로 한 번도 느껴본 적 없는 어색함이 몰려왔다. 긴장이 된 것이다.

"예약해둔 게 있는데 괜찮을까."

"괜찮아요. 아무거나 잘 먹어요."

"아무거나?"

그가 또다시 웃었다. 잘 웃는 남자인지는 몰랐다. 과묵했고, 칭찬에도 질책에도 인색했다. 무슨 생각을 하는지 잘 몰라 함부로 할 수 없는 상사였다.

"기분, 좋아 보이세요."

"나쁠 거 없지. 김효주 씨하고 식사할 예정이니까."

김효주와의 식사. 그게 그에게는 어떤 의미일까. 물어보고 싶었지만 용기가 없었다. 노크 소리가 들리고 음식이 들어왔다. 식사가 시작되었지만 두 사람 모두 딱히 용건을 말하지도, 묻지도 않았다.

"회사 생활은 어떻지?"

그가 메인 음식을 먹고 나서야 입을 열었다. 그때까지 그녀는 여전히 그를 흘끗거리고 있었다. 그는 여유롭고 우아하게 나이프와 포크를 이용했다. 능숙한 손놀림과 손끝까지 배인 매너가 그녀의 눈길을 사로잡았다. 그 움직임을 보고 있는 게 시간 가는 줄 모르게 했다. 아까 느꼈던 어색함을 잊었다. 말하는 것도 잊었으니.

"할 만한가?"

본론이 시작된 걸까.

"네. 괜찮습니다."

"어려운 일 있으면 이야기하고."

그가 가볍게 고개를 끄덕이는 것으로 회사에 대한 대화가 끝났다. 회사 이야기가 더는 나오지 않는 것이 그와의 식사 자리는 결코 공적인 자리가 아니라는 것을 의미했다.

아니다. 굳이 공과 사의 선을 나눌 이유가 있을까? 회사 사람들과 식사할 때면 가족, 취미, 꿈에 대해서 이야기를 했었다. 업무에 관련된 이야기는 짧거나, 일부러 회피했다. 나와서까지 회사 이야기를 하면 스트레스를 받는다는 이유였다. 그렇다면 그와 회사 이야기를 나누지 않는다고 해서 사적인 자리로 생각할 수 있을까. 오늘따라 예민한지도 모르겠다.

"와인 한 잔, 괜찮을까?"

"차 가지고 오신 거 아니었어요?"

"대리 부르면 돼."

"팀장님께서 내시는 거라면 거절할 이유가 없습니다."

그가 미소를 머금고 고개를 끄덕였다.

서른아홉의 남자.

스물아홉인 그녀도 곧 서른이지만 그래도 마흔은 그녀에게는 감이 오지 않는 나이대였기에 그저 배가 나온 아저씨라던가, 파마를 짙게 한 아줌마를 연상케 했다.

그런데 서른아홉의 이 남자에게선 나이가 느껴지지 않는다. 드러난 팔뚝에서 느껴지는 근육으로 봤을 때, 운동의 강도는 상당할 것이었다. 그의 복근이 보지 않아도 보이는 듯했다.

짙은 눈썹과 이마에 옅은 주름살은 오히려 그를 멋있는 외국 배우처럼 보이게도 했다. 같은 나이대에 탈모가 진행된 회사 김 과장이 매일같이 팀장을 보고 한숨을 쉴 때는 어떤 느낌인지 몰랐는데, 이렇게 가까이에서 마주하고 보니 김 과장의 박탈감이 실감이 났다.

"재미있는 일 있으면 같이 웃지?"

"잘생기셨어요, 팀장님."

직원으로서의 아부 반, 진심 반을 섞어 그녀가 조금은 가볍게 이야기했다. 그도 웃으면서 응수했다.

"그게 재미있는 일인가?"

"재미없는 일도 아니죠."

"난 가끔 재미가 없어."

"김 과장님이 들으면 화를 내실 말씀인데요?"

그가 무슨 말이냐는 듯 바라보다가 뒤늦게 의미를 파악하고 고개를 한 번 끄덕였다.

"인생이 재미없단 뜻이었어."

그의 말끝에서 미세한 고독이 느껴졌다. 그녀가 느끼고 있던 비슷한 느낌의 고독이었기에 미세함에도 단번에 알아챌 수 있었다. 그녀는 모른 척했다.

"그러시겠죠. 매일같이 일만 하시는데요."

"한때는 일이 재미있을 때가 있었지. 김효주 씨 나이대엔."

"전, 일 재미없는데요."

"그럼 뭐가 재미있나. 연애?"

그녀가 고개를 저었다. 이십 대에 연애가 재미있던 적이 없다니, 조금은 패배자 같았다.

"남자친구가 없다는 뜻인가? 아니면, 연애에는 흥미를 느낄 수 없다는 뜻인가?"

"둘 다요."

그가 또다시 그녀를 빤히 바라봤다. 뭔가 말하려는 듯했지만 이내 그는 와인을 입에 가져다댔다. 그러고는 그녀에게 마시고 있는 와인의 역사를 설명하기 시작했다. 마치 하고 싶은 말을 막으려는 듯 열심히 다른 말을 하는 것 같았다.

"식사는 괜찮았어?"

"네. 아주요."

"잘 먹는 게 보기 좋아."

"맛있는 걸 사주셨으니까요."

"다음……."

애프터를 하려는 것 같았는데 그는 더 말을 잇지 않았다. 기다리다 못해 그녀가 입을 열었다.

"다음번엔 제가 잘 가는 곳으로 가요."

왜 그랬는지는 모르겠다. 조바심이 났다. 그녀의 말에 그가 그녀를 돌아봤다. 어떤 눈으로 바라보는지 알고 싶었지만 그러지 못하고 다른 곳을 바라봤다.

"대리기사가 늦네요."

그 말에 한참 있다가 그가 대꾸했다.

"그러네."

그날의 만남이 무슨 의미가 있는지 그녀는 묻지 않았다. 팀장과 직원과의 가벼운 식사. 그렇게 여겨도 무방할 만큼 두 사람은 어떤 깊은 대화도 나누지 않았다. 그렇다고 그렇게만 여기기엔 회사 이야기를 길게 하지도 않았다. 두 사람은 그저 식사를 했을 뿐이었다.

그가 어째서 자신에게 저녁을 먹자고 했는지 짐작할 수 있었던 건 이후 한참을 지나서였다.

두 번째 식사 자리는 일주일이 후였다. 그날도 여지없이 그가 저녁이 괜찮은지 물었고 그녀는 가볍게 고개를 끄덕였다. 그러나 당일에는 산적해 있는 프로젝트가 도무지 끝나지 않아 두 사람 다 야근을 할 수밖에 없었다. 두 사람은 다음 날에야 식사를 했다.

"해장국집이 단골인지 몰랐어."

그가 흥미롭게 가게 안을 둘러보았다. 그가 데려간 레스토랑에 비하면 정말 허름하고 작았지만 깨끗한 식당이었다.

"해장보다는 답답할 때 와서 먹는 곳이에요. 밥 말아서 한 숟가락 입에 넣으면 속이 뜨거워지고 몸이 데워지는 기분이에요. 그런데 이상하게 그게 시원하게 느껴져요."

"한국인만 아는 느낌이겠군."

"그렇죠. 괜찮으시겠어요?"

"나도 한국인이라. 아주 좋지."

그가 와이셔츠 팔을 걷어올리는 걸 본 그녀가 앞치마 두 개를 가져왔다. 그러고는 하나를 그에게 건넸다. 그가 조금은 황당하게 바라보는 것 같았다.

"이걸 하라고?"

그녀가 모른 척 그의 목에 앞치마를 직접 걸었다. 갑자기 턱받이를 한 아기처럼 보여 그녀는 웃음이 났다.

"거울 보실래요?"

그녀의 표정을 읽었는지 그가 미간을 좁혔다.

"아니. 해장국을 포기할지도 모르니까."

무표정한 그에게서 표정이 나오는 게 즐거웠다.

"싫으세요?"

"뛰는 것보다야 낫겠지."

그녀가 자리로 돌아와 앞치마를 걸쳤다. 그런 그녀를 바라보고 있었는지 고개를 들자 눈이 마주쳤다.

"김효주 씨는 뭘 입어도 태가 나네."

흠칫. 놀란 그녀는 그를 의아하게 바라볼 수밖에 없었다. 그가 실수했다는 얼굴이라서 더더욱 궁금해졌다. 그가 뭔가 변명을 하려고 하는 것 같았는데 그냥 입을 다물었다. 생각이 나지 않는 모양이었다.

절 내내 지켜보고 계셨군요? 왜요?

물어보려다가 말았다. 그저 예의상 하는 말일 수도 있으니까.

그녀는 해장국에 밥을 말았고 그는 밥과 국물을 따로 먹었다. 문득 궁금해졌다.

"팀장님은 찍먹파신가요?"

무슨 말인가 잠시 생각하던 그가 흥미롭게 물었다.

"설마 김효주 씨, 부먹인가?"

"그렇다고 하면 자리에서 일어나시게요?"

"어쩌면 그럴지도 모르지. 합의되지 않는 부분이 있으니까."

"우리가 합의를 해야 할 이유는 없잖아요."

"하긴 그래."

그가 국물을 떠먹고 나서 그녀에게 다시 물었다.

"정말 부먹이야?"

"맞혀보세요."

그녀가 놀린 듯 웃으며 바라보자 그가 그녀를 가늘어진 눈으로 바라보았다.

"못 읽으시겠어요?"

"읽었어. 팀장 너를 놀리고 말겠다는 의지를."

"들켰네요."

"다음엔 김효주 씨하고 짜장면을 먹으러 가야겠어."

농담처럼 한 말인데 왜인지 심장이 두근거렸다.

두 번의 식사 후에도 몇 번인가 회사에서 그를 흘끗거렸다. 그는 과묵한 인상이었고, 표정이 잘 드러나지 않아서 가끔은 신기해서 바라본 일도 있었다.

'그의 불임'과 '아내의 불륜'이라는 소문에 빠져 직원들 사이에서 동정의 대상이 되었음에도 그는 흔들림이 없었다.

딱 한 번 그의 낯선 모습을 본 적이 있었는데, 이혼 소식 직전에 회식 자리에서 그는 직원들이 주는 술을 모두 마시고 그대로 뻗은 적이 있었다.

그때도 그는 구석에서 직원들에게 별다른 잔소리 없이 술만 마셨다. 그는 구토도 없었고, 말도 없었고, 힘도 없었다. 부장과 과장이 그를 모시듯 데려가 택시를 태운 게 전부였고, 그게 그가 표현한 비련의 전부였다.

그때는 이혼 소식을 들었을 때가 아니어서 그녀의 관심 대상이 아니었다. 그녀는 부장과 과장이 그를 부축해서 나가는 모습을 화장실을 나오다가 보았고, 당시에는 그게 인상 깊은 장면이 아니었지만, 이혼 소식을 들은 이후부터는 줄곧 그가 말없이 그대로 뻗어버린 그날이 떠오르곤 했다.

속으로 삭이는 타입일 거야.

아픔과 고통을 모두 가슴 안에 끌어안고 사는 남자. 그녀는 정말이지 속을 알 수 없는 그의 얼굴을 보며 생각했다.

그는 회사에서 그녀를 여느 직원과 다름없이 대했고 그 이후로는 딱히 식사를 하자는 말도 없었다. 짜장면을 먹으러 가야 할 차례인데. 탕수육을 어떻게 먹는지 알아본다고 했는데. 하지만 지나고 보니 그는 농담처럼 지나가는 말로 한 것 같았다. 한국인이라면 의례적으로 하는 말, 언제 한 번 가자.

농담처럼 한 말에 그녀는 가슴이 뛰었고, 기다림에 초조했다. 그렇지만 그녀가 먼저 그에게 가자고 하기가 어려워졌다. 마치 심심해서 한 번 놀아준 어린아이가 그 뒤로는 줄곧 놀고 싶어 미치겠다는 모습을 하고 있는 것만 같았다.

"김 대리님, 저녁에 시간 괜찮으십니까?"

다른 팀에 자신과 같은 직책인 1년 후배인 현우가 물었다. 그녀는 점심식사 후 휴게실 앞을 지나고 있었다.

"저녁에요?"

"네."

"왜요?"

"갑자기 영화표가 생겼는데 김 대리님이 생각이 나서요. 같이 봤으면 합니다."

명백한 데이트 신청이었다. 그렇다는 걸 바로 알 수 있었다. 그런데 왜 태열의 식사 제의에서는 그런 명확함을 느끼지 못한 것일까. 팀장이 직원에게 데이트 신청을 할 리가 없어서? 이혼남이 언감생심 그녀에게 그런 제의를 할 리가 없어서?

"김 대리님?"

"네?"

"가실래요?"

"네, 뭐. 그러죠. 몇 시인가요?"

진지한 현우와 달리 그녀는 가볍게 받아들였다. 자리로 돌아와 태열과 눈이 마주치는 순간, 그녀가 먼저 고개를 돌렸다.

그가 자신에게 한 건 그저 저녁을 먹자고 한 것이었고, 별다른 말도 없었으며, 더 이상의 애프터도 없었다. 그러니 후회라든가, 죄책감 같은 게 있을 이유가 없었다.

"가실까요?"

퇴근시간 현우가 자신의 부서로 오자마자 후회가 됐다. 직원들의 눈이 두 사람을 가리키고 있었다. 그사이에는 그의 눈도 있었다.

"뭐야? 둘이 데이트하는 거야?"

시끄러운 김 과장이 두 사람을 번갈아 보며 물었다. 그녀가 고개를 저었다.

"아닙니다."

"그럼 어디 가는데?"

"그냥."

태열의 앞에서 다른 사람과 영화 보러 간다고는 말하고 싶지 않았다. 효주는 저도 모르게 태열을 흘끗 바라보았다. 그는 두 사람을 더는 바라보지 않고 일을 하고 있었다.

"밥, 먹으러요."

"밥?"

말하고 나니, 영화 보러 간다고 한 게 나왔을지도 모르겠다는 생각이 들었다.

"영화도 보고요."

현우가 말을 보탰다. 그녀가 조금은 한심스럽게 현우를 바라보다가 자리에서 일어났다.

"데이트 재미있게 하고 와!"

김 과장이 시끄럽게 떠들었다. 현우와 같이 나서는 모습을 모두가 보게 되었으니, 이제 소문이 나겠구나. 머리가 복잡해지고 현우에게 화가 났다. 어째서 그런 부분에 대해서 자각이 없는지.

애초에 영화 관람에 대한 제의를 거절했어야 했다는 것은 알았다. 하지만 영화를 본다고 해서 사귀는 사이라든가, 깊은 관계를 허락한 것이 아니었다. 다만 데이트 신청에 대해 어떤 사람인지 한 번 알아보겠다는 것뿐, 현우가 자신에 대해 소문을 일으키게 할 권리는 더더욱 없었다. 이것으로 단번에 어떤 사람인 줄 알 수 있게 된 거겠지. 그녀는 현우의 부주의함에 화가 났다.

태열이 생각났다.

'밥이나 한 끼 할까?'

조용히 묻던 그윽한 울림. 그 조심스러움.

영화를 보는 내내 기분이 엉망이었다. 호평을 받은 영화였건만, 그녀에겐 그다지 재미가 없었다.

'인생이 재미없단 뜻이었어.'

그의 말이 떠올랐다. 어쩌면 자신도 내내 그랬다. 재미있었던 적이 없었다.

그는 활력소가 필요했던 걸까. 그래서 자신에게 말을 한 번 걸어본 것이다. 그런데 그다지 재미가 없었던 건 아닐까. 해장국집에 데려갔다고 자신과는 결이 맞지 않는 사람이라고 여겼을까. 아니면?

"저녁은 뭘 먹을까요?"

"네?"

"근처에 맛있는 중화요릿집이 있는데 거기 어때요?"

그녀가 현우를 보며 웃음을 지었다. 하필 제의한 것이 중화요릿집이라니. 그는 영 그녀와 코드가 맞지 않는 듯했다.

"신 대리님."

"네."

"같이 밥까지는 먹지 않을게요."

"네?"

"애초에 표가 생겨서 영화를 보고 싶다고 했고, 그래서 영화를 봤으니까요."

"회사에서는 밥 먹으러 간다고 하시지 않았습니까?"

"둘러댄 말이었어요. 같이 영화 보러 간다면 이상하게 볼 것 같아서요."

"남녀가 영화를 보러 가는 게 뭐가 이상합니까?"

그런가. 그건 전혀 이상한 게 아닌가. 만약 자신이 태열과 영화를 보러 간다고 한다면, 어떨까?

"그래도 밥이 더 가벼운 건 사실이니까요."

"혹시 저한테 뭐 화났습니까?"

"네. 좀 났습니다. 사무실까지 와서 저랑 영화를 보러 간다고 할 줄은 몰랐거든요."

"소문이 싫은 거군요."

"네. 정확히는 신 대리님하고 소문나는 게 싫습니다."

"선을 확실히 그으시네. 누구 신경 쓰이는 사람 있습니까?"

"네?"

황당하다는 듯이 바라보자 현우가 금방 웃음을 지었다.

"농담입니다. 거기 신경 쓰일 만한 사람이 어디 있겠습니까. 다 노땅 아저씨들이고."

노땅 아저씨. 28살의 청년이 보기엔 틀린 말은 아니었다. 윤태열이 아저씨라……. 어울리지 않는 이미지였다.

"죄송합니다. 신경 못 썼네요. 김 대리님이 깔끔한 성격이 시긴 하죠."

그녀의 표정이 좋지 못하자 현우가 두 손을 들었다.

"비꼰 거 아닙니다."

"상관없어요. 그만 가보겠습니다."

"데려다줄게요."

"괜찮아요."

"에이, 그래도 저 여자들한테 매너 있다고 꽤 소문난 사람입니다. 어떻게 밤길에 혼자 보냅니까?"

"전 그 회사를 4년 넘게 다녔어요. 일주일에 3번은 야근을 했고, 그때마다 혼자 집에 갔습니다."

"저랑 영화 본 게 야근이랑 같다는 겁니까?"

그의 표정을 보자니 기분이 좀 상한 듯했다.

"저한테는요."

그걸 보고도 그녀는 그냥 그렇게 대답해버렸다. 그녀의 기분을 상하게 한 복수와 비슷했다.

"잔인합니다, 김 대리님."

투덜거리는 현우의 표정이 귀여웠다. 그녀가 예의 미소를 지었다.

"신 대리님은 다 좋은데 센스가 없어요."

"네?"

"여자 보는 센스요."

그녀가 택시를 향해 손을 흔들었다. 택시가 잡히자 그가 다

가와 문을 열어주었다. 그녀가 올라타자 문을 닫기 전에 현우
는 고개를 내밀었다.

"아무래도 제대로 본 것 같은데요. 여자 보는 센스."

그의 눈빛에 호감이 가득했다. 여자를 많이 만나본, 자신감
넘치는 남자의 얼굴이었다. 그녀가 미소를 지었다.

"네. 내가 잔인한 여자라는 거, 그건 확실히 잘 봤어요."

그녀가 직접 택시 문을 닫았다. 택시가 밤길을 달렸다. 검은
한강을 아무 생각 없이 내다보는데, 검고 침잠한 눈빛이 떠올
랐다.

2

"밥이라도 먹고 가지 않고."

효주가 일어서자 경신이 안타까운 표정을 지었다.

"아니에요, 엄마. 일이 안 끝나서 일찍 가봐야 돼요."

"엄마는 자고 갈 줄 알았는데……."

경신은 섭섭한 표정을 감추지 않았다. 효주가 애써 미소를
지었다. 오고 싶지 않은 곳에 온 것만으로도 그녀의 할 일은
다 했다.

"참. 너 돈 좀 있냐. 이번에 보증금을 좀 올려야 되는데."

진호가 조심스럽게 입을 열었다. 아직 할 일은 다 한 건 아
닌 모양이었다. 아니, 이제야 할 일을 할 차례일지도.

"얼마나요?"

"글쎄 한 백이라도 올려줘야 세가 좀 낮아지니까."

오래된 임대아파트에서 효주는 학창시절을 보냈다. 보증금을 올리면 세가 낮아질 수 있었기에 진호는 한 푼이라도 아껴보고자 했다. 그 마음을 알기에 효주는 낮게 고개를 끄덕였다.

"계좌로 보낼게요."

"그래. 너무 무리하지 말고."

"네."

효주가 밖으로 나오자 경신이 따라 나왔다.

"미안하다, 효주야."

"엄마가 뭐가 미안해."

"그냥 다 미안하지."

"괜찮아요. 들어가요."

"주말인데 잠도 안 자고 밥도 못 먹고 가서 어떻게 해?"

"가서 먹으면 되지. 내가 앤가."

"엄마한테는 항상 애지."

효주가 돌아서는데 경신이 말했다.

"우리 딸 잘 가. 사랑한다."

그녀가 고개를 돌려서 미소를 짓고는 돌아섰다. 엘리베이터에 오르자 무거운 한숨이 나왔다. 집에는 빚이 없는데 돈은 줄줄 새기만 했다. 버는 사람이 없는 탓이었다. 아버지인 진호는 그녀가 어렸을 때부터 여러 가지 일을 했지만 뜻대로 된 적이 없었다.

가게를 하면 권리금을 받지 못하고 쫓겨났다. 무허가 건물에서 가게를 열어 보증금을 날린 일도 있었다. 그 이후로는 버스 운전을 했지만 허리의 통증 때문에 결국 그만두었다. 콜밴을 하면서 쉬엄쉬엄 사람을 옮기거나 짐을 옮겼지만 결국 허리디스크 판정을 받고 그만두고 말았다.

콜밴은 효주의 적금을 깨서 구입한 것이었다. 결국 제값도 받지 못하고 팔아버렸고 그 돈은 효주에게 돌아오지 못하고 일부는 생활비로 일부는 아파트 보증금이 되어버렸다. 지금도 회사를 다니며 생활비의 일부를 대고 있었다. 아무리 부어도 끝도 없는 밑 빠진 독인 것만 같았다.

그녀는 지친 상태였다. 어느 땐 친구도 만나고 싶지 않았다. 비슷비슷한 처지인 듯 서로 힘든 이야기를 나누다가도 또 어느 때는 자신만 군색하게 사는 것 같았다.

"언니!"

아파트 단지 밖으로 나오는데 누군가 그녀를 불렀다. 돌아보니, 동생인 효은이 반갑게 다가왔다.

"언니 맞네?"

"어, 효은아. 어디 갔다 오는 거야?"

"어. 조별 과제 때문에. 언니 온다고 일찍 왔는데 그냥 가는 거야?"

"가서 할 일이 있어서."

"에이, 온 김에 자고 가지."

"그러게, 그러고 싶은데 잔업 때문에."

거짓말이었다. 효주는 전혀 본가에서 자고 싶지 않았다. 집에 있으면 숨이 막혔다. 좋은 부모인 것도 가끔 답답했다. 차라리 나쁜 사람들이었으면 효주는 그들을 버렸을지도 모르겠다. 하지만 더없이 좋은 분들이었다.

효은이 안타까운 표정을 지었다.

"집에서도 일 시키는 거야? 그 회사 무섭다."

"네 학교도 마찬가진데 뭐. 근데 누구야?"

효주가 효은 뒤에 장정처럼 서 있는 남자를 가리켰다.

"응, 누구? 야, 안지훈, 너 미쳤어? 거기 있으라고 했잖아."

"어떻게 그래. 누님을 뵀는데."

아랑곳하지 않고 남자가 다가왔다.

"안녕하세요, 안지훈이라고 합니다."

"아, 지훈이. 효은이 남자친구구나? 말은 많이 들었는데 실물로는 처음 보네?"

효주가 반갑게 인사했다. 등록금을 마련하려고 대학을 2년 늦게 간 효은은 학교에 들어가 얼마 있다가 남자친구를 사귀었다. 효은과 나이가 같은 복학생이었다. 일 년 정도 사귀며 남자친구로 이름만 들었지, 보는 것은 처음이었다. 생각보다 훨씬 훤칠하고 듬직해 보였다.

"반가워."

"네, 저도 반갑습니다."

"효은이 데려다준 거야?"

"네, 집이 멀어서 위험할까 봐요……."

기세등등하게 인사하러 온 것에 비해 대화가 길어지자 꽤 수줍어했다. 효은이 귀엽다는 말을 달고 산 이유를 알 것 같았다. 그래서 좀 더 둥글둥글하게 생긴 줄 알았는데, 날렵하고 늘씬하다니, 의외였다.

"내 동생 데려다줘서 고마워."

"아니요. 당연히 해야 하는 건데요."

수줍어하면서도 할 말 다하는 지훈을 보자 웃음이 났다. 효은의 말대로 정말 귀엽구나.

"넌 여기가 어디라고. 멋대로 누나들 얘기하는데 끼어드냐?"

"나도 인사하고 싶었어."

티격태격하는 모습을 보던 효주가 끼어들었다.

"계속해. 언니는 갈게."

"언니, 미안. 얘가 눈치가 없어."

"왜, 예의가 있는데."

"거 봐."

지훈이 자랑스럽다는 듯 말했다. 효은이 슬쩍 눈을 흘기고는 효주의 손을 잡았다.

"언니, 담엔 꼭 자고 가."

"그래. 들어가. 조심히 가요."

효주가 인사를 하고 돌아섰다. 효은이 그녀를 불렀다.

"언니."

"응?"

"고생해."

"그래."

효은이 미소를 지으며 손을 저었다. 반짝반짝 눈이 부셨다. 효주가 마주 미소를 짓고 그대로 돌아섰다.

효은은 좋은 대학을 다니고 있었다. 효은이 뒤늦게 대학에 간다고 했을 때, 진호는 보태줄 돈이 없다고 했지만 동생은 상관하지 않았다. 자신의 돈으로 간다고 했고, 정말 그동안 모은 돈으로 등록금을 마련했다. 그 뒤로는 장학금도 받고 아르바이트로 용돈 벌이도 했다. 효주로서는 상상도 할 수 없는 일이었다.

애초에 고등학교 입학 때부터 진호는 그녀의 진로를 상업고등학교로 정했고, 그녀는 집안의 어려운 사정 때문에 그걸 거부할 수가 없었다. 효은은 어렸기 때문에 잘 몰랐다.

혼자 척척 대학도 가고, 누가 봐도 예쁜 남자친구도 사귀고. 효주는 효은이 기특하고 한편으로 씁쓸했다.

질투는 아니었다. 집안 사정으로 힘든 건 자신 하나만으로 족했으니, 효은은 아무것도 모르고 그대로 반짝거리기만을 바랐다. 부러움은 있었다.

효주도 대학에 다니고 싶었다. 하지만 집안 사정상 상업고등학교를 나와 운 좋게 좋은 회사에 입사했다. 꿈을 포기하고 싫지 않아 회사를 다니면서도 수능공부도 했었다. 서울에 있는 좋은 대학에 붙었지만 다니지 못했다.

회사를 그만둘 수 없었다. 그녀는 영어공부로 시선을 돌려 지금은 회화가 가능할 정도였다. 하지만 채울 수 없는 마음이 있었다. 그게 돈 때문이 아니라 자신의 선택이나 꿈 때문이었다면 이렇게 서글프진 않았을 것이다.

한 번 다녀가면 돌덩이를 안고 돌아가는 곳이 본가였다. 그런데 부모는 보고 싶다는 이유로 주말이면 효주를 불렀다. 이런저런 핑계를 대곤 했지만 그래도 한 달의 한 번은 와야 했다. 돌아가는 길은 늘 비슷했다.

정말 보고 싶어서 부르는 걸까.

돌아가고 나면 언제나 돈을 마련해야 하는 것 같아서 가끔은 부모님 댁에 가는 게 무서웠다.

효주는 지친 채로 집으로 향했다. 본가에서 자취하고 있는 집까지 가려면 지하철에서 내려 버스를 타야 했다. 마음도 무거운데 집은 또 멀기만 해서 그녀는 지하철에서 내려 버스정류장에서 잠시 앉아 있었다. 멍하니 앉아 있던 효주는 멀리 보이는 중화요릿집 간판에 문득 태열 생각이 났다. 어쩌면 그 전부터 생각하고 있었는지도 모르겠다.

그는 왜 더 이상 식사 요청을 하지 않는 걸까.

한 달이 넘도록 그는 별다른 말이 없었다. 현우와 영화를 본 탓일지도 모르겠다. 영화를 보고 돌아온 이후로 회사에서는 자신과 현우에 대한 말들이 계속 오갔다. 아니라고 말하는 것도 한계였다.

버럭, 하고 화를 낼 수도, 괜히 정색을 하기도 어려운 상황들이 많았다. 어떻게든 연결해 보려는 나이 든 사람들을 보고 있자니, 그들의 인생이 얼마나 무료한 것인지 짐작이 될 정도였다.

배가 고프지 않은지도.

그가 연락을 하지 않는 것이 배가 고프지 않아서, 라는 생각이 들자 웃음이 났다. 그런 생각까지 하는 자신이, 그런 생각까지 해야 하는 자신이.

전광판에 잠시 후 자신이 타려는 버스가 온다는 표시가 보였다. 그녀가 지갑을 꺼내려는데 휴대전화가 울렸다.

진동으로 해뒀었구나.

그녀가 휴대전화를 들어 번호를 확인했다. 저장되지 않은 번호였다. 그런데도 이상하게 가슴이 뛰었다.

주말에 전화할 리가 없는데.

"여보세요?"

—…….

"여보세요. 말씀하세요."

침묵 속에서 그의 존재가 느껴졌다. 멋대로 가슴이 두근거렸다. 왠지 그인 것 같아서. 윤태열, 그 남자인 것 같아서.

"여보……."

—시간 괜찮나. 나……, 윤 팀장인데.

"어, 팀장님? 팀장님이세요?"

그일 거라고 생각했지만 정말 그일 줄이야. 분명 아까부터 가슴이 두근거렸다고 생각했는데, 그인 것이 확인되자 심장이 폭발적으로 뛰는 것 같았다. 윤 팀장인데, 라니. 어색해서 웃음이 나왔다.

끼이익, 버스가 요란한 소리를 내며 멈춰 섰다. 그에게도 들렸는지 그가 또다시 머뭇거렸다.

—바쁜 것 같은데 내가 방해한 거면…….

"아, 아니에요. 집에 들어가는 길이라서요. 버스정류장이에요."

—그래? 어디 다녀오는 길이었어?

"네. 볼일이 좀 있어서요."

—아, 그럼 저녁은 먹었겠네.

"아니요. 저녁 안 먹었어요."

—그래?

"네. 안 먹었어요."

그녀가 강조하듯 말했다. 그가 할 말을 망설이는 것만 같았다. 제발 하고 싶은 말을 해줘. 자신도 모르게, 그를 응원하게 되는 기분이었다. 그녀가 자연스럽게 리드하듯 물었다.

"팀장님은 저녁 드셨어요?"

—어, 저기, 그러니까 내가 피자를…… 샀는데.

"피자요?"

—원 플러스 원이더라고. 나 혼자 먹기엔 많은 것도 같고. 딱히 주변에 줄 사람도 없고 해서, 김효주 씨 괜찮으면 줄까…… 하는데.

그가 망설인 이유를 알 것 같았다. 피자, 피자라니!

"네, 먹을게요. 주세요."

그녀가 흔쾌히 답했다.

"여기까지 오게 해서 미안한데."

두 사람은 그의 집 앞에서 내리는 버스정류장 근처에서 만났다. 아파트 단지에 버스정류장이 있어서 만나는데 어렵지 않았다. 길가에서 어색하게 피자 두 판을 들고 있는 태열을 보니, 웃음이 났다.

그는 평상복 차림이었는데 정장을 입고 있을 때와 너무도 판이해서 못 알아볼 뻔했다. 일할 때마다 느껴지던 카리스마를 사라지게 만드는 길에서 흔히 보는 순박한 아저씨의 느낌이 나는 바지를 입고 있었다.

안 어울려.

바지가 너무 안 어울린다고 당장이라도 말하고 싶어 입이 간지러웠다.

"지나가는 길이었어요."

그녀가 별거 아니라는 듯 가볍게 대꾸했다.

"어디, 다녀오는 길인가. 데이트?"

"데이트……라면 좋겠지만, 부모님 뵙고 오는 길이에요."

"아, 부모님. 따로 산다고 했든가."

"네. 인천에요."

"근데 왜 저녁도 안 먹고."

"팀장님께 피자 얻어먹으려고 그랬나 봐요."

태열이 미소를 짓다가 문득 뭔가 생각난 듯 그녀를 보았다.

"김효주 씨가 차가 있었나?"

"아니요."

"그럼. 대중교통으로 인천에서 여기까지?"

"네."

"피곤하겠네."

그가 지나가는 듯 말했지만 그녀에게는 꽤나 가슴 깊이 박히는 말이었다. 그곳에 갈 때마다 피곤했다. 돌아와서도 그곳에 대한 피로는 풀리지 않았다. 앞으로도 계속 피곤할 것이고, 언제 풀릴지 알 수도 없었다. 영원할까 봐 무섭고, 영원하지 않는다면……, 그것도 무서워질 터였다.

"네, 저 무지 피곤해요."

전혀 상관없는 사람인데. 그에게 이르듯 마음의 피로를 호소했다.

"그런데 나까지 오라고 하고 미안해."

그가 안쓰러운 표정을 지었는데 그것만으로도 조금은 피로가 풀리는 기분이었다.

"말씀은 정확하게 해주세요, 팀장님. 오라고 하지 않으셨고, 제가 간다고 했어요."

"그랬지."

괜히 그녀를 힘들게 한 것 같아 미안해하고 있는 그의 마음의 짐을 덜어주고 싶어 한 말인데, 그의 표정은 그다지 펴지지 않았다. 그녀가 피자 쪽으로 시선을 돌렸다.

"이거예요. 피자?"

"어, 그냥 지나가다가 오랜만에 먹고 싶어서 샀는데, 너무 많이 주더라고. 무슨 피잔지 보지도 않고, 요일 피자인가 뭔가 있대서 멋대로 시킨 건데, 괜찮아?"

그가 변명하듯 말을 길게 해서 그걸 보느라고 대답하는 걸 잊었다. 그런데 그가 그녀의 대답을 기다리지 않고 또다시 말을 이었다.

"아, 아무거나 잘 먹는다고 했던가."

"기억하시네요."

"기억하지."

중얼거리는 그의 얼굴에 생각이 맺힌 듯했다. 무슨 생각하는지 궁금했다. 그녀가 한 발 다가갔다.

"피자 좋아하세요?"

"내가 좋아하는 건 아니고."

아내가 좋아한 건가. 같이 먹을 사람은 사라지고, 혼자 남아 그 사람이 좋아했던 것을 떠올리며 궁상을 떠는 홀아비라니, 정말 누가 봐도 구질구질했다. 그런데 그녀에게는 그런 느낌이 아니었다. 그에게 순정이 있었다고. 그런 남자라고. 뒤돌아 떠난 사람을 흉보고 너무 칼같이 잊는다면 그건 또 그거대로 무서운 게 아니냐고. 그런 철없는 생각이 들었다.

"그러게 진짜 혼자 먹기 많아요."

"그렇지?"

"주세요."

그녀가 피자 한 판을 들었다. 쟁그랑, 쟁그랑. 병이 부딪치는 소리가 났다. 봉지에 들려 있던 것은 콜라가 아니었다. 소주였다. 그녀가 의외라는 듯 바라보자 그가 난감한 표정을 지었다.

"아, 이게. 그냥 주말이라."

주말 일상을 들킨 부끄러운 얼굴이 귀여웠다.

"피자랑 소주는 너무 안 어울려요, 팀장님."

지금 팀장님이 입고 있는 그 옷처럼요.

"그러게. 그렇지?"

"어떻게 이런 발상을 하신 거예요?"

"가끔 도전하고 싶을 때가 있잖아."

엉뚱한 대답에 서로 웃다가 눈이 마주쳤다. 지르르르릇. 명치가 지끈거렸다.

"피곤, 하겠네. 그만, 가봐."

"……네."

그런데 발길이 떨어지지 않았다. 이대로 가면 혼자 남아 어떤 적금을 깨야 하나 생각을 하고 있어야 할 것이다. 주말을 제대로 망치겠지. 얼굴에 금방 피로가 드러났는지, 그가 주머니를 뒤적거렸다.

"아니다, 피곤할 텐데 내가 데려다줄게. 차키 가지고 올 테니까……."

"그럼 피자 다 식어요."

"아, 그런가."

그녀가 거부한다고 여긴 건지, 그가 금방 고개를 끄덕였다.

"다른 방법이 있어요."

그녀는 그의 앞으로 다가가 피자를 도로 내려놓았다. 그가 의아하게 바라보았다.

"같이 먹고 데려다주시면 되죠. 피자를 혼자 먹는 건 좀 아닌 것 같아요."

그녀가 웃었다.

태열이 현관문을 열었다.

"들어와."

먼저 들어간 그가 거실에 지저분하게 널려 있는 옷가지와 이불을 걷어 한쪽에 말아놓았다.

"들어와."

그가 다시 한 번 말했다. 유난스럽진 않았지만 긴장한 빛이 역력했다. 그 때문에 그녀까지 긴장하면 안 될 것 같았다.

"실례하겠습니다."

그녀가 조심스럽게 집 안으로 들어갔다. 거실이 시원하게 한눈에 들어왔다. 혼자 살기엔 확실히 넓었다. 가구들이며 가전들이며 모두 비싸고 좋아 보였다. 집은 아주 깨끗하지도 더럽지도 않았다.

"지저분할 거야. 주말엔 도우미가 오질 않아서."

"평상시에는 도우미가 와요?"

"그래. 안 그러면 집이 엉망이 되니까."

"집 더럽힐 시간도 있으세요?"

그가 대꾸 없이 웃었다. 그의 업무량은 상당했다. 집에서 잠만 겨우 잘 터였다. 그러니 더더욱 도우미가 필요할지도 모르겠다. 이렇게 넓은 집에 혼자 들어오는 것도 탐탁지 않을 텐데, 반겨주는 것이 먼지라면 그건 정말 별로일 것만 같았다.

"앉아 있어. 주방을 좀 치워야 돼."

"도와드릴까요?"

"아니. 괜찮아."

"저도 괜찮아요."

"손님한테 그럴 수는 없지."

"팀장님한테는 그래도 될까요?"

그녀가 장난스럽게 말했다. 그가 또다시 웃었다.

"걱정 마. 인사 고과에 상사 집에 갑자기 쳐들어와서 청소시켰다고 안 할 테니까."

그가 바쁘게 주방으로 들어갔다. 그녀가 앉아서 주변을 두리번거렸다. 인테리어가 잘되어 있는 깨끗하고 넓은 집. 좀 전까지 부모의 집에서 답답함을 느끼던 효주는 절로 숨이 터졌다.

앞으로도 지금처럼 살게 된다면 그녀로서는 평생 가질 수 없을 집일 터였다. 어렸을 때 부자 친구들 집에 놀러 갈 때마다 들었던 생각을 스물아홉에도 하게 될 줄은 몰랐다.

열아홉 때는 스물아홉엔 뭔가 바뀌어 있을 거라고 여겼는데, 스물아홉이 되자 서른아홉에도 이러고 살겠구나 하고 현실 파악이 됐다. 인생역전이란 참 쉽지가 않은 법이었다. 아까와는 다른 한숨이 터져 나왔다.

"많이 피곤해?"

언제 왔는지 태열이 그녀 근처에 서 있었다.

"아니요. 저 이제 주방 가봐도 돼요?"

"어, 그렇긴 한데 너무 피곤하면 지금 데려다줄게. 피자는 신경 쓰지 마. 내가 컨디션 좋을 때 따끈한 걸로 다시 시켜줄게."

그는 생각해서 해준 말이지만 그녀는 어쩐지 조금 서운했다.

"그럼 저 피자는 혼자 다 드시게요? 다 식은 피자에 소주를 혼자? 너무 별로인데요?"

"뭐, 사는 게 다 그렇지."

인생을 덤덤하게 받아들이는 그의 말이 어쩐지 듣기 좋았다. 피로한 그녀의 인생을 그냥 다 그런 거 아니겠냐고 말해줄 것 같아서. 그녀는 가고 싶지 않았다. 그와 좀 더 이야기를 나누고 싶었다.

효주가 자리에서 일어나 주방으로 향했다. 그러고는 그가 꺼내놓은 접시에 손으로 피자를 덜었다.

"팀장님 인생이 재미없는 이유 알겠어요."

"왜?"

"재미있는 사람을 자꾸 보내시려고 하니까."

그녀가 소주를 따서 그의 앞으로 내밀었다. 그가 잠시 미간을 좁혔는데, 받아야 할지 말아야 할지 망설이는 것 같았다. 그녀가 한 번 더 권하자, 그가 소주잔을 꺼내 그녀의 술을 받았다.

"김효주 씨는 재미있는 사람 같아?"

"저랑 있으니까 즐겁지 않으세요?"

"즐거워."

이번엔 그가 술을 따라 주었다. 두 사람이 건배를 하고 술을 마셨다. 그가 피자를 입에 가져가 한입 물었다. 그녀가 그제야 생각난 듯 말했다.

"아, 저 손 안 씻었어요."

그가 피자를 먹다 말고 사레에 걸린 듯 기침을 했다. 그녀가
소리를 내서 웃었다.

3

　그녀가 눈을 떴을 때에도 시야는 어두웠다. 몇 시쯤 됐을
까? 그녀가 자연스럽게 시계를 찾았다. 작은 자명종 시계로
그녀를 아침마다 피로로 몰아놓는 오래된 것이었다. 손에 자
명종이 잡혔다 싶었는데, 불빛이 들어오면 큰 글씨로 10:13이
표시되었다.

　이거밖에 안 됐나.

　그녀가 돌아누웠을 때, 이불의 촉감이 조금 이상하다고 생
각됐다. 너무나 부드러워서 미끄러질 것 같은 촉감은 고급스
러움을 뽐내고 있었다. 사본 적 없는 이불이었다.

　그녀가 그제야 자신의 자명종 시계가 왜 바늘이 아니라 숫
자로 뜨는 건지, 의심했다. 이곳이 낯선 공간이라는 것을 깨
닫는 데는 그리 오래 걸리지 않았다. 그녀가 자리에서 벌떡

일어났다.

커튼 사이로 아주 희미한 빛이 들어오고 있었다.

"설마."

그녀가 자리에서 일어나 커튼을 젖혔다. 자신의 집에서는 한 번도 가져본 적 없는 햇살이 쏟아져 들어왔다. 움찔하고 눈을 꼭 감았다가 천천히 눈을 떴다. 햇살이 그녀를 덮치고 있었다.

따뜻해.

그녀가 밖을 내다보았다. 산과 들 그 사이사이에 예쁜 주택들이 보였다. 서울 시내에서 이런 경치를……. 그녀의 집 근처 풍경이 아니었다.

아, 어제.

태열의 집에 왔었다. 그리고 피자를 앞에 두고 어울리지 않게 소주를 마셨다. 너무 안 어울린다고 투덜거리자 태열이 냉장고에서 맥주를 꺼내 '소맥'을 말아주었다. 이제 좀 낫다면서 그녀가 그걸 마시기 시작했고, 그 뒤로…….

그렇다 해도 서울에 있는 아파트였는데. 납치라도 당한 건가?

그러기엔 그도 술을 많이 마셨다. 두 사람 모두 잔뜩 취한 채로 시답지 않은 이야기를 늘어놓았다. 그러다가 그녀가 무심결에 소문에 대해 물었다.

"소문?"

"네. 들어본 적 있으신가 해서요."

"어떤 소문. 소문 1? 2? 아니면 10?"

그가 농담을 했다. 애석하게도 그는 소문에 대해서 모두 듣고 있었던 모양이었다.

"글쎄요. 한 5번쯤 되려나요. 아내가 바람이 났다는 소문. 팀장님이 불임이라는 소문도 있었죠. 불임 때문에 아이를 가지고 싶어하던 아내가 다른 사람과 만났다는 소문도 있었고."

그가 뭔가를 생각하듯 잠시 침묵했다. 눈빛도 표정도 모두 가라앉아 있었기에 그녀는 미안해졌다. 얼른 손을 저었다.

"신경 쓰지 마세요. 어차피 소문일 뿐이고, 전 그냥 팀장님이 그걸 알고 계시는지 궁금했어요. 왜냐면 너무 침착하시니까. 그냥 그런 게 궁금해서……."

"맞아."

눈빛을 보니 숨길 마음은 없어 보였다. 그녀는 알고 싶지 않기도 했고, 또 알고 싶기도 했다. 관여하고 싶지 않기도 했고, 뭐든지 다 관여하고 싶기도 했다. 하지만 모르는 게 좋겠다는 생각이 더 컸다. 그녀가 대답하지 않아도 괜찮다고 말하려고 했는데, 술에 너무 취해 입이 빨리 열리지 않았다. 그의 말이 더 빨랐다.

"불임인 것도 맞고."

그가 뭔가 생각하는 듯하더니 쓸쓸히 말했다.

"아내가 바람이 났지."

"아……."

"내 사촌동생하고."

생각지도 못한 말에 그녀는 더더욱 입을 열 수 없게 되었다. 그저 생각에, 그가 왜 이렇게 큰 비밀을 자신에게 말해주는지, 그러지 않았으면 좋겠다는 생각이 들었다. 왜냐면 자신도 뭔가 말하고 싶어지니까. 자신의 상황과 벗어날 수 없는 가족의 굴레에 대해서.

"내 잘못이야. 너무 혼자 뒀어. 일이 많아져서 아내를 신경 써주지 못했거든. 야근을 밥 먹듯이 하고 가끔은 집에 전화하는 것도 잊었으니까."

"나쁜 남자네요."

그가 순순히 고개를 끄덕이며 말했다.

"좋은 남자가 되고 싶었지."

"그 사촌동생하고는……."

"인연을 이어가기 힘들지 않겠어? 의절했어. 내 유일한…… 동생이었는데."

그는 아내도, 동생도 잃었다. 가정도, 가족도 잃었다. 위로를 해야 하는데 할 말이 떠오르지 않았다. 깊이를 알 수 없는 상처를 받았을 거라고 짐작됐다. 그런데도 그는 도리어 본인을 탓하고 있었다. 위로에는 자신이 없었다. 그게 될 거라는 생각도 들지 않았다. 그녀는 그냥, 술 취한 기분 그대로, 농담처럼 물었다.

"제 말은, 보내줬다는 말인가요? 순순히?"

"그럼 내가 뭘 더 할 수 있었겠어? 사촌동생을 사랑한다는데."

"좋은 남자가 되셨네요. 순순히 보내주셨으니까."

"비꼬는 거야?"

"설마요. 좋은 남자가 되고 싶으셨으니까, 성공했다고 하는거죠."

그가 그녀를 바라봤다. 그 눈빛에 웃음기가 있었는데 그게 친근감의 표시 같아서 싫지 않았다.

"바보라고 생각하고 있지?"

"원래 사랑은 바보들이나 하는 거니까."

"김효주 씨는 어때?"

"저요? 전, 아주 똑똑하죠."

"남자 없단 말을 그렇게 하면 좀 나은가?"

"남자 없는 게 뭐 어때서요?"

그녀가 어깨를 으쓱하자 그가 클클 웃었다.

"거짓말. 신 대리랑 만나고 있잖아."

"아. 맞아요. 우린 영화를 봤죠."

"밥도 먹었고."

"밥…… 밥은 안 먹었어요. 밥은 팀장님하고 먹었죠."

"난 남자가 아니지."

"세상에, 정말이세요?"

그녀가 새로운 사실을 안 듯 눈을 크게 떴다. 그가 정정하듯 서둘러 말했다.

"그러니까 내 말은 김효주 씨한테 말이야."

"네. 저한테 팀장님은 여자였어요."

그가 웃음을 터트렸다.

"김효주 씨가 이렇게 재미있는 줄 몰랐는데."

"인생이 조금 즐거워지신 것 같죠?"

"그러게. 그래서 말인데."

그가 맞은편에 앉은 채로 고개를 내밀어 그녀에게 바짝 다가왔다.

"같은 여자끼리 말해봐."

같은 여자끼리라는 말에 아하하하, 하고 효주가 크게 웃었다.

"뭘요?"

"오늘 무슨 일 있었어?"

그녀가 표정을 굳혔다.

"아무 일도 없었는데요?"

"그래? 그렇다면 다행이고."

"왜요? 제가 무슨 일 있어 보였어요?"

"그냥, 좀, 피곤해 보이는 게 신경이 쓰여서."

기분을 맞춰주고 있는 건 자신이라고 생각했는데, 사실은 그였을까. 그녀의 표정이 점점 더 굳어지자 그가 그녀의 빈 잔에

술을 따랐다.

"마셔. 어정쩡하게 마시면 내일 더 힘드니까."

그가 술을 따라주었다. 그녀가 그대로 한 잔을 쭉 들이켰다. 가슴 속에 불이 이는 것만 같았다. 눈가가 뜨거워졌다.

"팀장님."

"그래."

"저, 더 힘들기 싫어요."

그가 안쓰럽게 바라보는 것 같았다. 아닐지도 몰랐다. 하지만 자신에게도 보호자가 있으면 좋겠다는 생각이 들었다. 아니, 보호까지는 아니어도 동정이라도 해주면 좋겠다고. 입이 간질거렸다.

아무 말도 하지 마. 어차피 해결되지 않을 일들이야.

할 말을 가라앉히기 위해 한 잔 더 마셨다.

빙, 빙. 머리가 돌았다. 그는 여전히 그런 눈빛이었다. 그것만으로도 위로가 되는 것 같았다. 그 눈빛을 오래도록 바라보는데 눈이 감겼다.

결혼은 나쁜 거예요.

그래 맞아. 결혼은 나쁜 거지.

다신 안 하실 거예요?

하고 싶지 않긴 해.

똑똑.

들려오는 노크 소리에 효주가 상념에서 벗어났다. 조심스럽게 문이 열리고 그의 얼굴이 보였다.

"들어가도 될까?"

어제의 우중충한 아저씨는 사라지고, 그는 어느새 깔끔하게 정리된 모습이었다. 비록 바지는 어제 그 바지와 다를 게 없었다 하더라도.

"아, 네……. 아뇨, 잠깐만……."

이미 그가 들어오고 있었다. 그녀가 재빨리 침대에 앉아 눈까지 이불을 덮었다.

"더 잘 건가?"

"아뇨. 그건 아니고, 제가 좀 몰골이 말이 아닐 것 같아서요."

"그래. 엄청나네."

그가 그녀를 조금 등지고 침대에 앉았다가 그 말을 하고는 웃음기 어린 눈으로 고개를 돌렸다. 그녀가 노려보다가 눈이 마주치자 얼른 이불로 얼굴을 가렸다.

"데려다주지 못해서 미안해."

"그러게요. 덕분에 제가, 팀장님 집에서 신세를 졌네요."

"괜찮아. 주말이었잖아."

"원래 외박 안 하는데요."

"그래. 그런 걸로 나쁘게 생각 안 해."

"그래도."

"상대가 나라서 안심도 됐을 거고."

그의 웃음이 어쩐지 안쓰러웠다. 누구보다 멋있고 남자다운 얼굴로, 자신은 후보에도 없을 남자라는 것을 다 안다는 듯 자포자기한 웃음이었다.

"누가 와서 자든 재워줄 정도로 집은 넓으니까. 신세라고 생각하지 마."

그가 단호히 말을 이었다.

"사실은 내가 술을 좀 마시고 싶어서 더 먹인 것도 있어."

"그건 맞는 것 같아요. 머리가 엄청 지끈거리거든요. 저 혹시 팀장님한테 실수한 거 없어요?"

"기억, 안 나?"

"나요. 나는데 조금……. 혹시나요."

잠들기 전에 필름이 조금 끊긴 부분이 영 기억나지 않았다.

"윤 팀장! 하고 반말하던데?"

"정말요?"

"평소에 그렇게 부르나 봐. 아주 잘하더라."

"아, 아쉽다. 그걸 기억 못하다니. 팀장님 얼굴 재미있었을 텐데요."

"볼래?"

"네?"

그가 조금 가까이 다가왔다. 샤워코롱 냄새가 그녀의 코를 자극했다. 시원하고 상큼한 향이었다.

"지금 불러보시지? 내 표정이 어떻게 변하나 보여줄 테니까."

"아, 지금은 좀 곤란하고요."

"정신이 들긴 했나 보네."

그가 고개를 돌리며 옆 눈으로 그녀를 보고는 웃었다.

"어디서 주무셨어요?"

"소파."

"제가 거기서 잤어야 되는데 죄송합니다."

"괜찮아. 침대에서 안 잔지 한참 됐어."

"정말요? 침대 아까워요."

"가져갈래?"

그녀가 자신의 집을 떠올렸다. 아마도 침대로 가득 차서 발 디딜 틈도 없을 것이다. 그녀가 그런 생각을 하고 있는 걸 아는 사람처럼 그가 피식, 웃고는 자리에서 일어났다.

"정신 들었으면 밥 먹자."

"네?"

"해장해야지?"

"요리하신 거예요?"

"설마. 나가서 먹어야지. 괜찮아?"

"네, 저야……."

"그럼 속 쓰리니까 얼른 나와."

부재중 전화 5통.

엄마에게서 온 전화였다. 그리고 효은의 문자가 들어와 있 었다.

[언니, 엄마가 너무 걱정해. 도착했다고 전화 좀 해주지 그랬어.]

휴우. 한숨이 절로 나왔다. 경신은 걱정이 많았다. 전화를 받지 않으면 받을 때까지 거는 경우가 허다했다. 그건 효은에게도 마찬가지였다. 서로가 연락이 안 되면 다른 형제에게 전화를 해서 경로를 알아내곤 했다. 집에 도착해서 늘 엄마에게 전화를 걸었는데 이번엔 완전히 잊었다. 잊고 싶었는지도 모르겠다. 아니면 태열과 함께라서 아무 생각이 안 났을지도.

그냥 좀, 아무것도 생각 안 하고 살 수 있다면 좋을 텐데.

"왜? 무슨 일 있어?"

식당 앞에 주차를 한 태열이 걱정스럽게 바라보고 있었다.

"아무것도 아니에요."

그녀가 주변을 둘러봤다.

"순댓국이에요? 저 순댓국 좋아하는 거 아셨구나."

"몰랐는데. 어차피 아무거나 잘 먹으니까 잘 먹지 않을까 생각은 했지만. 괜찮아?"

"좋아한다고 좀 전에 말했잖아요. 들어가요."

그녀가 먼저 들어가서 자리를 잡았다. 그가 맞은편에 앉아 주변을 두리번거렸다. 식당에 사람들은 많지 않았다. 종업원이 다가와 두 사람은 순댓국밥을 시켰다.

"맛집은 아닌가 봐요."

"점심시간이 아닌 거지."

"아, 11시구나."

그가 그녀를 보았다. 화장품을 갖추지 못해 화장도 하지 못한 얼굴이었고, 술 마신 다음 날 잠을 푹 자지 못한 초췌한 몰골이라 그가 자신을 어떻게 볼지 걱정이 됐다. 그녀가 두 손으로 뺨을 가렸다.

"왜요?"

"화장을 안 해서 더 어려보이네."

"몇 살로 보이는데요?"

"스물……?"

아하하. 그녀가 웃었다. 어색할 줄 알았는데, 그렇지 않았다. 아무 일은 없었지만 하룻밤을 보낸 사이로서 그와 매우 친숙해진 기분이었다.

"팀장님도 여자들한테 아부할 줄 아시네요?"

"그래야 넘어오는 거잖아."

"아주 훌쩍 넘어가겠어요."

"스물여덟이었나?"

"아홉입니다."

그가 말없이 고개를 끄덕였다. 왜 그 표정 속에서 동정의 빛이 서려 있을까. 혹시 자신이 무슨 말을 해버린 건 아닐까? 필름이 끊긴 부분이 문득 걱정스러웠다.

"팀장님."

"밥 먹고 데려다줄게. 어젯밤에 데려다주기로 했는데 아침에 데려다주게 됐네."

"저야 데려다주시기만 한다면 좋죠."

"집에 가서 뭐할 거야?"

"밀린 빨래도 하고, 청소도 하고…… 팀장님은요? 아, 팀장님은 도우미 아줌마 오니까 그런 것도 할 일 없어서 좋겠어요. 부럽다."

"심심해지는 거지, 뭐."

그녀가 문득 눈을 반짝였다.

"그럼 팀장님, 헤어지기 전에 저랑 어디 좀 가실래요?"

대답은 안 들어도 될 듯싶었다. 그가 흥미로운 눈으로 그녀를 보고 있었다.

❖

이런 상황은 영 익숙지 않았다. 태열이 조금은 뻘쭘하게 효주를 따라다녔다. 그녀는 즐거운 얼굴이었다. 그것을 보는 것으로 어색함을 무마하긴 했지만 사라지지는 않았다.

"이건 어떠세요?"

그녀가 남색 바지를 추천했다. 그녀와 자신은 회사에서 보자면 절대로 가까워질 수 없는 간격에 놓여 있었다. 한 팀에서 팀장이라는 직책을 가지고 있었지만 직함으로 보자면 상무였다. 상무와 대리가 이렇게 백화점 매장을 돌면서 바지를 골라주고, 또 그것을 보고 고개를 끄덕이며 입어보는 사이가 될 수 있다는 게 영 어색했다.

아니, 어쩌면 그보다는 이성과 해본 적 없는 백화점 쇼핑을 하게 되어서인지도 모르겠다. 헤어졌던 아내와도 해본 적이 없던 것이다. 그걸 갑자기 생각지도 못한 여자와 하게 되어서 그는 당황한 상태였다.

그 때문에 효주가 추천해주는 것에 모두 고개를 끄덕이며 시키는 대로 입어보고 있었다. 그녀는 맘에 든 듯 엄지를 올리기도 하고, 이건 안 되겠다며 고개를 젓기도 했다.

왜 엄지를 올리는지, 고개를 젓는지 거울을 봐야 알 텐데, 그의 눈에는 오늘 입은 바지가 하나도 눈에 들어오지 않았다. 그의 옷을 봐주고 있는 효주만 눈에 들어올 뿐이었다.

5년 전, 스물넷의 나이에 그녀는 회사에 입사했다. 그녀는 기억하지 못했지만 면접 때 그녀를 뽑은 것은 자신이었다. 고등학교만 나온 그녀를 뽑는다고 했을 때 모두 반대를 했었다. 그러나 그녀는 충분히 자격이 있었다. 이미 다른 회사를 통해 경력도 쌓은 상태였는데 그 나이에 그런 경력을 갖춘 지원자를 찾기란 힘든 일이었다.

면접관들은 여자에게 그런 경력이 있어서 뭐하냐는 식이었다. 그러나 면접을 볼 때 그녀의 절실함과 총명함은 남자들에게 비견할 것이 아니었다. 그는 그녀를 인재라고 여겼다. 두고 보면 큰일을 해낼 직원.

　겨우 입사는 했지만 승진은 더뎠다. 경력직임에도 불구하고 그녀는 여자이고 고졸이라는 이유만으로 완전히 신입 취급을 당했다. 그런데도 그녀는 불만 한번 가진 적 없었다. 꿋꿋하게 일하면서 앞으로 나아갔다.

　경력이 있음에도 불구하고 남자들보다 2년이나 늦게 대리직함을 달았다. 회사에서는 말이 많았다. 파격 승진이라는 단어를 써가면서 그녀를 낙하산 취급했다. 그러나 아래 직원들은 그녀가 얼마나 성실하고 능력이 있는 사람인지 알고 있었다. 파격 승진이라는 말은 임원들이나 고위 관리들 사이에서 떠돌다가 금방 사라졌다.

　그녀에게 눈길을 주게 된 계기라는 것은 딱히 없었다. 그는 결혼할 나이라고 해서 결혼을 했고, 일에 빠져 있었다. 사랑해서 결혼한 것은 분명 아니었다. 맞선으로 만났고, 호감이 있었고, 나이가 나이니만큼 자연스럽게 결혼을 했다.

　하지만 행복하게 해주자는 마음은 분명 있었다. 가정을 이룬다는 것이 무언인지, 그는 생각해본 적이 없었다. 그래서 편안한 노후를 가지면 그만일 거라는 안일한 마음이 있었는지도 모르겠다. 당장 아내의 외로움보다는 미래만을 떠올리며 달렸다. 그렇게 그의 미래에 남겨진 것은 배신과 이별이었다.

　자신 대신 사촌동생 주열이 아내를 신경 써주는 게 고마웠다. 그런데 그게 공짜 호의가 아니었다는 것, 형수에게 대하는 친절이 아니었다는 걸 뒤늦게 알았다. 결혼하고 불과 1년이었다.

두 사람의 관계를 알았음에도 그는 어떻게 해야 할지 몰랐다. 너무 당황해서 화를 낼 타이밍도 놓쳤다. 그리고 결국 보지 말아야 할 장면까지 보고 말았다. 아내는 자신을 탓했고, 이별을 원했다. 그는 미련 없이 그 집에서 나왔다. 아내에게서 아무것도 요구하지 않은 채 그는 그대로, 그의 신혼집에서 먼 동네로 이사를 했다.

금액도 평수도 보지 않고 그저 잘 수 있는 곳으로 왔다. 숨 쉴 수 있는 곳으로.

그날부터 그는 더 일에 매달렸다. 그렇게 1년이 지나고, 어느 날이었던가. 야근을 하고 있었다.

"팀장님."

효주가 말을 걸었다. 그가 그제야 시계를 확인했다.

"어. 김 대리. 왜 아직 안 가고?"

"저 먼저 가도 돼요?"

"응?"

그녀가 주변을 가리켰다. 직원들이 모두 일을 하고 있었다. 혼자 남은 줄 알았다.

"아. 다들 아직 안 갔나? 이만 퇴근하지."

"팀장님은요?"

"나는 아직 일이 남았네."

"그러실 줄 알았어요."

그럴 줄 알았다고? 그 말이 왜 그렇게 가슴을 울렸을까. 마치 그녀가 자신을 알고 있다는 듯 하는 그 말이, 그런 뜻이 아니라는 걸 알면서도 괜히 울컥했다.

"이거 드시면서 쉬엄쉬엄하세요."

그녀가 차를 내밀었다. 별건 아니었다. 그냥 종이컵에 담긴 메밀차.

"나 주는 건가?"

그녀가 그를 바라보며 가만히 미소를 지었다. 그 눈빛이 그다지 밝아 보이진 않았다. 어쩌면 동정에 더 가까웠다.

"지쳐 보이세요."

그녀는 그 어떤 직원도 하지 않은 말을 그에게 했다. 그러고는 돌아섰다. 다른 사람들 자리에도 그녀가 건넨 종이컵이 보였다. 그냥 힘들게 야근하는 직원들을 위해서 그녀가 차를 돌린 것 같았다. 그런데도 그의 눈길이 거기서 떨어지지 않았다.

별것도 아닌, 종이컵. 메밀차에.

사실 눈길을 준 줄도 몰랐다. 그의 눈에 자연스럽게 그녀가 들어왔던 것 같다. 보려고 본 것도 아니고, 의식을 한 적도 없었으니까. 그저 언제나 시선 끝에는 그녀가 있었고, 그런 그녀를 보다가 외근 시간을 놓치는 경우도 있었고, 뒤늦게 업무를 독촉받아 자신을 책망하는 일이 생겼다.

그녀에게 밥을 먹자고 한 것은 어쩌면 충동이었다. 그녀에 대해서 그 어떤 계획을 세운 일이 없었다. 그런 눈으로 그녀를 보고 싶지 않았다. 그저 그녀가 잘되었으면 좋겠고, 좋은 일이 생기면 축복해주고 싶었다. 그게 재미없는 그의 인생에 유일한 기쁨이었다.

그날은, 마침 그녀가 그의 앞을 지나가는 길이었고, 주변에 아무도 없었다. 일이 빨리 끝난 터라 퇴근 후에 아무 식당에 들어가 당기지도 않는 식사를 하고 텅 빈 집에 혼자 앉아 있거나 근육이 터져나가라 미친듯이 운동이나 해야 하는 날이었다.

누군가와 식사를 하고 싶었다. 이왕이면 그녀와.

밥이나 한 끼 할까.

뱉어놓고 얼마나 후회했던가. 그녀의 거절을 용기 있게 받아들일 마음의 준비도 안 한 상태였다. 그녀가 거절하지 않는다면 그건 분명히 상사에 대한 예의 때문일 터였다. 억지로 같이 밥을 먹는다면 그건 더더욱 내키지 않을 것이다.

그런데……, 그런데 그녀가 그렇게 선뜻 그러자고 할 줄은 몰랐다. 게다가 억지로라는 느낌도 없이 그와의 식사를 받아들여줄 줄은 더더욱 몰랐다. 부랴부랴 그는 자신이 대접을 받았던 곳들을 떠올렸다. 최대한 좋은 곳, 좋은 식당, 좋은 음식을 함께 하고 싶었다.

'예약해둔 게 있는데 괜찮을까.'

'괜찮아요. 아무거나 잘 먹어요.'

'아무거나?'

아무거나. 그것이 얼마나 그에게 용기를 주었는지 모르겠다. 아무거나 먹는다는 건 비위가 강하다는 것이었고, 어쩌면 먹는 것만으로 국한되지 않을 수도 있었다. 이혼했고, 나이가 많은 불편한 상사도 받아들일 수 있는 것이 아닐까.

그는 저도 모를 희망에 가슴이 두근거렸다. 그녀와 어쩌겠다는 건 아닌데도, 그런데도 좋았다. 그녀와의 식사 날을 또 언제로 잡을지, 그런 것들을 생각하느라고 잠을 설쳤다. 그렇게 자연스럽게 두 번째 식사가 이어졌고 그녀는 자신을 편안하게 대해 주었다. 어쩌면 희망이 있을까. 뭘 어쩌겠다는 건 아닌데, 점점 어쩌고 싶어지는 마음이었다.

탕수육을 빌미로 세 번째 식사를 신청하려고 할 때, 하필 그날, 그녀는 현우와 데이트가 있었다. 현우는 다른 팀 대리로, 그녀 또래의 직원이었다. 선남이었고, 그녀와 잘 어울렸다.

'뭐야? 둘이 데이트하는 거야?'

'아닙니다.'

'그럼 어디 가는데?'

'그냥…… 밥, 먹으러요.'

밥. 그녀에겐 누구와도 먹을 수 있었다. 그런데 자신에게 특별했다고, 그렇게 의미를 부여하고 잠까지 설치다니, 멍청한 자신이 우스워졌다.

'영화도 보고요.'

현우는 당당했고, 그녀에게 대시함에 있어 부끄러움이 없었다.
그럼 그렇지.
그제야 자신의 상황을 깨달았다. 그녀는 그저 밥을 같이 먹은 것뿐이었다. 혼자 먹기 싫은 밥을 그저 아무나와 같이.
아무거나나 아무나나.
확실히 직원들은 자연스럽게 두 사람의 데이트를 받아들였다. 만약 자신이었다면 어땠을까. 이럴 땐 고위직이 불리했다. 게다가 나이 든 이혼한 남자를 만난다고 하면 주변에서 어떻게 쑥덕거릴지 상상할 수 있었다. 자신보다 그녀에게 불리할 것이었다.
다가가지 말아야지.
피해를 주지 말아야지. 자신이 좋다고 해서 그녀까지 끌어들이는 짓은 하지 말아야지.

다시 침전된 생활이 시작됐다. 일하고, 혼자 밥을 먹고, 일찍 끝나는 날에는 운동에 매진하는 날들. 그러다 어느 주말 저녁, 이것도 저것도 하기 싫은 날 마트에서 소주를 사서 돌아오다가 피자가게에 붙은 1+1 현수막을 보았다.

'아무거나 잘 먹어요.'

피자도 잘 먹겠지? 보고 싶었다. 같이 식사할 때 보던 웃음, 농담, 그런 것들을 포함한 김효주의 전부를.

그는 피자집으로 들어가 피자를 구입했다. 마치 그것이 그녀라도 되는 듯 조심히 들고 나오다가 참지 못하고 그녀에게 전화를 걸었다. 옹색한 핑계를 뱉어대고 있는데 그녀가 흔쾌히 그에게 와주었다.

무슨 뜻인지 생각지도 않았다. 그런 것은 필요 없었다. 그녀에게 잘 보이고 싶은 마음이야 있었지만 꼬시거나 자신의 것으로 만들고 싶다는 마음까진 아니었다. 그저 볼 수 있다면, 같이 웃을 수 있다면 그걸로 좋다고 생각했다. 집까지 오리라고는 생각도 못했다.

확실히 이상했지.

그녀가 흔쾌히 와줘서 기뻤지만 확실히 이상했다. 그녀는 아파 보였다. 그것만은 확실히 알 수 있었다.

지난 1년 동안 봐오던 여자가 아니던가. 밝은 듯 똑 부러지는 듯 보여도 그녀에겐 늘 아픔의 색이 있었고, 자주는 아니었지만 어쩌다가 그게 보이는 날들이 있었다.

그게 그를 더 끌어당겼는지도 모르겠지만 피자를 안주로 '소맥'을 들이켜는 그녀의 색채는 아픔이었다.

'같은 여자끼리 말해봐.'
'아하하. 뭘요?'
'오늘 무슨 일 있었어?'

확실히 있었다. 그녀에게서 금방 아픔이 드러났다. 그녀는 참는 듯했지만 결국 식탁에 몸을 기댄 채 쓰러져 그 슬픔의 색을 풀어냈다.

'이 고통이 끝나지 않을 것 같아요.'

그녀는 울지도 않고 말했다. 그래서 더 아프고 힘들어 보였다.
'왜 날 낳았을까요? 이렇게 고생시키려고? 왜 대책도 없이 결혼을 하는 걸까요? 돈 벌 재간도, 자식을 어떻게 키워야 하는지도 모르는 사람들이, 대체 왜 결혼을 하고 자식을 낳는 걸까요?'
그녀는 자신이 콩쥐라고 했다. 두꺼비가 없는 콩쥐. 밑 빠진 독에 계속 물을 붓고 있고, 그런데 그 독이 깨지길 바랄 수도 없는 콩쥐.

'준비되지 않은 사람들이 하는 결혼…… 결혼은 나쁜 거예요.'

'그래 맞아. 결혼은 나쁜 거지.'

그는 동조할 수밖에 없었다. 자신이 그런 결혼을 했으니까. 그리고 결과적으로는 아내를 불륜녀로 만들고, 사촌동생을 상간남으로 만들었다. 그리고 자신은…… 버림받은 이혼남. 상처뿐인 홀아비가 되었다.

'다신 안 하실 거예요?'

'하고 싶지 않긴 해.'

또다시 누군가의 인생을 망칠까 두려웠다. 자신에겐 자격이 없었다.

그녀는 그대로 잠이 들었다. 생활비를 마련하지 못하는 부모를 위해 끝도 없이 돈을 대고 있는 여자의 얼굴을 바라보았다.

참 기특한 여자였다. 그리고 안쓰러운 여자.

그가 잠든 그녀를 안아 들었다. 그녀는 정말이지 한 줌이었다. 그녀를 침대에 눕히고 이 집에 여자라니, 그것도 자신의 침대에, 상상도 해본 적 없는 이 상황에 대해서 생각할 겨를도 없이 그저 잠든 그녀를 바라보았다. 힘이 돼주고 싶다.

뭘 어쩌기 위해서가 아니라, 그냥.

누군가는 이유도 없이 바라는 것도 없이 선행을 하지 않는가. 자신은 기특하고 예쁜, 이 안쓰러운 여자를 위해 그러고 싶었다.

"별로예요?"

바지를 입고도 딱히 거울을 보지 않고 어정쩡하게 선 그에게 그녀가 물었다. 그녀는 불퉁한 얼굴이었다.

"마음에 들어."

그제야 그녀가 웃었다.

"저도요. 진짜 잘 어울려요."

"그래?"

"봐봐요. 팀장님의 잘빠진 몸매가 드러나잖아요."

"뭐?"

그가 황당하게 바라보자 그녀가 얼른 말을 돌렸다.

"이거랑 아까 그거랑 또 하나 더 마음에 드는 거 있었는데, 그거 하실래요?"

자신이 그렇게 많이 입었던가. 남자들이 여자들 따라 쇼핑하면 정신이 없어진다더니, 자신도 다르지 않은 듯했다.

"그래. 좋지."

그가 흔쾌히 말하자마자 그녀가 손을 뻗었다.

"카드 주세요."

"응?"

"팀장님 카드요."

"아."

그가 지갑을 꺼내 카드를 건넸다.

"제가 고른 것들이라 막 쓰기 좀 죄송하네요. 비싼 것도 있는데."

"괜찮아. 이럴 때 아니면 돈 쓸데도 없는데."

말해놓고 아차 싶었는데 그녀는 어쩐지 그를 안쓰럽게 보는 것 같았다.

"아내 없는 남자가 그렇지, 뭐."

그녀가 웃었다.

"그럼 저한테 좀 쓰실래요?"

"어? 뭐, 살래? 뭐 사줄까?"

"뭘 사주시게요?"

"뭐, 봐둔 거 있으면."

"봐둔 거야 엄청 많죠. 2층에 원피스랑 정장, 1층에 명품백, 구두, 화장품. 목걸이랑 귀걸이랑……."

표정이 멍청해 보였는지 그녀가 웃었다. 혹여나 큰돈을 쓸까 봐 걱정하는 줄 알았겠지. 사실은 그녀가 즐겁게 이야기를 하는 게 예뻐서 멍하니 보고 있었다. 참 이상하게도 그녀의 웃음은 열쇠 같았다. 그의 마음을 완전히 풀어버리는 열쇠. 그녀가 웃을 때마다 마음이 흐물거렸다.

"음료수 좀 사달란 말씀이었어요, 팀장님."

"그거야 당연히 사줘야지. 근데 정말 가지고 싶은 거 없나? 내 옷 봐줬는데 빈손으로 보내기 미안한데."

"팀장님 생각보다 센스 있으시네요? 바지는 진짜 넌센스였는데."

그가 웃었다.

"못 참고 쇼핑 올 정도로?"

그녀가 눈치껏 고개를 끄덕였다. 눈치를 보지 않았어도 상관없었다. 그녀가 자신을 욕한다고 해도 좋을 것 같은 날이었다.

"말해. 사줄 테니까."

"밥 사주세요."

"밥? 고작 그거야?"

"고작 그거 아니고요. 음……, 일주일에 한 번씩요."

쿵, 하고 그녀가 그의 심장에 망치질을 했다.

4

"그러지, 뭐."

그가 답했다. 얼마나 심장이 뛰었는지 모르겠다. 아무렇지 않은 척했지만 실은 굉장히 용기를 낸 말이었다. 물론 그가 거절하지 않을 거라는 자신감은 있었다.

그의 바지를 고르러 백화점에 가자고 했을 때, 잠시 난감한 표정을 짓긴 했지만 그게 싫어서가 아니라, 그의 모습에 문제가 있었다는 걸 깨달아서라고 말해주던 순간이었나.

얌전히 그녀가 입으라는 옷을 입고, 그녀가 마음에 든 바지들을 두말없이 사는 걸 보자, 용기가 솟아났다.

아, 그에게 조금 어리광을 부려도 되겠다. 고작 식사 정도니까 그래도 되겠지.

그렇다고 떨리지 않았던 것은 아니었다. 하지만 언제 같이 밥을 먹자고 할지 몰라 기다리는 게 힘들었다.

그가 그대로 그의 일상에 도로 묻혀 그녀가 있었는지조차 잊어버릴까 봐 조금은 불안했다. 그는 그럴 수 있을 것 같았다. 일 때문에 아내도 잊은 남자였으니까 자신 따위는 금방 그의 영역에서 사라질 수도 있었다.

아주 조금, 그녀도 숨 쉴 공간이 있으면 좋겠다고 생각했다.

부모를 만나고 돌아와 답답하던 차에 그에게 걸려온 전화. 함께 있는 순간, 부모의 일도 그녀의 인생도 다 잊게 되는 시간.

그녀의 황당한 제의에도 흔쾌히 답하던 선선한 웃음과 흥미로운 표정이 집에 돌아와서도 내내 떠올랐다. 아마도 인생이 재미없다는 남자에게 흥미로운 표정을 짓게 하는 것에 은근한 쾌감을 느끼고 있었던 게 아닐까 싶었다. 그녀의 인생 역시 그렇게 재미있는 건 아니었는데, 그를 생각하자 조금은 재미있었다.

처음에 식사하자고 했던 건 그였는데, 어쩌면 그녀가 더 기다리고 있는 것은 아닐까.

"오시는데 힘들지 않았어요?"

배신으로 가족을 잃은 그가 집밥을 먹지 않은 게 한참 되지 않았을까. 섣부른 생각이 들었다. 잘 보이고 싶어 집으로 초대했다. 아무래도 그럴 만큼 친한 사이가 아니라서 행여나 이상하게 생각할까 봐 그의 집에서 신세를 졌다는 핑계를 댔다.

"주차가 조금 힘들었어."

그는 현관 앞에 서 있었다. 그녀가 골라준 바지를 입고 있었는데 멋있다는 말이 나올 정도로 잘 어울렸다. 손에는 과일바구니와 휴지가 들려 있었다.

"이건 뭐예요?"

"빈손으로 올 수 없어서."

이사한 것도 아닌데, 그래도 남의 집에 처음 가는 거니까 집들이 오는 마음으로 샀다고 그가 말했다. 생활용품이라면 언제든 환영이었다.

"휴지가 특히 마음에 드네요."

"과일 싫어해?"

"그럴 리가요. 없어서 못 먹는데요."

그녀가 그의 손에 들린 과일바구니를 뺏어 들었다. 순간 손이 스쳐 그녀는 조금 놀랐다. 거친 손이었다. 그래서 놀란 건 아니었다. 그의 살결이 닿는 순간 심장이 찌릿거린 탓이었다. 그는 별다른 표정이 없었다.

"무거워."

알고는 있었다. 자신이 그에게 느끼는 감정과 그가 자신에게 갖는 감정이 같지 않으리라는 것을. 그가 그녀를 조금이라도 여자로 느꼈다면 아마 그의 집에서 자던 날 조금은 간격을 좁혔을 것이었다.

그는 외로운 사람이었고, 함께 밥을 먹을 동료가 필요했다. 그러니 어디서 밥을 먹든 이렇게 흔쾌히 와주는 것이 아니겠는가.

함께 밥을 먹고 이야기를 나눌 편한 사람.

그는 그녀를 그런 사람으로 여기고 있었다. 그렇지 않다면, 그렇게 꺼내기 힘들었던 그의 이혼 사정에 대해서 말하지 않았으리라.

"괜찮아요."

그녀가 쓰게 웃음 지었다. 그녀에겐 그는 그냥 사람보다는 남자에 가까웠다. 그에게서 풍기는 느낌만으로도 그를 단순히 사람으로만 보긴 어려웠다.

건장한 체구, 일을 향한 열정적인 눈빛과 직원들을 대하는 카리스마, 그녀를 편안하게 해주는 배려심까지. 그녀에게 있어서는 그는 완벽히 섹시한 남자였다. 그러나 그렇다고 한들 그녀가 무얼 할 수 있을까. 결혼 같은 걸 꿈꿀 수 있는 입장도, 마음도 없었고 사랑에 에너지를 쏟기에는 너무 지친 그녀였다. 그 역시 자신보다 더하면 더했지, 모자라진 않을 것이다.

'결혼 같은 건 다신 하고 싶지 않아.'

아내의 외도에 대해 이야기하면서 그가 덧붙인 말을 잊지 않았다.

그녀는 절대 들키지 말아야 할 흑심을 가슴 깊이 넣었다.

"윽. 진짜 무겁네요?"

바구니를 뺏어 드는 순간, 바구니가 기우뚱하며 바닥으로 떨어졌다. 완전히 땅에 닿기 전에 그녀가 두 손으로 다시 바구니를 들어올렸다.

"거봐."

그가 바구니를 같이 들어올리자, 순식간에 과일들이 가벼워졌고 두 사람의 간격도 가까워졌다. 긴장했던 가슴이 이젠 마구 떨리기까지 했다.

"휴지라도 들게요."

"안 들어도 돼. 내가 할게."

이런 것에 반해도 될까. 이렇게 시시한 것에. 무거운 짐을 가볍게 들어주는 것으로.

"들어오세요, 팀장님."

말이 끝나기도 전에 그가 집으로 들어갔다. 단점이 없는 것은 아니지만 그에게는 그녀가 좋아할 만한 장점이 많았다. 어색할 수 있는 상황에서 의외로 태연한 것도 그중 하나였다.

"집이 굉장히 깨끗하네."

그가 집에 들어오자마자 집 보러 다니는 사람처럼 집 안을 살폈다.

"모시려고 청소 진짜 열심히 했습니다."

그녀가 싹싹하게 말하자 그가 장난을 받아주듯 고개를 끄덕였다.

"상사를 대하는 자세가 훌륭하군."

"그럼 앉아계시죠."

그녀가 소파로 안내했다. 사실 안내라는 단어도 무색했다. 들어오자마자 거실 겸 주방이 하나로 되어 있는 작은 거실과 방 두 개의 전셋집이었다. 물론 그중 하나는 방이라고 하기에는 민망할 정도로 작았는데, 화장실 옆에 붙어 있어 드레스룸 수준이었다. 옷방으로 사용 중이었지만 옷은 별로 없었다. 그녀는 옷도 별로 구입하지 못했다.

그가 소파에 앉자 2인용 소파가 거의 1인용처럼 보였다. 그의 집에서 느끼지 못했던 그의 체구가 새삼 다시 보였다. 집이 윤태열로 가득 차는 느낌이었다. 나쁘지 않았다. 게다가 그녀와 같이 고른 아니, 그녀가 고른 바지를 입고 오니 그녀는 더 만족스러울 게 없었다.

어쩌면 바지 문제였나 보다. 그게 아니었다면, 그녀는 그를 신경 쓰지 않았을 것이다. 회사에서는 완벽한 팀장이 밖에서는 어울리지 않는 바지 하나로 아저씨가 되다니 말도 안 됐다. 이제는 바지 하나로 그는 밖에서도 완벽한 팀장의 모습이었고, 멋있어 보였다. 외모가 이렇게나 중요하다.

"차린 건 별로 없지만 많이 드세요."

부대찌개가 조용히 끓었다. 그는 수저를 들지 않고 찌개만 빤히 바라봤다. 이 식탁에서 어쩌다 놀러 오는 동생 효은이 아닌, 다른 사람과 밥을 먹은 적은 없었다. 그런데 그게 연인도 친구도 아닌 직장상사가 될 줄은 상상도 한 적 없었다. 그가 식탁에 앉자 작은 식탁이 더 작아 보였다.

"부대찌개 괜찮다고 하지 않으셨어요?"

"그랬지."

"근데 왜……요?"

"김효주 씨 긴장하라고."

잠시 그녀를 바라보던 그가 느릿하게 숟가락을 들었다. 그녀가 눈을 흘겼다.

"너무하세요. 진짜 긴장했어요."

"진짜는 지금부터지."

그가 숟가락으로 국물을 떠 입으로 가져갔다. 그의 말이 맞았다. 그가 맛에 대해 평가를 할 때까지 정말 긴장이 됐다.

"짠가?"

"짜요?"

"좀 쓴 것 같기도 하고."

"쓰다고요?"

"아니."

"그럼요?"

걱정스럽게 바라보는 그녀의 표정에 그가 웃음을 터트렸다.

"더 놀렸다간 혼나겠는데."

"그럴지도 모르겠어요."

"맛있어."

그게 다였다. 그는 더 말이 없었고, 조용히 먹기만 했다. 그럴 뿐이었는데 오히려 괜한 말을 붙이지 않아 진심 같았다.

사실 집으로 초대한다고 했을 때 이상하게 생각할까 봐 걱정했었다. 그때도 그는 알았다고만 했다. 왜냐고 묻지 않았다. 괜히 이유를 덧붙인 건 자신이었다. 갑자기 그의 집에 가서 민폐를 끼쳤으니, 만회하겠다고. 그런데 괜찮다고, 그날 심심하지 않아서 좋았다고, 그가 그렇게 말해서 가슴이 따뜻했다.

윤태열은 뭐든 괜찮다고 말해줄 사람 같아.

"집에 뭐 고칠 건 없어?"

"네?"

"그동안 못했던 큰일들 말이야. 여자보다 남자가 하면 더 금방 할 몸 쓰는 일. 혼자 사니까 못했을 거 아냐?"

"왜 제가 그동안 남자가 없었을 거라는 전제인데요?"

"아."

정말 생각을 못했는지 그가 뒤늦게 깨달은 얼굴로 사과했다.

"아, 다른 남자가 해줬으려나. 내가 실수했군."

"없긴 했어요."

"뭐?"

그녀의 말에 그가 황당한 표정을 지었다.

"없긴 했는데, 팀장님까지 없을 거라고 받아들이시는 게 좀 울컥해서요."

"모솔한테 모솔이라고 한 셈인가?"

"네, 좀 그런 느낌…… 저 모솔은 아닙니다."

"상관없는데."

상관없다니. 꼭 그렇게 관심 없는 티를 내야 하는가.

"아, 네. 물론 팀장님이야 상관없으시겠죠. 저는 무척 상관있거든요."

"미안해."

그가 놀리듯 웃었다.

"저 진짜 모솔 아니라니까요."

"걱정 마. 그럴 거라고 생각 안 했으니까."

"그렇다고 남자가 많았다는 건 아니고요."

"그럴 거라고도 생각 안 했어."

"아예 생각을 안 하신 거 아니고요?"

"들켰나."

농담처럼 한 말에 그녀는 살짝 상처를 받았다. 하지만 아무렇지도 않은 척 웃었다. 그에게 자신은 그저 '밥친구'니까. 그래도 좋긴 했다. 나쁠 게 없었다. 그와 있으면 어딘가 마음이 놓였고, 혼자서 피어나는 감정을 즐기는 것도, 그 상대가 그라서 즐거웠다.

"가끔 집밥도 괜찮아요?"

"나야 좋지."

"오늘 밥 맛있었구나, 팀장님?"

"맛있다고 했잖아."

"아, 집에서 남자가 해야 하는 큰일, 생각났어요."

"뭔데?"

"설거지요."

"뭐?"

"부탁드려요."

그녀가 빈 그릇을 담그며 말했다. 황당하게 보던 그가 이내 웃더니 팔을 걷으며 자리에서 일어났다.

"김효주 씨가 회사 생활이 편한가 보네."

팀장님의 한 마디에 그녀의 허리가 곧추섰다. 싱크대 앞에 선 그의 옆으로 빠르게 다가갔다. 그가 곁눈으로 그녀를 보며 말했다.

"괜찮아, 앉아 있어."

"안 괜찮아 보이십니다."

"내 직원이라 그런지 눈치가 좋네."

"그럼요."

그녀가 팔을 걷고 싱크대로 손을 뻗는 순간, 그가 그녀의 손목을 잡았다. 찌리릿, 심장 깊은 곳까지 전기가 일었다. 그녀가 놀란 듯 그를 보았다.

"됐어. 앉아 있어. 정말 농담이었어."

"……."

"농담이라니까?"

그가 가라는 듯 턱짓을 했다.

"……네."

그녀가 얌전히 식탁에 가서 앉았다. 싱크대 자리를 다 차지하고 서 있는 남자의 등을 하염없이 바라봤다. 참 넓은 어깨였다.

좋……아…….

그녀가 배시시 웃었다. 슬며시 다가가서 그의 등을 안고 싶었지만 다시는 집으로 초대를 못 할 것 같아서 꾹 참았다. 그녀에게 그는 안기고 싶은 완벽한 남자였다.

❖

"어이고, 신 대리 또 왔네."

일을 하던 태열은 신 대리라는 말에 집중력이 깨졌다. 그가 고개를 들었다. 김 과장이 혼잣말을 하고 있었다.

"저렇게 좋을까?"

태열이 김 과장의 시선을 쫓았다. 사무실 앞에서 현우와 효주가 이야기를 나누고 있었다. 두 사람에겐 겹치는 업무가 하나 있었다. 아마도 그것 때문일 것이다. 그런데도 말하기 좋아하는 사람들은 사건을 만들어내기에 급급했다.

물론 아닐 수도 있었다. 두 사람은 공개적으로 영화를 보러 가기도 했다. 효주의 말로는 영화를 본 게 다라고 했지만 그가 더 이상은 캐묻지 않았기에 말을 하지 않은 것뿐, 아마 다른 일이 있을 수도 있었다.

"연애하는 건가?"

서 주임이 말했다. 김 과장이 혼잣말을 하는 줄 알았는데 아니었던 모양이다.

"보면 몰라? 저번에 영화도 보고 밥도 먹고 했잖아."

"김 대리님은 아니라고 하시는 것 같던데."

서 주임의 말에 김 과장이 코웃음을 쳤다.

"젊은 남녀가 영화 보고 밥 먹는데 연애가 아니라고?"

"하긴 그건 그렇죠? 보기 좋긴 하네요. 선남선녀잖아요."

"그건 그래. 결혼할 때도 됐고, 둘이 하면 회사에서 부조금도 엄청 나오고, 딱 좋네."

김 과장이 짝짝짝, 하고 박수를 치는 소리가 너무 컸다 싶었는지 태열의 눈치를 살폈다. 마침 눈이 마주쳐 김 과장이 머쓱하게 웃었다. 그가 별다른 표정 없이 시선을 모니터로 돌렸다.

현우와 효주는 아직도 이야기 중이었다.

딱히, 신경 쓰이는 것은 아니었다. 그녀가 다른 남자를 만날 수 있다는 건 그도 생각하고 있던 바였다. 그녀는 자신을 남자로 여기지 않았다. 자신을 얼마나 편하게 여기는지는 여러 가지로 추측할 수 있었다. 자신의 집에서 하룻밤을 보낸 일이라던가, 그녀의 집으로 초대한 일, 앞으로도 한 달에 한 번은 집밥을 먹자고 제안한 일도 그랬다.

서로의 집을 오가는 것이 다른 사람들 보기엔 충분히 오해를 불러일으킬 수도 있고 그조차 오해하게 만들 수 있음에도 그녀는 편안해 보였다. 마치 마음에 맞는 친구를 사귄 것 같았다.

하긴, 그건 자신도 마찬가지였는데, 이렇게 예쁜 친구는 처음이라 가슴이 좀 떨릴 뿐 그 역시 새로 사귄 친구 때문에 편안하고 즐거웠다. 다만 가끔 걱정이었다.

자신이야 회사에서 이미 끊이지 않은 소문의 주인공이었다. 그러나 그녀는 성실한 직원이었다. 모든 약점을 딛고 유능한 직원이 되었다. 그런데 자신이랑 얽혀 있다는 것을 아는 순간, 그녀의 모든 약점이 다시 드러날 것이다. 그녀가 그 약점을 이겨낸 것이 그의 덕이라고 할 건 자명한 일이었다. 그에게 있던 이혼의 소문조차 그녀 탓이 될 수 있었다.

그는 조심하고 싶었다. 오랜만에 만난 좋은 친구를 그런 식으로 잃고 싶지는 않았다. 하지만 워낙 그녀가 즐거워 보여서 조심하자고 말하기는 힘들었다. 그녀가 자신보다 더 적극적이고 무모한 부분을 가지고 있는 것도 보기 좋았다. 그것은 그녀의 성격일 수도 있지만 그보다 훨씬 순수하고 젊어서일 것이다.

그녀가 상처받지 않도록 지키면서, 그녀의 무모한 즐거움도 지켜주고 싶었다. 아, 그래. 사실은 그녀의 일이라면 어떤 식으로든 흑기사가 되고 싶다. 어떻게서든 그녀를 보는 것만으로도 행복하니까.

그녀를 가지고 싶다거나 만지고 싶다는 것과 같은 흑심은 없다. 그녀가 그를 불편한 상사로 여기지 않는다는 사실에 충분히 만족스러웠다. 그저 앞으로도 그 즐거운 식사시간이 이어지길 바랄 뿐이다. 영화 관람 같은 누군가가 보면 충분히 데이트처럼 보일 만한 일로 번지지 않아도 좋으니까.

[오늘 약속 취소해야 할 것 같아요.]

효주에게 문자가 들어왔다. 순간 덜컥한 심장이 멋대로 뛰었다. 현우를 만나기로 한 건가.

이유를 물으려다가 알면 그다지 마음이 편하지는 않을 듯해 그가 답장을 보냈다.

[그래.]

한창 일하고 있는데 문득 어딘가를 찔리는 느낌을 받았다. 뭔가 싶어 고개를 드니, 그녀가 그를 빤히 보고 있었다. 회사에서는 절대로 아는 척하고 싶지 않았기에 그가 다시 일을 했다.

한 번 느낀 시선은 사라지지 않았다. 그가 다시 한 번 고개를 들었다. 그녀가 여전히 그를 쳐다보고 있었다. 기분이 좋아

보이지 않았다. 그런데 어째서 이런 감정이 드는 걸까.

귀여워.

그녀가 정말 귀여워 보였다. 저도 모르게 웃다가 금방 정신을 차렸다. 회사에서 절대로 이러면 안 되는데.

지켜주고 싶은 여자가 다칠까 봐 정신이 바짝 들었다. 그가 휴대전화를 매만졌다.

[회사에서 그러지 마…….]

자판을 쳐놓고 잠시 망설이다가 지워버렸다. 그녀가 뭘 했다고 그러지 말라고 하는 것인가. 그리고 귀여워서 그러지 말라고 말하기도 싫었다.

현우였다면.

자신이 현우 같은 입장이라면 이 상황이 얼마나 간질거리고 설레었을까. 무엇 때문에 저런 귀여운 짓을 하는지 물어보고 해결해줄 수 있었을 것이다.

갑자기 심장이 쿡쿡 아파왔다. 그저 자신의 존재만으로 아무 일도 없는 그녀에게 행여나 상처를 줄까 봐 두렵고, 이런 자신의 존재가 짜증스러웠다. 그가 머리를 저었다.

잠시 후 시선은 사라졌고 그는 갑자기 잡힌 늦은 회의에 참석했다.

회의가 꽤 길어져 저녁시간을 훌쩍 넘었다. 그녀가 취소하지 않았다면 곤란할 뻔했다. 중간에 문자를 보낼 상황도 아니었다. 그녀가 현우와 시간을 보내는 것만 아니라면 완벽한 취소였다.

낮에 두 사람이 다정히 대화를 나누는 모습이 떠올랐다. 역시 현우를 만나기로 했겠지?

쓸쓸하게 복도를 돌다가 현우를 발견했다. 제 부서로 들어가는 현우를 천천히 쫓아 복도에 서서 일하고 있는 모습을 보았다. 현우는 한창 야근 중이었다.

만나는 거 아니었나.

"이런."

질투에 눈이 멀어 그녀에게 어째서 취소하는지 묻지 않았다.

혹시 자신을 그렇게 본 게…….

흑심은 없다고 분명하게 선을 긋는데도 자신도 모르게 툭툭 튀어나오는 이런 마음들을 어째야 할지 모르겠다. 그가 고개를 젓고는 자리로 돌아갔다. 몇몇 직원이 남아 있긴 했지만 그녀의 자리는 비어 있었다.

다른 이유가 있었구나.

집으로 돌아가던 그가 그녀에게 전화를 걸었다. 받지 않았다. 갑자기 모든 게 불안해졌다. 적어도 그녀와 밥을 먹는 날에는 우리는 친구가 아니었던가. 그가 즉흥적으로 방향을 꺾어 그녀의 집으로 향했다.

그녀의 창문엔 불이 켜져 있지 않았다. 불안하게 서성거리는데 전화가 왔다. 효주였다.

"어, 김 대리."

다급하게 받은 목소리가 조금 부담스러웠는지 그녀가 머뭇거렸다.

"김 대리?"

—아직 회사세요?

"어? 아냐. 퇴근했어. 김 대리는 어디야?"

—집이에요.

"집?"

그가 그녀의 창문을 보았다. 여전히 불이 꺼져 있었다. 벌써 자려고 누운 건가.

"혹시 어디 아파?"

—아니요.

"그럼⋯⋯."

—왜 전화하셨어요?

"응? 아니."

갑자기 궁색해졌다. 저녁이 취소됐으니, 전화를 할 이유도 없지 않느냐고 하면 할 말이 없는 상황이었다.

"걱정⋯⋯돼서."

—무슨 걱정이요?

오늘따라 그녀의 말투가 좋지 않다. 취소했다고 말했는데도 전화를 했으니, 귀찮은 건가. 그가 잠시 머뭇거렸다. 그때 수화기 너머에서 지하철 안내음이 들렸다.

집이 아닌데?

어째서 거짓말을 한 것일까. 하지만 지금은 책망할 마음이 없었다. 그저 걱정이 될 뿐.

"어디 갔다 오는 거야?"

—네. 부모님 댁에요.

"아."

이런. 부모님을 만나려고 저녁을 취소한 여자를 두고 무슨 생각을 했던가.

"멀다고 하지 않았나. 인천이라고."

—기억하시네요?

그녀는 이 밤에 지하철을 타고 버스로 갈아타면서 다시 서울로 와야 했다. 그가 손목시계를 보았다.

"얼마나 걸려?"

—한 시간쯤요. 버스가 잘 맞으면요.

"그렇군. 조심히 와."

전화가 끊겼다. 부모님을 만나고 오는 길이라 그런 걸까. 그녀는 기분이 좋지 않았다. 자신에게 퉁명하게 굴었지만 섭섭하지 않았다. 오히려 그렇게밖에는 스트레스를 풀 수 없는 그녀가 안쓰럽기만 했다.

그가 차에 올랐다. 그녀가 갈아탈 버스정류장으로 향했다. 아마도 황당해할 테지만, 멋대로 그녀를 오해한 것을 만회하고 싶었다.

지하철 안이 고요했다. 잠든 사람 한 명과 휴대전화를 매만지는 몇 명의 사람들이 있을 뿐이었다. 그녀가 시간을 확인했다. 잘못하면 갈아타야 할 버스가 끊길 것 같았다. 택시를 타고 가기엔 한 푼이 아쉬운 상황이었다.

[아빠 심장 수술해야 하신대.]

효은의 급작스러운 문자에 효주는 퇴근하자마자 부모님 집으로 향했다. 전부터 심장에 통증 호소를 하긴 했었지만 잦은 병명들이 있었던 터라 무시하고 있었다. 그런데 이번 주에만 통증이 두 번이나 심하게 있어서 효은이 병원을 모시고 간다고 했었다. 그리고 스텐트 시술을 받기로 했다.

"다행히 미리 발견해서 큰일을 면했어."

진호의 말에 경신이 크게 고개를 끄덕였다.

"그러게, 진작 병원을 가시라니까. 그동안 가슴 움켜잡을 때마다 얼마나 무서웠는지 몰라. 진짜 큰일나는 줄 알았어."

"일찍 발견해서 다행이에요."

효주가 가슴을 쓸어내렸다. 진호는 괜찮아 보였다. 수술이라고 해서 겁이 났는데 다행히 시술로 끝낼 수 있단다.

"당장 입원해야 하는 거 아니에요?"

"약을 줬어. 입원할 때까지 먹고 있으래."

"놓치지 말고 드세요."

"그래. 근데 병원비가……."

"지금 병원비 걱정할 때에요?"

효주가 진호를 나무랐다. 집에 돈이 없는 건 하루 이틀 이야기가 아니었다. 병원이라는 말이 나올 때부터 자신의 몫이 될 줄은 알았다. 그런데 심장 시술이라니. 금액이 클 게 뻔했다. 하지만 아픈 사람에게까지 걱정을 끼치고 싶지 않았다.

"오늘 고생했을 텐데 쉬세요."

효주가 일어났다. 경신이 얼른 따라 일어났다.

"자고 가지 않고?"

"여기서 새벽에 출근하는 게 더 힘들어."

"그러게, 오지 말라니까."

"어떻게 그래. 수술한다는데."

효주가 슬쩍 효은을 보았다. 효은이 흠칫했다. 수술이라는 거창한 단어를 써가며 언니를 놀라게 한 죄를 알고 있는 모양이었다.

"엄마도 놀랐을 텐데, 그만 주무세요."

"그래. 근데 어머, 밥은? 아이고 내 정신 봐라. 밥은 먹은 거야?"

"회사에서 간식 대충 먹고 왔어요."

그 순간 떠오르는 얼굴이 있었다. 윤태열. 나쁜 남자.

주기적으로 같이 밥을 먹는 사이였다. 일주일에 한 번이라고 했지만 실상은 그게 좀 어려웠다. 그는 업무가 정말 많았다. 그를 조금만 관찰한다면 불임이기 이전에 일 때문에 이혼을 당했다는 것을 충분히 짐작할 수 있었다.

어쩌다 시간을 내서 밥을 먹더라도, 다음날 회사에서 직원들의 말을 들어보면 그가 다시 회사로 돌아가 일을 했다는 것을 알 수 있었다. 그래서 그녀는 평일에 그를 피곤하지 않게 하면서 함께 밥을 먹을 수 있게끔 눈치 게임을 하곤 했다.

주말이 있긴 했지만, 주말은 주말대로 어려웠다. 그녀가 적극적으로 연락하지 않고는 그가 먼저 손을 내미는 경우는 드물었다. 나쁜 남자라기보다는 바쁜 남자였지만 어쨌든 그녀에겐 그랬다.

왜 취소하는지 정도는 물어봐줄 수 있었을 텐데.

그녀가 저녁식사를 취소하는데도 그는 단답형일 뿐이었다.

그래.

그래, 라니. 어떻게 물어봐주지도 않아? 하는 원망스러운 표정으로 바라보자 그가 매우 곤란한 표정을 지었다. 그의 생각은 행동으로만 봐도 충분히 알 만했다. 회사에서 아는 척하는 게 싫은 것이다.

그러든 말든.

조금 심술이 나서 계속 쳐다보자 표정이 더 어두워지더니, 이내 화가 난 것 같았다. 그녀는 한 마디로 '쫄았다'.

다신 그러지 말아야지. 아쉬운 사람은 언제나 자신이었다.

"언니, 나 돈 좀 모아놓은 거 있어."

엘리베이터까지 쫓아 나온 효은이 말했다.

"너 등록금 하려고 모아둔 거 아니야?"

"맞아. 근데 어차피 장학금 받았고, 또⋯⋯."

"됐어. 너 써. 졸업 아직 한참 남았잖아."

동생 효은은 자신의 힘으로 대학을 다니고 있었다. 이번 학기에는 전액 장학금을 놓쳐 학자금 대출을 일부 받은 것 같지만 효은은 돈 이야기를 잘하지 않았다. 돈만이 아니었다. 무슨 이야기든 물어도 답을 안 해줄 때가 많았다. 어렸을 때부터 자존심이 강한 동생이었다. 집으로 친구를 부른 일도 없었다.

용돈을 주고 싶었지만 효주도 제 생활과 부모 뒷바라지를 하느라 빠듯해서 한 번도 제대로 챙겨주지 못했었다. 그런데 등록금에 모아둔 돈까지 있다니, 어떻게 생활했을지 눈에 훤해서 마음이 아팠다.

"괜찮아. 대학 잠깐 쉬면 되지."

"뭐?"

집안 사정을 생각하고 대학을 포기해버린 자신에 비해 정말 독한 동생이었다. 어쩌면 대리만족이리라.

"헛소리하지 말고, 공부나 해."

"언니도 돈 없잖아."

"있어. 있으니까 그렇지. 돈은 내가 알아서 할 테니까, 너는 몸으로 때워. 회사 때문에 내가 모시고 다닐 수가 없으니까."

"언니."

"그만 들어가."

큰소리를 치긴 했지만 효주에겐 특별히 방법이 없었다. 적금을 들어놓은 것들이 있었지만 큰돈은 집안일 때문에 깨버리고 남은 건 소소한 금액이었다. 대출을 알아봐야 할 것이다.

언제까지 이러고 살아야 하나. 세상에 혼자 던져진 기분이었다.

효주가 휴대전화를 만지작거렸다. 뒤늦게야 전화를 한 태열 때문에 마음이 더 싱숭생숭했다. 전화가 안 왔다면 정말다시 상종하지 않으려고 했는데.

'왜 전화하셨어요?'
'걱정⋯⋯돼서.'

무슨 걱정이냐고 퉁명하게 받아치긴 했지만 아주 혼자는 아니라고 그가 말해주고 있는 것 같아서 작은 위안이 됐다.

밥 먹는 날이었는데.

보고 싶었다. 그녀가 또다시 휴대전화를 만지작거렸다. 그러다가 벌떡, 일어났다. 하마터면 내릴 역을 놓칠 뻔했다. 문이 닫히기 전에 겨우 빠져나온 그녀가 지하철 시계로 시간을 확인하고 달리기 시작했다.

버스를 놓치면 안 됐다. 계단에서 기운을 다 뺀 그녀가 종종걸음으로 버스정류장으로 향했다. 그녀가 타는 버스가 눈앞에 보였다. 놓치면 끝이었다. 좀 더 빠르게 달려 버스에 타려는 순간, 누군가가 그녀의 팔을 낚아챘다. 순식간에 몸이 확 돌아갔다.

놀라서 말도 나오지 않았다. 그녀가 놀란 눈으로 입을 벌렸다. 체구가 좋은 누군가가 그녀를 내려보고 있었다.

"놓칠 뻔했네."

누군가가 말했다. 그러고는 미소를 지었다. 뒤늦게야 자신을 잡은 누군가가 태열임을 알았다. 멍하니 올려다보자 미소를 짓던 그의 입가가 서서히 굳어갔다.

"괜……찮아?"

"아니요. 놀랐, 놀랐어요."

"미안. 타버리면 놓칠 것 같아서."

그가 그제야 그녀의 팔을 놓았다.

"여긴 어떻게 왔어요?"

"그냥. 멀리서 온다기에. 아무래도, 버스도 막차 시간 다 되어가고. 혹시나 놓치면 곤란하잖아?"

"방금 누구 덕분에 놓쳐버렸어요."

"아, 그래? 저 버스가 막차였나."

그가 떠난 버스를 보며 이마를 긁적였다. 굉장히 미안한 표정이었다. 막차를 놓칠까 봐 데리러 온 남자가 막차를 놓쳤다고 미안해하다니. 웃음이 났다.

"걸어오신 건 아니죠?"

"어? 어, 아니. 차 가지고 왔지."

"태워주실래요?"

"그럼. 당연하지. 그러려고 왔는데."

그가 먼저 앞장섰다. 그러려고 왔다고? 태워주려고? 가슴이 뜨거워졌다. 아주 잠시나마 나쁜 남자니, 바쁜 남자니, 하며 얄미워했던 것을 모두 취소하고 그녀가 차에 올라탔다. 시선이 느껴져 안전벨트를 하던 그녀가 고개를 들었다. 자신을 보던 그가 뒤늦게 시선을 돌렸다. 그가 자신의 얼굴을 살피는 것 같았다.

기시감이 느껴졌다. 언젠가 그의 집에서 자고 일어난 날, 그가 자신을 동정하듯 보던 눈빛과 비슷했다. 그때도 그랬지만 혹시 뭔가 알고 있는 건가.

"팀장님."

"밥은 먹었나?"

그가 말을 자르듯 물었다.

"아니요. 팀장님은요?"

"엄마네 집 가서 왜 밥을 못 먹어? 밥도 안 주서?"

"아뇨. 그건 아니에요."

"집에 무슨 큰일이라도 있었어?"

빨리도 물어보시네요, 팀장님.

"팀장님은 식사하셨어요?"

"아직."

"아직까지 식사도 안 하시고 뭐하셨어요?"

"회의가 좀 늦어졌어."

그러고 보니, 그가 무척 피곤해 보였다. 그런데도 데리러 오다니. 더 반하고 싶지 않은데 반할 일만 생긴다. 그런다고 그와 뭘 할 수 있는 것도 아닌데.

"먼저 깨길 잘했네요. 바람맞을 뻔했구나."

마음이 서글퍼졌다. 결혼이나 연애를 할 수 있는 사이도 아니었다. 그녀가 취소하면 그만인 아슬아슬한 식사가 그와 자신을 이어주는 전부였다.

마음이 커지면 너무 힘들 것 같아 벌써 무서웠다.

"밥 먹으러 가자. 뭐 먹고 싶은 거 있어?"

그가 내비게이션을 눌렀다.

"팀장님."

"그래."

"저한테 너무 잘해주지 마세요."

위치를 누르던 그가 멈칫했다. 뒤늦게 그가 미소를 지으며 고개를 돌렸다.

"왜, 부담스럽나?"

"네. 엄청요."

잠시 침묵하던 그가 말했다.

"조심할게."

그의 조심스러운 대답이 마음에 들었다. 그는 좀 조심할 필요가 있었다. 이렇게 마음 약한 때에는 그저 존재만으로도 공략이 되니까.

"그럼 밥은…… 내가 먹고 싶은 걸로 하지."

그러고 보니, 그가 지금까지 밥도 안 먹고 자신을 먼저 챙기러 온 것이었다. 그녀가 감동 어린 눈으로 바라보자 그가 미안한 표정을 지었다.

"걱정 마. 잘해주는 거 아니니까. 내가 먹고 싶은 거 먹는 거야."

기분파는 아닌데, 그의 앞이면 그렇게 되는 것 같았다. 무섭고도 기쁜 마음이 그녀의 가슴에 흘러넘쳐 이대로 집에 들어가긴 싫었다.

"팀장님."

"왜?"

"우리 한강 가요."

"뭐?"

"바람 쐬면서 라면 먹어요."

"싫은데."

삐친 건가. 귀여워. 그녀가 풋, 하고 웃었다.

"라면 먹고 싶지 않으세요?"

그녀가 손가락 두 개를 젓가락처럼 만들어 후후 불어 라면 먹는 시늉을 했다.

후루룩후루룩 첩첩. 소리를 내자 그가 꿀꺽, 하고 침을 넘졌다.

"그런 건 반칙 아니야?"

"드시고 싶구나? 그럼 라면 먹으러 가요. 팀장님 드시고 싶은 거 먹기로 했으니까. 가드릴게요."

그가 못 이기겠다는 듯 웃으며 차를 움직였다.

밤이 깊었지만 사람들이 제법 있었다. 자리를 만들고 라면이 만들어지기까지 두 사람은 말이 없었다. 그가 라면 기계 앞에서 팔짱을 끼고 서 있는 모습이 낯설었다. 하지만 이상하게 보기는 좋아서 그녀는 계속해서 힐끔거렸다.

그가 요리를 한다면 저런 모습이겠구나. 하지만 한 적도 없고, 앞으로도 할 일이 없을 거라고 생각하자 아까울 지경이었다.

"뭐해? 라면 다 됐어."

"아, 네."

자리로 돌아온 두 사람은 말없이 라면만 먹었다. 한마디 하긴 했다. 진짜 맛있겠다! 정신없이 먹고 있는데 그가 그의 라면을 덜어주었다.

"배고픈 것 같아서."

"팀장님은 배 안 고프세요?"

"누가 보기만 해도 배부르게 먹고 있어서."

이건 틀림없이 귀여운 자식 보듯 하는 거지? 조금은 얄미워져 그녀가 젓가락을 들었다.

"그럼 보고 계세요."

그녀가 그의 라면을 더 덜려고 하자 그가 얼른 그릇을 뒤로 뺐다.

"뭐 하는 거야?"

"더 주세요. 저 보고 계시면 배 하나도 안 고프시다면서요."

"그렇게까지는 아닌데. 얼른 먹지? 욕심부리지 말고."

욕심부리지 말고. 가슴에 메아리가 울렸다.

"네."

그녀가 시무룩하게 답하고 라면을 먹는데 아예 그가 그릇을 밀었다.

"다 먹어."

욕심내지 않아도 알아서 다 준다는 뜻인가. 피식, 웃음이 났다.

"저 그렇게 배고프지 않아요. 같이 먹어요."

배도 안 고픈데 괜히 욕심을 내보았다. 가질 수 있을까 싶어서. 근데 그릇째라니. 욕심이 나는 게 당연했다.

"팀장님은 재혼 생각, 아예 없으세요?"

그가 그녀를 빤히 보았다.

"왜요?"

"김효주 씨는 참 무례한 질문을 잘해."

아마도 지난번 소문에 대해서 묻던 일을 이야기하는 것 같았다. 갑자기 등골이 서늘해졌다.

"아, 그게……."

"걱정 마. 나무라는 거 아니니까."

"아."

정말……?

"한 번도 그런 걸 직접 물어본 사람이 없었어. 차라리 그렇게 물어왔으면 좋았을 거야."

그가 쓸쓸히 말했다. 상무에게 직접 가서 아내가 바람났다는 소문이 사실이냐고 물어볼 직원이 어디 있겠는가. 쑥덕거리는 소리는 들려와도 진위를 모르니 그가 해명하기도 애매했을 것이다. 아니, 해명할 수도 없었을 것이다. 아내가 바람난 것은 사실이었으니까.

"다행이에요."

"뭐가?"

"아무도 안 물어봐서요. 저한테 말한 대로 그대로 이야기하셨다가는 더 크게 소문나셨을 거예요."

"아."

그가 웃었다.

"그렇게 말하진 않았겠지."

"그럼 뭐라고 하셨을 건데요?"

"일하느라 차였다고."

"틀린 말은 아니네요."

그녀가 고개를 갸웃했다.

"그럼 저한테는 왜 사실대로 말씀해주신 거예요?"

"누구 하나."

그가 한강으로 시선을 두었다.

"내 얘기를 들어줄 사람이 필요했어."

살랑이는 바람에 그의 머리칼이 흔들렸다. 완벽하게 외로운 남자의 모습이었다. 그도 답답했겠지, 힘들었겠지, 숨 쉬고 싶었겠지.

그제야 그가 자신에게 밥을 먹자고 한 이유를 알 것 같았다. 딱히 그와 연관도 없으면서, 아는 사람이고, 불편해질 이유가 없는 사이. 그는 본능적으로 그런 친구를 찾아낸 것이다. 마음이 뿌듯해졌다. 그가 자신에게 신뢰감이 있었다는 것에.

그에게 집안 이야기는 절대 하지 말아야겠다. 그녀도 이렇게 가끔 같이 있는 것만으로도 마음 편안해지는 친구가 필요하니까. 잘생긴 친구, 보기만 해도 설레는 친구를 구하는 건 정말 어려운 일이니까. 구질구질한 이야기로 그와 멀어지고 싶지 않았다.

욕심부리지 말자.

그러고 보면 가지고 싶은 것을 한 번도 가져본 적이 없었던 것 같았다. 그러니 굳이 욕심낼 필요가 있을까. 친구로라도 이렇게 같이 밥을 먹고 웃고, 즐거울 수 있다면, 그것만으로도 감사한 일이었다.

"한강 오길 잘한 것 같아요."

"그러게."

두 사람이 조용히 한강 바람을 쐤다. 부모 일 때문에 격하게 올라왔던 감정이 차분히 가라앉고, 잠시나마 아무 생각도 없이 웃는 것 같았다.

그녀가 자리에 훌렁 누웠다. 놀라 바라보는 태열을 보며 한쪽 자리를 툭툭 쳤다.

"팀장님도 누워보세요."

"먹고 바로?"

"안 돼요?"

그가 그녀의 옆에 누웠다. 훅, 하고 그의 냄새가 났다. 시간이 그렇게 지났는데도 지워지지 않는 로션향이 났다. 그 로션을 어떻게 샀을지는 알만했다. 하지만 너무 달콤하고 섹시하게 느껴졌다. 그녀가 눈을 꼭 감았다 떴다.

"시원하고 좋네."

그의 말에 그녀가 그를 보았다. 그는 하늘을 보고 있었다. 말도 안 되는 감정이 일었다. 그가 보고 있는 하늘에 질투가 난 것이다. 그의 시선 끝에 자신이 있었으면 하고. 금방까지 절대로 내지 말자던 욕심이 살아나버렸다.

"근데 제 질문에 대답 안 하신 거 있죠?"

그제야 그가 그녀를 향해 고개를 돌렸다.

"무슨 질문 했지?"

"그새 잊으셨어요? 와, 늙은이. 재혼 말이에요, 재혼."

"늙은이가 재혼은 해서 뭐해."

그녀가 쿡쿡 웃었다.

"또 삐지셨어요?"

"또라니. 단어 선택이 잘못된 것 같은데?"

"그럼 이번에만?"

두 사람이 서로를 바라보았다. 밤이라서 그런 걸 거야. 그의 눈빛이 뜨겁게 느껴졌다. 그의 넓은 품에 꼭 안겨 보고 싶었다.

"피곤하지 않아? 그만 가지."

침묵을 깨고 그가 말했다.

"조금만 더 있으면 안 돼요?"

이렇게나 간절하게 물었는데. 그녀를 바라보던 그가 벌떡 일어났다.

"가자."

가차없는 사람. 역시나 그녀의 착각이었다. 그녀의 마음에 흑심이 잔뜩 있었기에 그의 눈빛이 그렇게 보인 것이다. 아쉽다. 하지만 그에게도 그녀에게도 내일이 있었다. 적어도 그녀에겐 안 왔으면 하는 내일이.

5

"연차?"

태열이 효주의 자리가 비어 있는 것을 보고 김 과장에게 물었다. 김 과장이 자리에서 벌떡 일어나 곧은 자세로 김효주 대리는 연차입니다, 라고 말했다.

"무슨 일 있다고 했나?"

"네?"

임원급인 상무가 사원들 연차에 관심을 갖는 게 이상했는지 김 과장이 놀란 듯 되물었다. 꼭 그렇지는 않겠지만 누구 자리가 비든 말든 신경 쓴 적이 있었냐는 표정 같았다. 그렇게까지 비약할 것은 아니었지만 괜히 뜨끔했다. 태열이 변명하듯 말을 보탰다.

"아니, 연차를 썼다기에 그냥 묻는 거야."

"아, 네. 딱히 일이 있다는 말은 듣지 못했습니다. 전화로 물어볼까요?"

그러라고 말하고 싶은 게 솔직한 심정이었다. 그가 물으면 대답을 안 해줄 테니까. 하지만 그럴 수 없는 입장이었다.

"아니. 괜찮아."

"네."

왜 이렇게나 조심스러워지는지.

그녀에게 피해가 가지만 않는다면, 그가 조심할 이유는 없었다. 딱히 연차의 이유를 묻는다고 해서 문제가 생길 일도 없었다. 하지만 갑을관계라고 치면 갑이 조심하는 게 낫고, 상하관계라면 윗사람이 조심하는 게 맞았다. 약한 자는 피해자가 되기 쉽고 돌이키기도 어렵다.

그가 자리에 앉아 얼마 전 그녀와 한강에 간 일을 떠올렸다. 그녀를 데려다주고 집에 돌아오니 새벽 3시가 다 되었다. 피곤한 줄도 몰랐다. 꿈처럼 달콤한 시간이었다. 그녀에게 충동이 일기 전까지는.

함께 누워있는데, 다른 소음은 모두 사라지고 그녀와 자신만 남아 있는 것 같았다. 그의 우주에 오직 그녀만이 존재하는 듯 모든 신경이 그녀에게 쏠렸다.

자신을 보는 눈빛, 호감에 넘치는 미소, 계속 신경 쓰였던 향기. 그 모든 게 그를 사로잡았다. 이대로 쭉 함께 하고 싶다고, 친구로서는 가져서는 안 되는 감정이 폭발하는 것 같았다.

친구라고 정한 적도 없었다. 그대로 손을 잡는다면 그녀가 도망갈까. 아니, 도망갔을까. 뒤늦게 집에 와서 생긴 궁금증이었다.

그 순간엔 그녀를 잡아 그대로 품으로 당겨 꼭 안고 싶었다. 그녀의 얼굴에 볼을 비비고 목덜미를 입술로 훔치고 손으로 그녀의 가녀린 허리를 잡아 보고 싶었다. 그녀와 눈이 마주친 그 짧은 시간 동안 그는 순식간에 그녀를 범했다.

아니라고 애써 잠재우고 있었던 것이다. 생각조차 하지 않으려고 했던 것. 그녀에게 호감이 있었고, 그래서 만났고, 한순간에 반했고, 어떻게든 함께 하고 싶다는 것.

무서웠다. 모처럼의 행복이 깨질까 봐. 그래서 그가 먼저 달아났다. 그녀가 그대로 달아날까 봐. 하지만 그의 행동과 상관없이 자신에겐 언제든, 그 어떤 기회도 주어지지 않을 수 있다는 것을 알았다.

그녀가 정말 달아나버렸다.

[당분간은 저녁식사가 어려울 것 같아요.]

한강을 다녀오고, 며칠 뒤 짧은 문자가 왔다. 그래라고 대답하고 싶었지만 답답함을 참을 수 없어 결국 물었다.

[무슨 일 있어?]

[아니요. 다녀야 할 곳이 생겨서요.]

[뭐 배우는 거야?]

[비슷해요.]

그게 뭐냐고 물어보고 싶었다. 하지만 돌아온 답변으로 봐서는 알려주고 싶어 하지 않는 것 같았다.

연차라…….

하긴 그동안도 그녀는 연차를 수없이 써왔고, 직원의 연차가 임원 결재 문제도 아니니 관여한 적 없었다. 그럴 이유도 없었다.

하지만 지금은 이유가 있지 않은가. 적어도 식사를 같이하는 친구로서.

그가 휴대전화를 들었다.

'저한테 너무 잘해주지 마세요.'

'왜, 부담스럽나?'

'네. 엄청요.'

자신은 그저 잠시 휴식처가 돼주는 정도일 뿐이었다. 그리고 자신이 그런 존재라면 더더욱 캐물어서는 안 됐다. 그럼 다시는 자신에게 와서 휴식을 취하지 않을 테니까.

그날처럼 그녀가 이야기해주길 기다려야겠지?

스스로 한 이야기도 기억하지 못할 정도로 취해야 하겠지만.

문득 그녀와 연관되고 싶다는 생각이 들었다. 그녀의 사정이나 집안이나 그 어떤 것이든. 그게 뭐라도 좋으니 조금이라도 더 연관되고 싶었다.

회의를 끝내고 돌아온 태열은 휴게실 자판기 앞에 서 있는 효주를 발견하고 멈칫했다. 다른 직원들이 몇몇 그의 뒤에 있었기에 멈출 수 없었다. 그녀를 뒤로하고 걷던 그가 생각을 바꾸고 걸음을 멈췄다.

"먼저들 가죠."

직원들이 꾸벅 인사를 하고 사라지는 것을 확인하고는 그는 뒤돌아 휴게실로 향했다. 조용히 다가가려고 했지만 그가 휴게실에 들어서는 순간 앉아 있던 직원들이 벌떡 일어나 인사를 했다. 어딜 가나 주목할 수밖에 없는 입장이었다. 불편한 기색으로 앉았다 일어났다 하는 직원들을 보며 별일 아니라는 듯 미소를 보였다.

"신경 쓰지 말고 쉬어요."

그가 자판기 앞에 섰다. 그녀가 그를 놀란 눈으로 보고 있었다.

"음료수 마시고 싶은데 뭐가 맛있나?"

짧은 순간이기에 빠르게 그녀를 눈에 담았다. 아픈 데가 있는지, 혹은 잘 쉬었는지.

"잘 안 뽑아 먹어서."

낮게 속삭이며 묻자 그녀가 그제야 편안한 미소를 보였다.

"지갑은 있으세요?"

"아."

그가 낭패 어린 표정을 짓자 풋, 하고 손바닥으로 입술을 가리며 웃었다. 그녀는 여느 때와 다름없이 예쁜 얼굴이었다.

아픈 건 아니었던 것 같고.

"제가 사겠습니다."

그녀가 지갑을 보이고는 지폐를 넣었다. 양보하듯 그녀에게 먼저 누르라고 권하자 그녀가 비타민 음료를 눌렀다. 그가 음료를 꺼내 그녀에게 건넸다. 그녀가 음료를 잡는 순간, 그 손을 덜컥 잡아버리고 싶은 것을 간신히 누르느라 병을 꾹 쥐었다. 음료수를 넘겨주지 않자 그녀가 그를 의아하게 보았다.

"잘 쉬었나?"

"……네."

그녀가 주변 눈치를 살피며 답했다. 그제야 정신이 돌아온 듯 그가 그대로 음료수를 놓았다.

"다행이네."

그가 그대로 돌아섰다.

상무실로 돌아온 그는 자신이 실수할 뻔했다는 것을 알았다. 휴게실 직원들이 그를 주목하고 있었다. 그녀를 곤란하게 하려는 건 아니었다. 그저 조금 더 그녀에게 관여하고 싶었다. 냉정해질 필요가 있었다. 그는 차분히 마음을 가라앉히고 모니터로 시선을 보냈다. 기척이 느껴졌다. 그녀가 그의 앞에 서 있었다.

"무슨⋯⋯."

"음료수 두고 가서서요."

그녀가 아까 뽑았던 비타민 음료를 그에게 건넸다. 이번엔 그가 주변으로 시선을 돌렸다. 상무실은 투명한 유리로 둘러싸여 있었다. 외부에서도 내부에서도 서로를 볼 수 있었다. 다행히 몇몇만이 자리를 지키고 있었는데 일을 하느라고 바빠 보였다. 그제야 그가 조금 안심하고 그녀를 올려다봤다. 그런데 눈치 본 것에 부담을 느꼈는지 아까의 그처럼 그녀가 재빨리 돌아섰다.

허탈한 웃음이 나왔다. 우리는 무슨 죄를 짓고 이렇게 눈치를 보고 있는 것인가.

그녀의 뒷모습을 바라보던 그가 두고 간 음료로 시선을 돌렸다.

내 걸 골라준 거였구나.

그가 병을 들었다. 마시려는데 바닥에 놓인 메모가 보였다.

'오늘 저녁, 같이 먹을 수 있을까요?'

이렇게나 깜찍한 식사 제의라니. 두근두근 심장이 뛰었다. 그가 고개를 들었다. 그녀가 그를 보고 있었다. 짧게 고개를 끄덕이자, 그녀도 고개를 끄덕이고는 주변을 살피고 자리에 앉았다.

저녁이 되려면 몇 시간 남았지?

그가 시간을 확인했다. 네 시간.

네 시간이라…….

첫 식사도 아닌데, 그날보다 더 떨리고 있었다. 오랜만이라 그럴 수도 있었지만, 그가 그녀에게 좀 더 깊이 관여하고 싶다고 느끼고 있었기에 전보다 훨씬 그녀와의 식사가 간절해진 탓일 것이다.

일이 손에 잡히지 않았다. 상정해 있는 일들이 있었지만 여느 때처럼 그녀를 만난 후 돌아와서 하면 될 일이었다.

혹시 또 휴식이 필요한 무슨 일이 생긴 건 아닌가.

갑작스럽게 함께 식사하는 시간을 보류한 것도 그렇고, 연차를 쓴 것도 그렇고, 또다시 갑작스럽게 저녁을 제의한 것도 그렇고. 또 가족 문제가 생긴 건 아닌지 걱정스러웠다.

그가 그녀를 다시 한 번 보았다. 그와 달리 그녀는 차분했다. 그녀를 따라 그도 차분하고 싶었지만 더는 그럴 수 없을 것 같았다.

같은 템포이고 싶었다. 그녀가 한 걸음을 떼면 그제야 그도 겨우 한 걸음을 떼려고 했다. 하지만 이미 몇 걸음 그가 먼저 걸어버렸다. 아니, 심장이 진실을 말해주고 있었다. 윤태열은 뛰고 있다고.

❖

갑자기 걸려온 효은의 전화에 효주는 심장이 내려앉았다.

—엄마가 쓰러졌어.

생각지도 못한 말에 효주는 잠시 얼떨떨했다.

"엄마가 쓰러지다니. 아빠가 아니고?"

그것도 말은 안 됐다. 진호는 시술 후에 회복이 빨리 되지 않아 중환자실에 있었다. 가족 모두 초조한 상태였다. 다행히 일주일이 지나서야 일반 병실로 옮길 수 있었다.

3일 정도 안정을 취하고 퇴원하기로 했기 때문에 보험회사에서 간병비가 나오지 않았다. 엄마인 경신을 쉬게 하기 위해 효주가 연차를 내고 하루 동안 병원을 지켰다. 새벽에 병원에 온 경신에게서 아무 기색도 느끼지 못했는데. 쓰러지다니.

—빨리 와, 엄마가 이상해. 이상하게 쓰러졌다고!

절규하듯이 말하는 효은의 목소리에 그제야 일이 나도 크게 났다는 것을 알았다. 갑자기 꼼짝도 할 수 없는 공포에 사로잡혔다. 앞이 깜깜한 와중에 그녀는 저도 모르게 태열의 자리로 시선을 보냈다. 그는 자리에 없었다. 업무 보고 때문에 자리를 비운다고 했던 기억이 났다.

어쩌지.

"누가 쓰러졌다는 거예요?"

그제야 눈앞에 현우가 보였다. 연결된 업무 때문에 잠시 찾아온 그와 이야기를 나누는 중이었다.

"어, 엄마가……."

"그럼 얼른 가야죠. 어느 병원입니까?"

"회사 일이……."

"지금 그게 문제야?"

당황해서 헛소리가 했더니, 김 과장이 소리쳤다.

"얼른 가! 어, 신현우 씨 차 있지? 데려다주는 게 어때?"

"아니에요. 괜찮습니다."

"괜찮긴요. 가요, 얼른."

"과장님 저 반차……."

"어허, 얼른 가봐. 가서 어머니 상태 어떤지 보고 전화나 해."

"네."

그녀가 가방을 챙겼다. 현우가 빠르게 엘리베이터로 달려가 버튼을 눌렀다. 그녀가 나오자마자 문이 열렸다. 그다지 길지 않은 층수인데 엘리베이터가 너무도 늦게 내려가는 것 같았다.

"어머니 지병 있으셨어요?"

현우의 물음에 그제야 그가 있다는 걸 깨달았다. 효주가 고개를 저었다.

"그런데 갑자기 왜……."

그녀가 말이 없자 현우도 눈치껏 더 묻지 않았다. 1층 문이 열리자마자 그녀가 내리려고 했다. 현우가 그녀를 잡았다.

"차가 지하에 있어요."

"괜찮아요. 택시 타고 갈게요."

"데려다줄게요. 김 과장님한테 허락도 받았는데."

거절하고 싶었다. 그런데 한 푼이 아쉽다는 생각이 들었다. 이런 구차한 생각을 하는 게 싫었지만 아빠에 이어서 엄마까지 쓰러졌는데 안 할 수도 없는 생각이었다.

"가요."

못 이기는 척 현우의 차에 탔다.

[뇌혈관이 터진 거 같아.]

[무슨 말이야. 갑자기 왜?]

[모르겠어. 어지럽다고 토하더니 갑자기 쓰러졌어. 바로 수술 들어간대. 언니 올 수 있어?]

[당연히 가야지. 가고 있어.]

문자를 누르는 손이 떨려왔다. 뇌 문제라니. 갑자기 왜? 생각해보면 갑자기가 아닌 것도 같았다. 몇 년 전부터 경신은 머릿속에서 자꾸 소리가 난다고 했다. 오컬트적인 문제인 줄 알고 교회에서 기도를 많이 했다. 조심해야 했는데 새벽기도까지 나갔다. 그런데 그게 뇌 문제였다면?

진작 병원에 갔어야 했는데.

돈 드는 일이 많다 보니, 머리 검사로 병원 가자는 말은 나오지 않았다. 그 뒤로 별다른 말이 없어서 가족 모두 잊힌 일이기도 했다.

"괜찮을 겁니다."

효주가 고개를 들었다. 현우가 안심하라는 듯 웃고 있었다.

불안해 보이는 자신을 위로하려고 애쓰는 듯했다.

"고마워요."

그녀는 더 말없이 창밖만 내다보았다. 천국과 지옥은 고작 1초 차이일까. 효은의 전화를 받기 전까지 그녀는 태열과의 저녁을 꿈꾸며 오랜만에 들떠 있었다. 진호의 심장 시술 문제로 한동안 퇴근 후엔 부모와 시간을 보냈다. 그에게 이야기하려고 했다가 걱정만 끼칠 것 같아서 그만두었다. 어차피 시술이 끝나면 본래대로 생활하게 될 테니까.

태열하고 있는 시간까지 가족 이야기를 한다면, 그녀는 휴식 같은 시간을 망치게 될 것이었다.

중환자실에서 일반 병실로 옮긴 후에야 안정을 찾은 효주는 다시 병원비 걱정이 시작됐다. 갑자기 너무 큰돈이었다. 마이너스 통장을 쓸 수밖에 없겠다고 대충 계산을 하고 나자 앞으로의 삶이 갑갑하게 느껴졌다. 심장에 관한 약은 평생 먹어야 하고, 병원은 주기적으로 가야 한단다. 그리고 그건 모두 그녀의 몫이었다. 동생 효은이 취직을 한다 해도 결국 함께 나눠야 할 뿐, 없어지지 않을 짐이었다. 게다가 취직까지 3년은 걸릴 것이다. 정말로 끝나지 않을 것 같았다.

태열이 무척이나 보고 싶었다. 그와 있는 시간엔 유일하게 모든 게 다 괜찮아지곤 했다.

다시 저녁을 먹자고 해도 괜찮을까.

너무 모든 게 일방적인 것은 아닐까 걱정하고 있을 때, 그가 휴게실에 왔다. 그저 잘 쉬었냐고 물었을 뿐인데, 그녀는 눈물이 날 것 같았다. 임원들은 휴게실에는 오지 않았다. 따로 쉬는 장소가 있는 임원들도 있고, 그럴 시간이 없는 임원들도 있었다. 그는 후자였다. 그런데 그가 휴게실까지 오다니. 자신을 보러 온 것 같았다.

그가 음료를 넘겨주지 않고 자신을 보라는 듯 당길 때 정말 황당하게도, 문득 그에게 안기고 싶었다. 너무 힘들었다고, 아니, 지금도 힘들다고, 모든 게 다 힘들어 미치겠다고 말해보고 싶었다. 그가 다 받아주지 않을까, 괜한 기대가 들었다.

말도 못 할 거면서.

그녀는 지금 이 순간, 태열이 아닌 현우와 함께인 게 다행이라고 생각됐다. 안 그러면 그를 붙들고 도와달라고 할지도 몰랐다. 그 도움이 어떤 식이든 간에.

"다 왔어요."

병원 앞에 다가가자 현우가 말했다. 그녀가 가방을 챙겼다.

"힘들면 같이 가줄까요?"

"괜찮아요."

"별일 없길 바랄게요."

현우가 고개를 끄덕이며 인사를 했다. 그녀가 부랴부랴 차에서 내렸다. 병원 건물을 보자 겁이 났다. 그녀가 병원 안으로 뛰어들어갔다.

"언니!"

효주를 발견한 효은이 정신없이 그녀의 품으로 뛰어들었다. 워낙 이성적이고 감정이 드러나지 않는 동생이었지만 갑작스럽게 벌어진 일에 넋이 나간 것 같았다. 효은은 어린아이처럼 효주 품에서 울음부터 터트렸다.

"무슨 일이야, 대체?"

"엄마 뇌출혈이래. 지금 시술하러 들어갔어. 내가 사인했어. 급해서."

"당연히 그래야지. 잘했어. 잘했어."

효주가 효은의 등을 두들겼다.

"갑자기 우리 집에 무슨 일이 생긴 거야? 너무 무서워. 무서워 미치겠어."

"괜찮아. 별일 없을 거야. 괜찮아, 괜찮아."

효주 역시 무섭긴 마찬가지였다. 부모의 건강도 무서웠지만 닥쳐올 병원비가 더 무서웠다. 그 와중에 이런 생각을 하는 자신이 가장 무서웠다.

대체 이게 무슨 일일까.

29살, 이제 회사에 자리를 잡았을 뿐인데, 책임이 너무 무거워졌다. 기댈 수 있는 사람이 없다는 것도 그녀를 더 힘들게 하고 있었다.

제발, 누가 좀 도와줬으면.

생전 해보지 않은 생각이 들었다.

도와주세요, 제발.

느껴본 적 없는 하늘에 기도도 절로 나왔다. 눈물이 났다. 하지만 효은이 겁낼까 봐 티 내지 않으려고 애썼다. 의지할 친척도 돈도 없는 두 사람이 서로를 붙들고 그렇게 오래 꼭 안고 있었다. 그나마 혼자가 아니라서 다행이었다.

"뭐라고?"

태열이 귀를 의심했다.

"누가, 뭐?"

그의 반응에 김 과장이 얼어붙었다.

"아니, 그러니까, 김효주 씨가 반차를……. 갑자기 어머니께서 쓰러졌다는 전화가 와서. 죄송합니다. 제가 대신 쓰게 돼서."

김 과장이 꾸벅 인사를 했다. 어머니가 쓰러졌다니. 잠시 사장에게 업무 보고를 하고 왔다. 오래 걸리지도 않았다. 삼십 분? 그전까지 그녀와의 저녁식사를 어디서 할지 생각하며 예약 번호를 찾고 있었다. 그런데 돌아와보니 그녀가 없었다.

안 그래도 물어보고 싶어 입이 간질거리던 참이었다. 그때 김 과장이 오 부장에게 김효주 대리가 반차를 썼다고 보고하는 소리를 들었다. 자리에 있던 그가 그 자리로 온 것이다.

"죄송합니다. 상무님. 제가 상황을 더 잘 알아보고 조퇴를 시켰어야 했는데."

부장까지 꾸벅 인사를 했다. 태열이 이성을 차리고 답했다.

"아니요. 직원 부모님이 쓰러졌으면 당연히 보내야죠."

"아, 네네."

"어디 병원이랍니까?"

"그건, 확인을 못했습니다. 전화해서 물어볼까요?"

고개를 젓고 돌아서던 태열이 김 과장을 향해 물었다.

"그냥 보냈나? 부모님이 쓰러졌으면 정신이 없을 텐데, 데려다주지 않고?"

"마침 신현우 대리가 있었습니다. 신 대리가 데려다줬습니다."

"신 대리?"

"네. 신 대리가 차가 있어서."

저도 모르게 미간이 좁아졌다. 이런 때에 이러면 안 된다는 것을 알면서도 질투가 일었다.

"제가 데려다줬어야 하는데 죄송합니다. 상황이 하도 급해 보이기도 하고 둘이 또 사귀는 사이다 보니까."

"두 사람이 그래? 사귄다고?"

"네? 아니, 그건 아닌데 같이 밥도 먹고 영화도 봤다고 하니까."

"그럼 자네랑 나도 사귀는 건가?"

"네?"

회사 직원들과의 화합을 위해 회식을 하고 어쩌다 영화를 보러 간 적이 있었다. 김 과장이 황당하게 그를 보다가 뜻을 이해하고 꾸벅 고개를 숙였다.

"당사자들한테 확인도 안 하고 괜한 소문 퍼트리지 마."

"죄송합니다."

그가 고개를 끄덕이고 자리에 앉았다. 그가 효주에게 전화를 걸었다. 정신없는 상황일까. 받지 않았다. 불안해졌다. 그가 자리에서 일어나 현우의 부서로 향했다. 아직 돌아오지 않았다.

같이 있는 건가.

답답함에 서성거리던 태열이 다시 자리로 향했다. 걸려온 전화가 없었다. 안절부절못하는 사이, 현우가 김 과장 자리로 들어오는 게 보였다.

"어, 신 대리. 어떻게 됐어?"

"저도 잘 모르겠습니다."

"뭐야, 같이 들어가서 확인 안 했어?"

"네. 병원 앞에서 내려서요."

"어허, 뭐 큰일 아닌가 걱정이네."

"별일 없길 바라야죠."

"그래, 신 대리. 수고했어."

현우가 보고를 마치고 돌아서는데 김 과장이 불렀다.

"근데 둘이 사귀는 사이 아니었어?"

"네?"

"아니, 그냥 물어보는 거야."

"사귀는 사이는 아닙니다."

"아, 그래? 난 또 영화 보고 뭐했다고 해서 사귀는 줄 알았네."

"그랬으면 좋겠습니다."

"그래, 잘 꼬셔봐. 이번 참에 기댈 수 있게 만드는 거야. 할 수 있지?"

"위기를 기회로. 좋은 말씀 감사합니다."

매너 있게 대꾸한 현우가 돌아섰다. 태열이 부서로 돌아가는 현우의 뒤를 쫓았다.

"미친놈. 뭐라는 거야. 부모 쓰러져서 정신없는데 꼬셔보라고? 개새끼."

현우가 투덜거리는 소리가 들렸다. 좋게 대꾸하고 가더니, 투덜거리는 소리를 들어보니 그래도 정신은 제대로 박힌 듯했다. 그가 뒤에서 현우의 어깨를 쳤다.

"왁! 깜짝이야!"

과장 욕을 하고 있었으니, 미친듯이 놀랄 만했다. 태열이 현우가 진정할 때까지 기다렸다. 현우가 태열을 보고 꾸벅 인사를 했다.

"아, 안녕하십니까, 상무님."

"그래, 신 대리. 좀 전에 말이야."

"아, 저기 죄송합니다. 제가 욕하려고 욕한 게 아니고……."

"병원이 어딘가?"

"네?"

"김효주 씨 데려다준 병원."

"아, 미래병원입니다."

"그래? 알았어."

현우가 의아하게 바라보는 것을 알았지만 태열은 모른 척했다. 상무 자리에 있는 사람이 대리의 병원을 알아보려고 직접 데려다준 사람을 찾아가 물어봤다는 것이 그다지 평범한 일은 아니었다. 현우가 이번 일을 곱씹는다면 이상하게 볼 게 확연한 일이었다. 하지만 그것 역시 지금은 상관없었다. 지금 중요한 건 그런 게 아니었다.

그가 바로 주차장으로 향했다. 병원 하나를 알아보려고 얼마나 애를 쓰는지 모르겠다. 그와 그녀의 거리가 왜 이렇게 먼지.

6

시술은 잘됐습니다. 다만, 혈압 문제가 있어서 조금 기다려
봐야 할 것 같습니다.

의사가 나와 짧게 소견을 이야기하고 떠났다. 뇌에 동맥류
가 있었고 그게 터졌다는 것이다. 다행히 빠른 조치로 코일
(coil)을 채워 사지마비를 막았다는 내용이었다. 다만, 혈압이
정상으로 돌아오지 않고 있어서 회복이 다 될 때까지는 지켜
볼 필요가 있다고 말했다.

의사가 떠나고 간호사가 두 사람에게로 왔다. 회복 후에 입
원실로 옮길 것이고, 현재 6인실에 자리가 없어 3인실로 옮기
게 될 거라고 했다.

진호가 며칠 뒤에 퇴원이었다. 거동이 어려운 건 아니었지
만 아버지도 회복이 빠르지 않아서 어머니가 없다면 돌봐줄

사람이 없었다. 퇴원이 어려울 듯했다.

"아빠도 3인실에 있는데."

효은도 그제야 병원비 걱정이 된 듯 말했다. 부모가 갑자기 병원에 입원해서 큰 시술을 받았으니, 걱정이 이만저만이 아니었다.

"언니, 나 학교 그만둘까?"

회복실 앞에 멍하니 앉아 있는데 효은이 입을 열었다.

"뭐?"

"언니 너무 힘들잖아. 나도 회사 다녀서 부모님 함께 돌보게."

"너, 대학 안 나오고 회사 다니는 게 얼마나 힘든지 알아?"

"언니도 했잖아."

"그래, 언니가 했지. 그래서 알아. 얼마나 힘든지."

"내가 열심히만 하면."

"열심히 한다고 되는 게 아니야, 사회생활은."

"그럼 언니는 어떻게 했는데?"

효주가 지난날을 떠올려보았다. 자신이 고졸로 그 회사를 들어간 것은 거의 기적에 가까웠다. 하늘이 도왔다고밖에 할 수 없었다. 기적에 기뻐할 시간은 없었다. 회사에 들어가고부터는 학력 차별과 성별의 차별에 노출된 채로 서러운 시간을 보냈다. 겨우 직함을 달긴 했지만 그렇다고 달라진 것은 없었다. 보이지 않는 차별은 계속될 것이었다. 자신이 해낸 것을 동생이 못해낼 거라고 말하는 게 아니었다. 그걸 겪게 해주고 싶지 않았다.

"효은아."

"응?"

"너라도 대학 나와."

"대학이 뭐 대수라고. 요새는 안 그래."

"안 그런 것 같아도 아직 그래. 네 마음은 이해하는데 언니가 걱정되면 지금 기회 있을 때 열심히 해. 안 되는 곳에서 열심히 하는 것보다 지금 될 때 열심히 하는 게 효율적으로도 나아."

"언니."

"네 자식도 이렇게 살게 할 거야? 우리처럼?"

효은이 입을 다물었다.

"어떻게든 졸업해."

"……."

"가난하게 살지 말자. 우린."

이미 너무 가난했다. 밥을 못 먹는 것도 아니고, 옷을 못 사는 것도 아닌데, 그냥 너무 가난한 것 같았다.

신용대출을 알아봐야 하나?

진호의 시술비까지는 그래도 마이너스 통장으로 가능했지만 경신은 달랐다. 이제 한도가 부족했다. 빚은 무서운 거라고, 부모는 늘 말했다. 그런데 무서운 이유도 결국 갚을 능력이 없을 거라는 것을 전제로 하기 때문이 아닌가. 자신들의 무력함과 무기력함을 이길 의지가 없다는 뜻이었다. 그 의지를 왜 자식들이 가져야 한단 말인가.

효은을 진호에게 보내고 효주가 한적한 복도를 찾아 앉았다. 휴대전화에 부재중 전화가 찍혀 있었다. 태열이었다.

아, 저녁식사 취소에 대해서 말을 하지 못했는데.

전화를 걸려던 그녀는 몇 번을 시도하다가 관두었다. 아무래도 눈물이 날 것 같았다. 그와 그런 사이도 아닌데, 부담을 줄 수는 없었다.

의지할 수 있는 사이였다면, 얼마나 좋았을까.

그가 자신의 연인이고, 무슨 일이 있을 때, 그가 와서 척척 해결해 준다면.

아니, 그런 것도 바라지 않았다. 그저 옆에만 있어준대도 그녀는 자신의 모든 것을 다 내어줄 수도 있을 것 같았다.

자꾸만 무너지는 이성을 붙들고 그녀가 부동산 번호를 찾아 전화를 걸었다. 건물주의 단골 부동산이었다.

"안녕하세요, 유진빌라 2층이에요. 전세를 내놓고 싶은데요. 주인집에 먼저 이야기해야 하는 거죠? 혹시, 말씀해주실 수 있나요? 집에 일이 좀 생겨서……."

몇 가지 이야기를 나누던 효주가 전화를 끊기 전 물었다.

"혹시 월세로 가격 괜찮은 거 나온 거 있……?"

갑자기 드리워진 그림자에 그녀가 고개를 들었다. 그대로 굳어버렸다. 태열이 그녀의 앞에 서 있었다.

"자, 잠시만요. 나중에 전화 드릴게요."

그녀가 벌떡 일어났다.

"팀장님. 어떻게 오셨어요?"

"전화…… 안 받길래."

두근두근 심장이 뛰었다.

"죄송해요. 경황이 없어서……."

"난 괜찮아."

그의 전화를 무시하고 다른 곳과 통화 중인 모습을 보였으니 민망했다. 하지만 그의 말대로 정말 화난 것처럼 보이진 않았다.

"어떻게 된 거야?"

"어머니가 갑자기 쓰러지셨어요. 뇌출혈이래요."

"수술은?"

"시술로 끝났어요. 그래도 아직 회복은 안 되셔서 지켜봐야 한대요. 시술은 잘됐다고 했어요."

"그래, 다행이네."

그가 그녀를 빤히 보자 눈물이 날 것 같았다. 안길 수 있는 사이였다면 좋았겠다. 그럼 그에게 좀 안겨서 울 텐데. 그녀가 휴대전화만 꾹 쥐었다.

"집을…… 빼는 건가?"

그가 다 들었나 보다. 변명할 말이 생각나지 않아서 그냥 포기한 듯 말했다.

"집에 돈이 많은 편이 아니에요. 빚, 지기 싫어서요."

그녀가 미소를 지었다.

"그래."

"저, 회복실로 가봐야 해요."

"어딘데. 데려다줄게."

"고작 몇 층인데요?"

"쓰러질 것 같아 보여. 김효주 씨까지 그러면 안 되잖아."

"차라리 제가 쓰러지면 좋겠어요."

농담 같은 진심을 내뱉고 그녀가 먼저 한 발 디뎠다. 그가 오는 소리가 들리지 않아서 돌아보니, 그가 그대로 서서 그녀를 보고 있었다. 너무도 걱정스러운 눈빛이었다. 고작 눈빛뿐인데도, 걱정하는 모습이 왜 좋을까. 나쁜 생각이었다.

"농담이에요."

그녀가 금방 웃고는 먼저 앞으로 향했다. 조용해서 갔나 싶었는데 그가 뒤에서 엘리베이터 버튼을 눌렀다. 뒤에 있었구나.

"저녁식사 제대로 망쳤네요."

"어머님 회복되는 거 보고 먹으러 가자."

그녀가 그를 올려다보았다. 돌아가지 않을 생각인가? 그녀를 회복실 앞에 데려다주고 집에 갈 거라고 생각했다. 가지 않는다는 것만으로도 감동을 줄 수 있다니. 그의 능력도 대단했다. 그녀의 눈빛이 뭔지 전혀 읽지 못할 남자가 변명하듯 말했다.

"밥, 안 먹었을 거 아냐?"

"그렇긴 한데. 배 안 고파요."

"밥은 배고파서 먹을 때도 있지만, 먹어야 해서 먹을 때도 있는 거야. 김효주 씨는 먹어야 돼."

"오래 걸릴지도 몰라요."

"어차피 김효주 씨 때문에 비워둔 시간이야."

그는 갈 생각이 없음을 피력했다. 계속 같이 있어 줄 거구나.

이 와중에 웃음이 나왔다. 이 와중에.

❖

태열도 자신이 있어야 할 자리가 아니라는 것쯤은 알았다. 그러나 어떻게든 연관되고 싶다는 마음에 자신을 보내려는 그녀의 옆자리를 놓치지 않으려고 애썼다. 그녀는 지쳤는지 더 이상 그를 말리지 않았다. 회복한 어머니와 이야기를 나눈 그녀는 동생에게 뒷일을 맡기고 그가 먼저 자리를 잡은 식당으로 밥을 먹으러 나왔다.

배가 고프지 않다고 말한 사람치고는 꽤 잘 먹었다. 그도 그럴 것이 벌써 밤 열 시가 넘어가고 있었다. 무엇보다 어머니가 무사히 회복을 한 덕택일 것이다.

"아버지가 안 계셨던가?"

그가 심상하게 물었다. 그녀가 고개를 저었다.

"계세요. 병원에요."

"그랬군. 동생 얘기만 하는 것 같아서."

"입원해 계세요."

그녀 역시 심상하게 답했다. 그가 고개를 들었다. 그녀가 옅은 미소를 지었다.

"아버지 심장에 문제가 생겨서 시술받으셨거든요."

"언제?"

"얼마 전에요. 회복이 늦으셔서 중환자실에 좀 계셨어요."

"그럼 그때 저녁식사를 취소한 이유가……."

그녀가 고개를 끄덕였다. 자신에게 뭐든 이야기해야 할 이유는 없었다. 그런데 사람 마음이란 건 머리와 따로 노는 법이었다. 왠지 섭섭했다.

"뭘 배우려고 한다더니."

"팀장님이 그렇게 여쭤보셨죠."

"그랬지."

어림짐작으로 그렇게 물었다. 그녀는 그렇다고 대충 얼버무렸다.

그럴 수도 있었겠군.

술에 취해 처지를 말하던 그녀가 떠올랐다. 무엇을 배울 처지가 아니라는 걸 잊은 게 자신이라는 사실도 깨달았다. 그녀에 대해서 너무 경솔하게 생각했다.

"집안 얘기하는 거 싫어하는 편인가?"

"꼭 그렇지 않아요. 그냥 이야기해봤자 나아지는 것도 없고, 또 말하는 저도, 듣는 사람도 기분이 다운되니까요. 저보단 아마 동생이 싫어하는 것 같더라고요. 걘 자존심이 세거든요."

"김효주 씨는 자존심 안 세?"

"그렇게 센 편은 아닌 것 같아요. 저, 자존심 세 보여요?"

"어디 보자."

그가 그녀를 들여다보듯 구석구석 살폈다.

"센 것도 같고. 아닌 것도 같고."

"맞히지도 못하시면서. 너무 보지 마세요. 민망하잖아요."

그녀가 고개를 숙이고 음식을 입 안에 넣었다.

"다음엔 제대로 얘기해. 다 괜찮으니까."

그녀가 음식을 문 채로 그를 보았다. 이렇게 보니 지난 아침 화장기 없는 모습을 보던 그때처럼 참 어려 보였다. 이럴 때마다 그는 곤란했다. 그녀는 사회에서 이미 성숙한 나이였고, 하는 행동이나 말투로 보면 그 나이보다 훨씬 더 먹은 것 같아 그와 괴리감도 느껴지지 않았다. 하지만 얼굴은 속일 수 없었다. 그녀가 아직 자신보다 열 살이 어리다는 느낌, 아니, 어느 땐 그보다 더 어려보이는 표정이 그를 난감하게 했다.

너를 탐하는 건 너무 욕심이야.

그런데 더 난감한 건, 그래서 더 가지고 싶다는 것이었다. 저 귀여운 표정을, 자신에게 보여주는 어린애 같은 눈빛을, 전부 자신의 것으로 만들고 싶다는 욕망.

"안 씹어?"

"큼, 씹어요."

그녀가 뒤늦게 음식을 꿀떡 넘겼다. 그가 물을 건넸다.

"천천히 먹어."

"저한테 잘해주지 말라고 하신 거 잊었어요?"

"이 정도는 김 과장한테도 하는 거야."

"그럼 김 과장님도 오해하겠어요."

"무슨 오해?"

그녀가 새침한 표정을 짓더니 대답 없이 밥만 먹었다. 무슨 말이냐고 다시 물으려고 했는데, 휴대전화가 울렸다. 효주가 겁먹은 얼굴로 전화기를 보았다.

"왜?"

"아, 니요. 아니에요."

절대로 받고 싶지 않은 얼굴이라는 걸, 그가 포착하고 나서야 그녀가 전화를 받았다.

"어, 효은아."

표정이 어두워졌다.

"무슨 소리야? ……뭐? 알았어, 갈게. 지금 갈게."

그녀가 벌떡 일어났다. 그가 놀란 눈으로 그녀를 보았다.

"밥, 끝까지 못 먹어서 죄송해요. 먼저 가봐야겠어요."

"무슨 일인데?"

"아무래도 합병증이 온 것 같다고. 수술해야 할 것 같다고 빨리 오래요. 저, 먼저 좀 가보겠습니다."

그녀가 허둥지둥 식당을 빠져나갔다. 그 뒷모습이 왜 이렇게 아파 보일까. 가슴 한편이 뻐근해지는 것 같았다. 부동산에 전셋집을 내놓는다는 전화를 들었을 때도 같은 증상이었다. 그녀의 집에 가봐서 알았다. 그 집 전세금이라 봐야 병원비를 내고 나면 월세 보증금 만들기도 힘들 게 뻔했다. 그것뿐일까. 그동안의 행보를 짐작하자면 대출도 있을 터였다.

'이 고통이 끝나지 않을 것 같아요.'

울지도 않고 절규하는 그녀가 떠올랐다. 누군가에게 말해봤자 바뀌는 게 없다고 말하는 것을 보니 울어봤자 소용없다고도 생각하고 있는 것이다. 그녀의 눈물과 울분은 차곡차곡 가슴 속에 쌓여 있겠지. 생각만 해도 명치가 아렸다.

김효주. 너를 고통에서 벗어나게 해주든지, 같이 뛰어들든지. 나는 뭐라도 해야겠다. 네가 원하든, 원치 않든.

뭐라도 하지 않으면 견딜 수 없을 것 같았다.

"네, 네. 알겠습니다. 그럼 최대한 빨리 짐 빼도록 할게요. 네. 빨리 알아봐 주셔서 감사합니다."

부동산이었다. 직원들이 들을까 봐 효주는 휴게실에서 조용히 통화를 하고 전화를 끊었다. 전셋집은 생각보다 빨리 나갔다. 계약금이 입금되면 급한 대로 중간정산을 일부 해야 할 듯했다.

지금은 최악 중의 최악이었다. 급하게 시술에 들어갔지만 경신의 말투는 어눌했고, 효주와 효은을 알아보지 못했다. 뇌에 물이 차서 뇌주름이 펴지면서 뇌기능을 상실하고 있었다. 합병증이라고 했다. 결국 경신은 뇌를 열어 모터를 집어넣고 뇌수가 고이지 못하도록 순환하는 수술을 하게 됐다.

시술 금액도 적은 게 아니었지만 수술비는 말도 못했다. 게다가 수술을 한 후에도 바로 좋아지는 것이 아니라서 간병인도 필요한 상태였다.

이제 남은 것은 전세금이었다. 10평 남짓의 집이라 전세금액도 많지 않았다.

부모 집에서 생활하고 싶지 않았는데.

돈은 없지만 언제나 사랑이 넘치는 부모. 하지만 가끔은 그 태평함에 숨이 막혔다. 돈을 벌어야 한다는 것은 알면서도 늘 어디가 아팠다. 가끔은 일을 하기 싫어서 아픈 것처럼 보이기도 했다. 그녀는 부모가 미웠다. 아껴주고 사랑해주지만 짐은 짐이니까. 도리어 착한 부모는 자식이 부모를 미워하는 것조차 용납하지 않았다. 죄책감까지 덤으로 안겨주는 것이다.

간병비가 문제네.

의사는 경신이 바로 회복되기란 어렵다고 말했다. 그런데 갑자기 해당 과에서 가장 높은 분이 담당의가 되었고, 수술도 집도했다. 비용 때문에 요구하지 못했지만 병원 자체 내에서 바뀌었다고 하니, 말릴 수도 없는 노릇이었다. 대한민국에서 뇌를 가장 잘 보는 명의라고 방송에도 나왔으니, 안심은 되었다. 그래서 그런지 무척이나 친절했고, 경신을 신경 써주었다. 아마도 특진비도 나갈 것이다.

어디까지 빚을 져야 할까?

가족이 곁에 있었지만 도움을 줄 수 있는 사람은 아무도 없었다. 그나마 태열과 식사를 하는 시간만이 그녀의 유일한 위로였는데.

'죄송해요. 경황이 없어서…….'

'난 괜찮아.'

그는 늘 괜찮다고 하는 것 같았다. 그 말이 그녀에겐 얼마나 큰 힘인지 그는 몰랐다. 그에게 괜찮다는 말을 들으면 정말 뭐든 다 토해버리고 싶을 기분이었다.

'다음엔 제대로 얘기해. 다 괜찮으니까.'

다시 듣고 싶다, 괜찮다는 말.

그녀가 눈을 꼭 감았다. 그의 얼굴이 떠올랐다. 곁에 있기만
해도 든든한 사람. 효주는 요새 그를 자신의 것으로 만들고 싶
다는 생각이 들어 난감했다. 어떻게 할 수 있는 건지도 모르겠
고, 그럴 수 있는 처지가 아닌데도.

'다 괜찮으니까.'

그렇게 말하던 그의 눈빛이 어른거렸다.

"괜찮아요?"

그녀가 눈을 떴다. 현우가 그녀의 등 뒤에 서 있었다.

언제부터 있던 거지?

"어머니 좀 어떠신가 해서요?"

"아, 신 대리님. 지난번에 인사도 못했네요. 감사했어요."

"별거 아닌데요, 뭐. 좀 어떠세요?"

"좋지 않아요."

"아……. 무슨 말씀으로 위로를 드려야 할지 모르겠네요."

괜찮을 거라는 한 마디면 될 텐데.

태열이 보고 싶었다.

"근데 혹시 윤 상무님하고 무슨 일 있으세요?"

"네? 무슨 일이요?"

그녀가 너무 놀랐는지, 현우까지 당황한 얼굴이었다.

"아니, 지난번에 상무님이 오셔서 효주 씨 어머님 병원을 물어보셔서요."

"아, 그러셨어요?"

현우에게 직접? 그의 입장에서 쉽지 않은 일일 텐데.

"급해 보이셔서. 혹시 두 분이 무슨 관계가 있는지 했습니다."

"아, 우리 팀장님이야 직원들 일에 관심 많으시니까요."

"윤…… 상무님이요?"

아내가 바람나도 모르는 그 상무가요? 라고 말하는 것 같아서 뜨끔했다.

"네. 직원들을 잘 챙기세요."

"네, 그런가 보네요. 근데…… 이사하시는 건가요?"

현우가 통화를 들은 모양이었다. 이 와중에 뭘 이렇게 묻는 걸까.

"네, 그렇게 됐어요. 그럼, 수고하세요."

효주가 휴게실을 빠져나왔다.

부서로 돌아가니 태열이 일을 하고 있었다. 그녀는 잠시 그 대로 서서 그를 보았다. 그가 현우에게 직접 자신이 간 병원에 대해서 물었다면 정말 급했던 게 아닐까 싶었다.

왜 급했을까? 그녀는 전화를 안 받고, 갑자기 병원에는 갔다고 하고, 어딘지도 모르고. 그런데 병원은 와야 하고.

그런 다급한 마음이 왜 들었던 걸까?

간병비를 아끼려면 연차를 언제부터 쭉 쓸 수 있을까 계산해서 결재를 받아야 하는데, 하기 싫었다. 그를 못 보니까.

저 차분한 몸짓과 열중하는 표정과 카리스마 넘치는 일의 진행을 열흘 이상 볼 수 없다니. 돈이 없다는 건 늘 서러웠지만 이번만큼 서러운 일은 없는 것 같았다.

시선을 느꼈는지 그가 고개를 들었다. 무슨 일이냐는 듯 그가 의문에 섞인 표정을 지었다. 그녀가 미소를 짓고는 자리에 앉았다.

잠시 후, 누군가 책상에 노크를 했다. 김 과장이었다.

"네, 과장님."

"김 대리, 많이 힘들지?"

"아니에요. 괜찮습니다."

"퇴근해."

"네?"

"엄마 보러 가야지. 조퇴하라고."

"저 반차 안 썼는데요."

"괜찮아. 부장님 특별 지시니까."

그녀가 오 부장에게 시선을 보냈다. 오 부장이 사람 좋은 인상으로 가라는 손짓을 하며 고개를 끄덕이고 있었다.

"대신 조용히 가래. 직원들이 이해는 해도 그래도 조용히 가는 게 좋지 않겠어?"

감사합니다, 고개를 꾸벅이고 짐을 꾸렸다. 다행이었다. 동생 효은이 자꾸 수업을 빠지는 게 내내 마음에 걸렸다. 하나라도 더 듣게 하는 게 좋겠지. 장학금을 타던 동생이었는데, 이번 일로 타격이 클 터였다.

또 학교 그만둔다고 하면 어쩌나.

밖으로 나오니, 보슬비가 내리고 있었다. 지하철역까지 가면 옷이 꽤 젖을 듯했다. 그래도 동생을 학교에 보내려면 최대한 빨리 가야 할 것이다. 그녀가 빠른 걸음으로 지하철역으로 향했다.

잠시 후, 빵, 하고 클랙슨 소리가 울렸다. 태열의 차였다. 놀라움 반, 반가움 반으로 그녀가 가까이 다가가자 그가 조수석 창문으로 고개를 숙였다.

"타."

"팀장님?"

"감기 걸려. 얼른."

그녀가 차에 올라타자마자 그가 담요를 건넸다.

"차에 이런 것도 있으세요?"

"그래. 무릎이 시려서."

"네? 아."

그가 웃었다.

"믿었어?"

"당연히 믿죠."

"나 아직 마흔도 안 됐는데."

"전 서른도 안 됐지만 가끔 시리거든요."

농담처럼 말하고 아차 했다. 그에게 자신과의 나이 차이를 알리고 싶지 않았다. 그가 알고 있겠지만 그래도 최대한 거리감을 없애고 싶었다.

"어디 가는 길이세요?"

"어. 볼일이 있어서."

그녀가 미소를 지었다.

"제가 운이 좋네요. 지하철역에 내려주세요."

"안 내려줄 건데?"

"네?"

"안 내려준다고."

이번에도 농담인 걸 알았지만 가슴이 뛰었다.

"저, 병원에 빨리 가봐야 하는데."

"데려다줄게."

"아니에요. 안 그러셔도 돼요."

"그러려고 나왔어."

"네?"

"비 오잖아."

회사 상무가 일하다 말고 대리를 데려다주러 나왔다고? 비 온다고?

이…… 멍청한 아저씨가. 잘해주지 말라니까.

그녀가 입술을 꾹 물고 창밖을 보았다. 그녀가 이상해보였 는지, 그가 힐끔거렸다.

"화났어?"

"네."

"왜?"

"팀장님이 말을 안 들어서요."

"뭐? 내가 무슨 말을 안 들었는데?"

"저 잘래요."

그녀가 담요로 얼굴을 가렸다.

"그래, 피곤할 텐데, 잠깐이라도 자."

아무렇게나 말하는데도 그가 막 받아준다. 가지고 싶어. 당 신이 가지고 싶다고. 당신이 내 거였으면 좋겠어. 그녀가 그 를 안듯 담요를 안았다.

7

"누구……셔?"

효은이 의아한 눈으로 태열을 보았다. 갑자기 나타난 것은 물론 남자까지 데리고 왔으니 놀랄 만도 했다. 병원 앞에서 자신을 내려주는 그를 그냥 보내기 싫어, 차라도 마시고 가시라고 제의해서 같이 내렸는데, 동생에게 들켜버렸다.

"어, 저기, 우리 회사 상……."

상무가 왜 이런 곳에 같이 오냐고 하면 설명하기가 복잡해질 텐데, 그녀에겐 하도 익숙한 직책이다 보니, 단어가 먼저 나왔다.

"아니, 직원분이신데……."

"안녕하세요, 윤태열이라고 합니다."

갑작스럽게 가족과 인사를 하게 된 터라 그녀는 설명할 말을 쉽게 찾지 못했다. 그를 누구라고 말해야 할지도 애매하긴 했다. 친구, 상사, 뭐라고 해도 효은은 이상한 눈으로 볼 수밖에 없었다. 상황을 이해한 그가 빠르게 인사를 했다. 효은도 마주 인사했다.

"아, 네, 안녕하세요. 김효은이라고 합니다."

"김효주 대리님 가족분이 입원하셨다고 해서 회사에서 대표로 나왔습니다."

"아, 네에……. 감사합니다."

효은이 떨떠름하게 인사를 받았다. 회사에서 대표로. 쓴웃음이 일었다. 어디 가서 거짓말을 할 수밖에 없는 사이란 말이었다. 융통성이 없는 것도 아닌데, 괜히 마음이 안 좋았다.

"아버지라도 만나시겠어요? 엄마는 면회를 할 상황이 아니라서요."

효은이 예의를 차리며 말하자, 그가 거절했다.

"아닙니다. 보통 어른들은 자식 회사에서 나왔다고 하면 많이 신경을 쓰시더라고요. 편찮으신데 신경 쓰이게 하고 싶지 않습니다."

"아, 네."

"저, 이거."

태열이 속주머니에서 봉투를 꺼냈다.

"회사에서 드리는 금일봉입니다."

금일봉?

금시초문 금일봉에 효주의 눈이 커졌다. 회사에 이런 이야기가 있었나? 당연히 없다. 이건 그가 가져온 것이 뻔했다.

"큰 금액은 아닙니다. 오가면서 필요한 거 있으면 구입하는 정도니까 부담 갖지 말아요."

작정하고 온 것처럼 자연스러웠다. 정말 회사 대표로 온 것처럼.

"언니 뭐해, 회사에서 주는 거라잖아."

효주가 멀뚱멀뚱 태열만 보고 있자, 효은이 속삭이듯 재촉했다.

"언니, 직원분 팔 아프시겠어."

"좀 아프네요."

작게 속삭이는 말에 태열도 비슷한 투로 말하고는 옅은 미소를 보였다. 괜찮으니까 받으라는 표정에 울컥함이 밀려왔다. 그녀가 마지못해 봉투를 받아들었다.

"감사……합니다."

"그럼 이만 가보겠습니다."

"이렇게 오셨는데 차라도 한 잔 하고 가세요."

효은이 싹싹하게 말했지만 태열이 고개를 저었다.

"아닙니다. 회사에 들어가 봐야 해서."

"아, 네에."

"김 대리님?"

"……네."

"다 괜찮을 겁니다."

그가 안심하라는 눈으로 그녀를 보고는 그대로 돌아섰다. 그녀가 멍한 눈으로 그의 뒷모습을 쫓았다. 조퇴도 시켜주고, 데려다주고, 금일봉이라는 말도 안 되는 핑계로 돈까지 줬다.

"뭐야, 언니 회사 진짜 좋다."

효은이 툭, 하고 효주를 쳤다. 그러고는 손에 있는 봉투를 가져갔다.

"얼만지 볼까? 흐음……, 으음? 으응? 하나, 둘, 셋…… 오백? 오백인데? 오백이야! 언니, 백만 원짜리 수표가 다섯 장이면 오백 맞지?"

"뭐?"

"아까 큰 금액 아니라고 하지 않았어?"

"……."

"저 아저씨 뭐 하는 사람이야? 뭐 하는 사람인데 오백이 큰 금액이 아니래?"

"……."

"언니? 저 사람 혹시 사장이야? 그런 윗사람이 왜 병원까지 와서 이런 돈을 줘? 뭐, 이상한 로비했어? 언니 저 사람하고 뭐 이상한 관계……?"

"무슨 헛소리야! 그, 그냥 윗분이야."

찔릴 것도 없는데 그녀는 저도 모르게 거짓말이 나왔다. 잘 사는 사람인가 봐. 효은의 말을 뒤로 하고 그를 쫓아가려는데 간호사가 소리쳤다.

"이경신 씨 보호자분!"

"네! 여기요, 여기."

효은이 먼저 답했다.

"병실이 나왔어요. 옮기실 거라서 준비해주세요."

"병실이라뇨? 아, 6인실이 나왔나요?"

"아뇨. 2인실이요."

"네? 2인실이라니. 저희 2인실 대기한 적 없는데요."

"아버님하고 어머님 두 분만 병실 쓰시기로 얘기하시지 않
았어요?"

"네? 그런 적 없는데."

"이상하네. 잠시만요."

간호사가 자리로 가서 어딘가로 전화를 돌려보더니, 다시
돌아왔다.

"저희 과장님께서 옮기라고 특별 지시하셨대요. 입원실 바
뀌는 거라 원무과 가셔서 중간정산 하시고 오시면 돼요."

뭐가 어떻게 된 일인지, 효주도 효은도 얼떨떨했다.

"저기요……."

"한 분은 중간정산 하시고, 한 분은 짐 싸주시고 하면 될 것
같아요."

간호사의 칼 같은 업무 분담에 두 사람은 더 따질 것도 없
이 각자 움직이고 있었다. 효주는 원무과에 효은은 입원실로

헤어지려는 찰나, 효은이 그녀를 불렀다.

"언니."

"응?"

"이거 가져가."

"응?"

"당장 돈 없잖아."

이렇게 갑자기 돈을 내라고 하면 당연히 곤란했다. 그런데 마침 봉투를 받았네? 이상한 일이었다.

"잘됐다, 그치?"

속 모르는 효은이 기뻐했다. 그러니까 된 건가. 적어도 동생이 학교 그만둔다는 말은 안 하니까.

"그러게."

"언니 회사 너무 좋다. 의료비 코딱지만큼 나온다고 별로라고 했던 거 취소."

효주가 미소를 짓고는 돌아섰다. 마음이 무거웠다. 신에게 도와달라고 빌긴 빌었는데 신이 보내준 사람이 태열이라면, 더없이 좋으면서 한편으로는 무서울 것 같았다.

그녀가 원무과로 내려갔다.

"이경신 씨, 중간정산 다 되셨는데요?"

"……네?"

"정산 다 되셨어요."

"누가, 누가 정산을…… 누가 정산하고 가셨는지, 그런 거 알 수 없나요?"

"죄송해요. 저희가 그것까지는. 혹시 가족분들 중에 한 분 아닐까요? 정말 드물긴 한데 종종 서로 내시려고 하는 경우가 있거든요. 누가 먼저 일찍 하고 가셨나 봐요."

누가……?

떠오르는 얼굴은 있었다. 하지만 좀 전에 자신의 손에 봉투도 쥐어주고 가지 않았는가?

"저, 내역서 좀 볼 수 있을까요?"

그녀가 병원비 내역서를 보았다. 검사비, 시술비, 수술비, 입원비까지 모두 이천팔백이었다. 금일봉으로는 중간정산의 일부는 할 수 있겠지만 모두를 해결할 수 없는 금액, 당장 낼 수 없는 돈이었다.

'오가면서 필요한 거 있으면 구입하는 정도니까 부담 갖지 말고.'

알고 있었어. 대충 얼마 나올지?

효주가 휴대전화를 꺼내 그에게 전화를 걸었다. 받지 않았다. 그녀가 재빨리 병원 입구로 나갔다. 당연히 없었다. 다시 한 번 전화를 걸었지만 역시나 받지 않았다.

다시 입원실로 향하던 그녀가 걸음을 멈췄다. 로비 한쪽 카페에서 태열이 누군가와 이야기를 나누는 것이 보였다. 그녀가 천천히 그쪽으로 걸었다.

태열의 맞은편에 있는 사람이 낯이 익었다. 경신의 수술 의사였다. 그녀가 가까이 다가가기 전에 두 사람이 자리에서 일어났다. 그녀가 몸을 숨겼다.

"차 어디다 세웠어?"

"주차장에 세웠죠."

"가자, 데려다줄게."

"바쁘신 분이."

"나 안 바빠. 바쁜 건 너지. 이럴 때만 하지 말고, 자주 좀 연락해. 제수씨한테 안부 전하고."

아내 이야기가 나오자 그가 웃음으로 넘겼다.

"형수님한테 안부 전해주십시오."

"그래, 그래."

"저, 선배님. 이경신 환자분……."

"걱정하지 마. 내가 잘 돌볼 테니까."

"감사합니다. 그리고 송구합니다."

"무슨 소리냐. 이렇게라도 얼굴 봐서 진짜 좋다. 우리 이십 대 때는 그래도 꽤 놀았는데, 어떻게 연락도 못 할 정도로 서로 이렇게 바빠지냐?"

"그러게요. 담에 술 한 번 사겠습니다."

"너, 그 말 지켜라."

두 사람이 다정하게 악수를 하며 그녀 앞을 지나쳤다. 갑자기 의사가 바뀐 이유가 태열의 부탁 덕분이었다니. 생각도 못 했다.

병원비에, 금일봉에, 의사에, 병실까지?

웃음밖에 나오지 않았다. 이 사람이 왜 이렇게 말을 안 듣는 건지 모르겠다. 잘해주지 말라니까. 줄 게 없어서, 그래서 받으면 안 되는데.

하지만 받지 않을 수 없었다. 지금은 뭐라도 받아야만 했다. 자존심을 챙기고 있을 순 없었다. 당장 돈 때문이 아니었다. 도움의 손길 하나도 없는 곳에서 끊임없이 곤궁에 빠지는 자신의 절망적인 처지 속에, 드디어 구원자가 생겼다는 것. 그것만으로도 그녀는 적어도 지옥 같은 인생에서 벗어날 수 있는 것이다. 그게 영원하지 않다 해도, 이 순간에만 있다고 해도.

그녀가 바뀐 병실로 들어섰다. 침대 두 개가 나란히 자리하고 있었다. 보호자 침대가 양쪽으로 놓여 있고 자동으로 각도 조절이 가능했다. 딴 세상이었다.

"엄마, 너무 좋다, 여기. 그지?"

효은이 방긋 웃으며 경신에게 말을 걸었다. 경신은 눈동자가 아직 온전하지 못했다. 왼쪽 눈동자가 살짝 돌아가 있었고 아직 두 사람을 알아보지 못했다. 그럼에도 알아보는 척을 했다. 모든 게 낯설면서도 그냥 고개만 끄덕였다. 무서운 모양인지, 효은의 손만 만지작거렸다.

"너, 돈이 어디 있다고 병실을 이렇게 옮겼어?"

진호가 경신 옆자리에 누워 있다가 효주를 보고 일어났다. 아버지로서 돈은 한 푼도 보태주지 못하는데 딸이 행여나 큰 빚을 질까 걱정이 가득한 얼굴이었다.

"그냥…… 회사에서 복지로 나온 거예요."

길게 설명하고 싶어도 아는 바가 없고, 거짓말을 길게 할 자신이 없었다. 그렇게 말하자, 진호가 금방 화색이 돌았다.

"회사에서? 그래, 이래서 사람은 좋은 회사를 다녀야 돼."

"회사 사람이 와서 금일봉도 줬어요."

"금일봉?"

입이 가볍지 않은 효은이 기분이 좋은 건지, 오늘따라 수다를 떨었다. 효주가 말리려고 끼어들었다.

"효은아, 너 학교 안……."

"응. 오백. 오백이나 줬더라고."

"오백? 무슨 회사에서 돈을 그렇게 많이 줘?"

진호의 표정이 살짝 바뀌었다. 아무리 실패를 거듭했어도 사회의 이치라는 것은 아는 법이었다. 진호가 눈치챌까 효주가 얼른 핑계를 만들었다.

"한 달에 한 번씩 직원들끼리 돈 걷는 거 있어. 그리고 그런 거 주는 데도 있어요."

"뭐야. 그렇게 주는 거였어? 난 또 공짜로 주는 줄 알았네."

효은이 실망한 빛으로 말하자, 진호가 혀를 찼다.

"세상에 공짜는 없어. 반드시 값을 치르는 거지."

반드시 값을 치른다고?

자신은 준 게 없었다. 뭘로 값을 치를 수 있을까. 뭐라도 할 수 있다면 하고 싶었지만 그 가격이 만만치 않을 것만 같았다.

똑똑. 노크소리가 나더니 문이 열렸다. 간병인 차림을 한 아주머니가 들어왔다.

"안녕하세요? 이경신 씨네, 맞죠? 아직 이름표가 안 달려 있어서."

"네. 그런데, 누구세요?"

"아, 오늘부터 일하게 된 간병인이에요."

"……네?"

진호가 고개를 갸웃했다. 효은이 자리에서 일어났다.

"우리, 간병인 부른 적 없는데요?"

"네? 부르셨잖아요. 선금도 주시고선."

효은과 진호가 서로를 보다가 효주를 향해 고개를 돌렸다.

……간병인까지?

"언니?"

"아, 내가, 내가 부탁했어. 효은이 학교도 가야 하고 나도 회사 나가야 하고……."

말끝이 떨려왔다. 누가 불렀는지 말 안 해도 알았다. 아무래도 그냥 있을 수 없을 것 같았다. 효주가 다급히 뛰어나갔다.

"어디 가?"

"회사, 두고 온 게 생각나서."

"언니."

"효은이 너도 빨리 학교 가. 간병인 오셨으니까."

그녀가 병원 밖으로 뛰어나갔다. 아까보다 굵은 비가 오고 있었지만 상관없었다. 그가 보고 싶었다.

설명할 말이 없어 가족에게 그저 회사 사람이라고 소개하고 돌아선 당신은 이런 빗속에 혼자 돌아가며 무슨 생각을 했을까. 단 한 번도 받아본 적 없는 호의를 아무 설명 없이 인생 치만큼 던져주고는 당신은 무슨 생각을 했을까.

그녀가 그를 향해 뛰고 또 뛰었다.

❖

떵동, 떵동.

"네, 나갑니다. 나가요."

누가 이렇게 심하게 초인종을 눌러대는지. 이제 막 샤워를 마친 그가 머리를 대충 털어내고는 수건을 어깨에 걸치고 인터폰 앞에 섰다. 화면을 본 그가 눈을 의심하며 그가 눈을 가까이했다가 멀리했다가를 반복했다.

화면 안에 효주가 서 있었다. 사태를 파악하기도 전에 또다시 초인종이 급하게 눌렸다. 그가 그제야 정신을 차리고 현관을 열었다.

그녀가 비를 쫄딱 맞고 서 있었다.

"김 대리?"

그녀가 움찔했다.

"무슨 일이야?"

"……."

"무슨 일 있어?"

그녀는 너무도 다급해 보였다. 병원에서 무슨 일이 있는 건 아닐까. 아니다, 왜 왔는지는 뻔했다. 아까 온 전화를 받지 않고, 그가 다시 걸지 않은 이유가 뭐 때문인데.

아까 준 돈 때문에 화가 난 모양이었다. 병원비를 낸 걸 알고, 간병인을 쓴 걸 알고, 누구 마음대로 그런 짓을 했느냐고 따지고 다신 나서지 말라고 할까 봐, 심장이 덜컥 내려앉았다.

"김 대리."

"팀장님이 저를 김 대리라고 부를 때마다 무서운 거 알아요?"

"뭐?"

"저랑 저녁 먹는 사이로도 지내지 않겠다는 말로 들려서."

"아니? 아니야. 이건 그냥 급해서. 근데 무슨……."

그녀가 그의 품에 안겼다. 머리가 새하얘지고 온몸이 뻣뻣해지는 것 같았다.

"김효주 씨, 무스읍……."

그녀가 그의 입술을 덮쳤다. 거부하려고 했지만 몸이 말을 듣지 않았다. 그는 저도 모르게 입술을 벌리고 간지럽게 꼬물거리는 그녀의 입술을 물었다. 빨아당기고 또 빨아당겼다. 그녀의 입술은 생각한 것보다 훨씬 부드러웠다. 너무 부드러워서 빨면 빨수록 그대로 녹아버리는 것만 같았다.

쪽. 쪼옥.

충분히 과분한 접촉이었다. 그런데 어설프게도 그녀의 혀가 입술 사이를 파고들었다. 그가 그제야 그녀의 어깨를 붙들었다. 붙들고도 쉽게 입술은 떨어지지 않았다. 그러나 그가 얼굴을 뗐다. 떼려고 했다. 그녀의 입술이 다시 와서 붙었다.

무슨 생각인 거야, 김효주. 날 미치게 할 셈이야?

그가 겨우 그녀를 제지했다. 그가 가쁜 숨을 몰아쉬었다. 아주 잠깐이지만 숨은 금방 뜨거워졌다. 그녀가 비슷한 온도의 입김을 내뱉는 듯 상기된 얼굴로 그를 바라보았다. 자신을 던지고 싶어하는 확고한 눈빛. 그 눈빛을 읽는 순간, 짐승 같은 욕망이 폭풍처럼 몰려왔다.

"나는 줄 게…… 없어요. 이거밖에 줄 게 없어요."

하, 가엾은 내 여자. 그의 가슴이 찢어지는 것만 같았다. 화내러 온 게 아니었다. 그녀는 그럴 힘이 없었다. 그런 여자를 자신의 손바닥 안에 올려두었다. 돈으로.

"이러려고 그런 거 아니야. 이러지 않아도 돼."

반은 맞고 반은 틀렸다. 그리고 그가 아니라고 아무리 말해도 그녀의 약점을 건드린 건, 진실이었다.

"뭘 원하고 그런 거 아니야. 앞으로도 김효주 씨하고 아무 일 없이 저녁을 먹고 싶어서 그런 거니까."

아무 일 없이 저녁식사를 한다는 것이 누군가에게는 늘 있는 일이었지만 그녀에겐 아닐 수 있었다. 그녀의 집에 무슨 일이 생길 때마다 그는 뒷전으로 밀려나고 그게 그녀의 집안일 때문이라는 말도 듣지 못했다.

남들에겐 그저 평범한 일상이 그녀에겐 언제든 사라질 수 있다는 게 마음 아팠다. 그는 진심을 다해 말했다. 그녀를 안심시키고 싶었다.

"이러지 않아도 된다는 건, 이래도 된다는 거죠?"

"김효주 씨."

"……싫으세요?"

그가 머뭇거리자 그녀가 가까이 다가왔다. 간절하게 바라보는 그녀의 눈빛이 보였다.

싫을 리가. 감사한 일이지. 하지만 이렇게 너를 갖게 되는 건 너무 치사하잖아.

생각은 그렇게 하면서도 다가와 안기는 그녀를 거부하기는커녕 그대로 그녀의 젖은 머리를 붙들고 뜨거운 키스를 퍼부었다. 그녀의 목이 꺾일 때까지 입술을 놓지 않았다.

마약처럼, 빨고 나면 다시 빨고 싶은 입술이었다. 심장이 뜨거웠다. 터질 것 같았다. 하아, 이대로 터져버려도 좋다고 생각했다.

멈추지 못할 거야. 멈추지 못해.

그가 키스한 채 그녀를 밀었다. 현관문에 기댄 그녀를, 더 갈 곳 없는 그녀를 구석으로 밀쳤다. 그녀가 안길 때부터 이미 발기돼 있던 그의 남성이 그녀를 몰아붙였다. 그대로 안고 그녀의 치마 속으로 손을 넣어 팬티를 끌어내리고 싶었다. 이대로, 이대로도 할 수 있을 것 같았다. 눈에 뵈는 것이 없었고, 머릿속에는 그저 그녀의 몸, 향기, 자신의 것으로 만들고 싶은 욕망뿐이었다. 그의 손이 그녀의 치마를 들어올렸다.

제발, 제발 그만…….

그녀는 그만두지 않을 것이다. 그녀는 멈출 이유가 없었다. 주려고 왔으니까. 줄 게 없어서 준다는 그것, 그녀가 지금 함부로 내던지는 그것이 그에겐 미치도록 값진 것이라는 것을, 그녀는 모르겠지. 그에겐 미치도록 가지고 싶은 귀한 것이라는 것을.

그가 겨우 입술을 뗐다.

"하아."

가슴 속에 꼭 안고 그녀의 목덜미에 얼굴을 비볐다. 젖은 그녀의 몸이 심하게 떨리고 있었다.

"샤워해."

그가 그녀를 내려보았다. 그녀는 겁먹은 얼굴이었다. 예상보다 더 덤비는 남자를 보자니, 무서웠겠지.

비 때문에 화장이 지워진 그녀의 얼굴이 청초했다. 예뻤다.

너무 예뻐서 눈을 뗄 수가 없었다. 이런 여자를 어떻게 안으려고 했는지. 함부로 건드릴 수 있는 여자가 아닌데. 심장 끝이 통증을 일으켰다. 그가 그녀의 볼을 콕, 건드렸다.

"샤워하고 와. 난 거부 안 할 테니까."

"……."

"그때도 생각이 안 바뀌면."

하기 싫은 말을 하고 아무렇지도 않은 척 웃었다. 그녀가 벗어났다는 안도감에 빠르게 고개만 끄덕이는 듯했다.

❖

싫어하지 않아서 다행이야.

꿀꺽, 그녀가 마른침을 넘겼다. 생각보다 훨씬, 훨씬…….

"하아."

다리에 힘이 풀린 그녀가 욕실에 쭈그리고 앉았다. 너무 섹시했다. 진작에 그녀에겐 남자이긴 했지만 이렇게나 남성미 넘치는 남자인 줄은 몰랐다. 자신을 몰아붙이는 그가 조금 무서웠지만 싫지는 않았다.

선비 같은 남자의 짐승 같은 모습을 보자니, 놀란 탓이었다. 용기 있게 달려와서 안길 때까지는 자신이 모든 것을 주도할 거라고 생각했다. 이혼당한 남자, 불임이라는 남자라서 그가 조금 부족한 남자라고 생각한 탓일까. 주도는커녕 그를 따라가지도 못했다. 단단한 근육으로 빚어진 벌거벗은 상체와 잡히지 않던 굵은 팔과 그녀의 배를 누르던 아랫도리가 떠올랐다. 이 이상 남성적일 수는 없었다.

그녀의 완벽한 이상형.

빠지면 안 될 것 같았다. 그에게 빠져드는 순간, 답 같은 건 나오지 않을 것이다.

취소할 수 있어. 안 한다고 하면, 보내줄 거야.

하지만…….

그녀는 자신을 향해 뜨거운 입김을 뿜어대는 남자의 얼굴을 떠올렸다. 감추고 있던 욕망이 터져나와 자신을 가지고 싶다는 눈빛을 하는 남자.

그게 다른 여자의 것이 되게 하고 싶지 않았다. 그를 가져야 한다면, 그건 자신이어야 했다.

그녀가 자리에서 일어났다. 뜨거운 물 때문에 거울에 김이 꼈다. 그녀가 손으로 거울을 닦아내자, 초라한 모습이 보였다.

하, 이러고 안기러 온 거야?

그는 분명 너무 오랜만이었을 것이다. 이런 여자를 상대로 욕망을 분출하는 거 보면.

웃음이 났다. 그렇게 밝은 웃음은 아니었다. 그녀가 젖어버린 옷들을 벗고 씻었다.

평소보다 조금 오래 씻고 난 그녀는 그가 준 목욕가운을 입고 나왔다. 어색함을 어쩔 줄 모르고 밖으로 나왔다. 그는 아까와는 다르게 상의를 입고 식탁에 앉아 있었다.

이성이 돌아왔구나.

모든 것을 취소할까 봐 걱정스러워 마음이 불안해졌다. 그녀가 쭈뼛거리며 그의 앞으로 다가갔다. 그가 말없이 그녀를 올려다봤다. 침묵이 두려웠다. 무슨 말이라도 해야 할 것 같다.

"드라이기 어디…… 있어요?"

그는 여전히 그녀를 물끄러미 바라만 보았다. 꿀꺽. 마른침이 넘어갔다.

"머리를 못 말렸어요."

그녀가 그를 바로 보지 못하고 여기저기 시선을 분산시켰다.

"생각 바뀌었어?"

손끝까지 떨리는 그녀와는 다르게 그는 너무도 침착해 보였다. 바로 대답하지 않자 그가 시계를 보며 일어났다.

"밥 못 먹었지? 밥, 먹자. 집에 반찬이 없는데……."

"아니요."

그가 멈칫, 했다.

"안 바뀌었어요."

"김효주 씨."

"말했잖아요. 정말 줄 게 없어요."

"뭘 꼭 줄 필요 없어."

"대출을 받으면 이자 내잖아요. 그래서 은행엔 눈치 볼 필요 없어지는 거고. 난 당장 돈을 갚을 능력도 없고, 그럴 수 없을지도 몰라요. 언제까지일지 모르지만 팀장님 앞에서 편해지고 싶어서 그런 거예요. 이걸로 값이 치러지는지 모르겠지만."

그러고 보니 그랬다. 이걸로 과연 값이 치러질까? 그에 대한 고마움이? 이 감정이?

"그래?"

그의 웃음이 씁쓸해 보였다.

"저 방."

그가 방문을 가리켰다. 지난번에 그녀가 자고 일어났던 방이었다. 방의 구조는 누구보다 잘 알았다. 침대 시트에 대한 느낌이 떠올랐다. 그리고 그 시트 위에서 그땐 상상도 못하던 일을 할 것이다.

"머리 다 말리면 방으로 와."

드라이기의 위치를 알려준 그가 먼저 방으로 들어갔다. 머리카락이 참 안 말랐다. 자신이 한심했다. 그에게 무슨 말을 한 거지?

대출이니, 이자니, 눈치니, 값을 치른다니 뭐니.

그에게 그런 말들을 해댄 자신이 너무나 한심했다. 이런 순간에 사랑이라는 단어를 넣을 수 없다는 것이 서글펐다.

머리를 말린 그녀가 방으로 들어갔다. 그는 침대가 아닌 소파에 앉아 있었다. 그녀가 심호흡을 하고 침대 위로 올라앉았다. 그러고는 가운을 벗었다. 그가 다른 곳으로 고개를 돌렸다. 옷을 다 벗은 그녀가 시트로 몸을 가렸다. 그가 기다렸다는 듯이 벌떡 일어나 그녀 앞으로 다가왔다. 그가 바지와 윗도리를 벗었다.

그의 강인한 몸매를 바로 앞에서 보고 있자니, 덜컥 겁이 났다. 이렇게 그와 관계를 만들어도 될까? 이런 식은 안 된다는 생각이 들었다. 하지만, 그가 해준 걸 어떻게 갚을 수 있을까. 다른 방법이 있나.

무엇보다 그를 가지고 싶었다. 그것만 생각하기로 했다.

그녀가 눈을 감자 그가 그녀를 안아 몸을 밀착했다. 순간 저도 모르게 그의 가슴을 밀어 저지했다.

그가 멈칫, 했다. 그녀가 눈을 떴다.

"좋아해요."

말해두고 싶었다. 돈 때문이 아니라, 좋아해서, 그래서 당신을 갖고 싶었다고.

"나도 그래."

하아, 급하게 말한 그가 숨을 몰아쉬며 그녀를 덮쳤다. 그는 알아들은 것 같지는 않았다. 그의 눈빛은 이미 인간의 그것이 아니었다. 한 마리의 고독한 짐승. 암컷을 가지려는 발정난 수컷 같았다.

그를 처음 알았을 땐, 아무 온도가 없는 남자인 줄 알았다. 늘 한결같은 모습이었다. 회사였기 때문이었겠지만 일하는 모습 외에는 기억나는 것이 없었다. 누구보다 유능한 남자였으니 그의 빠른 승진은 당연했다. 오 부장보다도 어린 나이에 그는 높은 직책을 가졌다.

그녀가 승진을 하면서 그와 더 가까이에서 일을 하게 됐을 때, 차가운 남자로 보였다. 냉철하고 날카로운 남자. 일을 그렇게 했기 때문일 수도 있지만 이혼 때문에 더 그랬을지도 모르겠다. 일밖에 모르는 차가운 남자라서 아내와 이혼했다고 여겼다.

그런데 지금, 자신이 알던 그 사람은 어디로 가고, 그녀의 앞에는 끓는점을 알 수 없는 남자가 품 안에 파고들었다.

윤태열이 이토록 뜨겁고 열정적인 남자일 수 있을까. 그가 파고들 때마다 그녀의 몸을 지지고 태우는 것만 같았다.

담담하게 밥을 먹자던 남자가 이제는 그녀를 먹고 싶어 견딜 수 없는 눈빛으로 그녀를 가지고 있는데도 부족해 보이는 표정을 짓고 있었다.

그녀가 가까스로 내뱉는 소리가 너무 작다고 불만을 토로하듯 그녀의 깊은 곳을 휘젓고 있었다.

심장이 타들어 갈 것 같았다. 뭐 이대로 죽어도 좋지 않을까. 고통스러운 인생이었다. 그 고통은 끝나지 않을 것이다. 하지만 이 남자와 있으면, 그 고통이 슬며시 사라지곤 했다.

원래 없었던 것처럼 몰래 숨어 있다가 그가 가고 없으면 다시 나타났다.

그래, 맞아. 그랬다. 그와 식사를 하는 그 순간에 그녀는 언제나 웃고 있었다. 그리고 돌아오면 현실에 울었다. 그를 놓치고 싶지 않았다. 지금 그녀에게 육체적 고통을 주고 있긴 했지만 이런 고통이라면, 그가 주는 고통이라면, 얼마든지 언제든지 받을 수 있었다. 그래서 그녀가 가진 운명적 고통을 사라지게만 해준다면.

그의 땀방울이 그녀의 얼굴 위로 떨어졌다. 그가 땀을 닦아주며 손바닥으로 그녀의 뺨을 쓸었다.

그녀가 재빨리 그의 손을 잡았다. 더 해달라는 듯 그녀의 뺨 위에 놓고 그를 바라보았다. 그가 잠시 행동을 멈췄다.

"아파?"

"……네."

그녀의 말을 듣자마자 몸을 일으키려는 그의 허리를 얼른 다리로 감았다.

"가지 마요."

"아프다고……."

"처음이니까요."

그가 그녀의 몸에 남성을 넣을 때보다 더 고통스러운 표정을 지었다.

"김효주 씨……."

"아깝지 않아요."

그는 몰랐다. 그가 자신에게 준 것이 무엇인지. 그건 단순히 돈이 아니었다. 그녀의 한 시절을 구원해준 것이나 다름없었다. 그런데 그녀는 고작 이런 몸 하나로 그걸 때우겠다는 것이다.

이렇게나 얌체같이.

"아깝지 않으니까⋯⋯."

그가 주먹을 강하게 쥐고 베개를 꾹 눌렀다. 그러고는 아까보다 천천히 움직이려고 애썼다. 그의 크기 때문에 그녀에겐 이미 별 차이가 없었다.

"괜찮아."

그가 이마를 대고 빌듯이 말했다.

"괜찮을 거야."

그 말을 듣는 순간, 참을 수 있을 것 같았다. 그가 괜찮다고 말하면, 기분이 좋아지고 정말 그렇게 될 것 같이 세상이 밝아 보였으니까.

그녀가 고개를 끄덕였다.

"난 괜찮아요. 팀장님이 더 힘들어 보여."

그가 후후 웃었다.

"그러게. 나이가 들어서."

그는 여유를 가지려고 애를 쓰듯 농담을 했다. 거짓말, 나이 든 사람 맞아? 그녀를 배려하기 위해 천천히 움직이는 그가 고통스러워 보였다.

쪽.

응원하듯 그의 입술에 입맞춤을 하자, 그가 낮은 신음소리를 내며 키스했다.

쪼옥, 쪽, 쪽.

작은 소리가 점점 농밀한 소리를 냈다. 키스가 오가자 그는 더는 참을 수 없는 듯했다. 더는 여유 없이 그녀의 몸 안을 파고들었다. 빠듯한 그녀의 몸을 밀고 당기며 그는 깊이깊이 파고들었다.

이미 가득 들어와 있는데도 부족하다는 듯 그가 몸을 더 밀착시키고 계속해서 깊이 들어왔다.

느껴본 적 없는 감각이 그녀를 건드리자 입에서 이상한 소리가 났다. 그게 자극이 된 듯 그의 움직임이 빨라졌다. 한 번 감각이 느껴지자, 계속 그곳이 자극이 되었다. 분명 아픈데, 그 아픔 너머의 감각이 자꾸만 그녀를 덮쳤다. 몸이 이상해지는 것 같았다. 그녀가 몸을 뒤틀었다.

"하, 티, 팀장님. 그, 그만……!"

그는 듣지 못하는 듯 더 빨리 움직였다. 그녀 안으로 파고드는 그는 멈추지 않았다. 그녀가 그에게 몸을 맡긴 채 팔만 꼭 붙들었다.

괜찮아. 괜찮을 거야.

끊임없이 그의 말을 떠올렸다.

8

　결단코 이런 식으로 그녀를 가지려고 생각하지 않았다. 가지고 싶다는 생각을 수없이 했지만 절대 이런 식은 아니었다. 그런데도 그가 든 생각은 돈이 있어서 다행이라는 생각이었다. 그렇게라도 환심을 샀으니 천만다행이라고.

　사회생활에 성공했을지는 모르겠지만 인생을 놓고 보자면 한참 부족한 남자였다. 그런데 그나마 돈이란 것이 있어서 그녀의 눈에 띌 수가 있었다. 어쩌면 그가 가진 유일한 장점일 것이다.

　그가 잠든 효주를 바라보았다. 그녀는 그의 팔을 베고 잠들어 있었다.

　섹스가 끝나고 쉬이 가시지 않는 흥분과 떨림에 그녀의 이마에, 볼에, 입술에 계속해서 입맞춤을 했다. 꽤 오래 그랬던 것 같다. 처음이었고 어쩌면 다시 오지 못할 기회라는 생각이었다. 그녀는 눈을 뜨지 못하더니, 이내 잠이 들었다. 그가 재빨리 팔베개를 해주었다. 내내 해보고 싶었다. 그 때문에 씻으러 갈 수가 없었다. 씻는 것도 아까웠다.

꿈틀거리는 그녀를 슬그머니 그의 품에 끌어안았다. 그녀가 자연스럽게 안겼다. 그가 다른 팔로 그녀의 머리를 감싸 안았다.

향기로웠다. 그녀도, 이 세상도. 그녀에게 끝날 것 같지 않은 고통을 안겨준 이 세상이 이렇게 아름다울 수가 없었다.

미안해, 김효주.

견딜 수 없는 죄책감이 몰려왔다. 자신만 행복한 것 같아서.

그가 이마에 입술을 묻고 더 깊이 그녀를 끌어안았다.

'좋아해요.'

아마도……, 아마도 사실이 아닐 수도 있었다. 줄 게 없어서 몸을 준다는 그녀가 이 관계를 정당화하기 위해 다급하게 외쳤다 해도, 그는 이해할 수 있었다.

이제 그녀와 조금이라도 연관이 된 걸까. 마음 편하게 그녀를 도울 수 있을까. 행여나 그녀가 자존심이 상할까, 화를 낼까, 걱정하지 않아도 될까.

우리 관계는…… 더 친밀해질까.

마음 같아서는 그녀가 어디도 가지 못하게 완전히 자신의 것으로 만들어버리고 싶었다. 다음을 걱정하지 않고, 관계의 영원성을 의심하지 않고 싶었다. 하지만 그러기엔, 그는 인생을 꽤 살아왔다.

마흔이 코앞인 나이에, 어린아이처럼 굴 수 없었다. 그가 그녀의 머리를 쓸어넘기며 조용히 그녀를 불렀다.

"김효주 씨."

"으응……."

그녀의 입에서 앓는 소리가 나왔다. 미안해야 했는데 귀엽기부터 했다.

"김효주 씨?"

살짝 흔들자 그녀가 고개를 저으며 그의 품에 더 파고들었다. 자정이 가까워져 오는 시간에 일어나자니 쉽지 않겠지. 이대로 아침까지 잠들게 했으면.

마음은 그랬지만 그녀를 깨워야 했다. 한 번에 일어나게 하는 방법이…….

"김 대리."

그녀가 번쩍 눈을 떴다. 두리번거리던 그녀가 그의 얼굴을 보더니 눈을 비볐다.

"네, 팀장님?"

"효과가 좋네."

"네?"

뒤늦게 사태를 파악한 그녀가 시트에 가려져 있던 몸을 더 강하게 가렸다.

"걱정 마. 하나도 안 봤으니까."

재미없는 농담을 하고 웃자 그녀의 얼굴이 붉어졌다. 이제야 잠에서 확 깬 것 같았다. 아쉬워서 가슴이 다 아팠다. 이대로 도망간다고 해도 잡을 수도 없는데.

"병원에 안 가봐도 되겠어?"

"아."

"간병인이 교대로 올 거야."

안 가도 된다고 넌지시 알렸다.

"가봐야 해요. 가방을 두고 왔어요."

가방까지 두고 달려왔다고?

"걱정 마요. 택시 타고 왔어요. 주신 돈이 주머니에 있었거든요."

"그래."

잠시 침묵이 흐르고 어색함이 몰려왔다. 그녀가 눈치를 보며 앉았다. 그러고는 구석에 아무렇게나 던져진 목욕가운에 손을 뻗었다. 뭐가 잘 안 되는지 여러 번 시도했다. 그가 팔을 뻗어 목욕가운을 그녀에게 건넸다.

"감사합니다."

이렇게나 어색한 감사합니다, 라니. 섹스 후에 너무 잔인하잖아.

그가 넘기려던 목욕가운을 붙들었다. 그녀가 그를 보더니, 눈이 마주치자마자 고개를 돌렸다.

그녀는 불쾌할까. 볼일이 끝났다고 생각하는 건 아닐까. 십대 같은 불안감이 몰려왔다. 그가 최대한 태연한 눈빛으로 침착하게 물었다.

"몸은 괜찮아?"

"아직…… 모르겠어요."

"혹시 힘들게 했다면 미안해."

"이제야 이성이 돌아오세요?"

그녀가 그제야 눈을 마주했다. 원망인지, 장난인지 구별이 되지 않았다. 진땀이 났다.

"김효주 씨."

"어떻게 해야 돼요?"

"뭘."

"하고 나서요. 처음이라서 하고 난 뒤에는 어떻게 해야 하는지 모르겠어요."

그녀가 어색해서 미치겠다는 표정을 지었다. 그와의 잠자리가 싫어서라기보다는 그저, 모든 게 처음이라 자연스럽게 행동하지 못해서라는 말이었다.

"나도 처음이라 모르겠는데."

그녀가 눈을 가늘게 뜨고 그를 보았다. 그가 능청스럽게 말했다.

"나도 김효주 씨랑은 처음이라서."

그녀가 허탈하게 웃었다. 그러고는 살짝 눈을 흘겼다.

"그런 것치고는 너무 자연스러우신데요?"

"나까지 어색해하면 어떻게 하라고."

그가 그녀를 품에 안고는 안도의 숨을 내쉬었다. 다행이었다. 잠을 자고 난 후에 그녀가 혹시나 자괴감에 빠져 그를 쳐다보지 않을까 봐 조금 겁이 났다.

"팀장님 생각보다 훨씬 다정하시네요."

무슨 뜻인가 싶어 그녀를 보니, 그녀가 고개를 갸웃거리며 자신을 살폈다.

"기술자신가?"

"뭐?"

"그냥……, 전체적으로, 너무 완벽하니까. 뭔가, 연애…… 고수? 그런 것 같아요."

그런 말은 처음 들었다. 자신이 연애고수인 게 아니라, 그녀가 너무 초짜인 것이다. 귀여워서 웃음이 났다.

"가기 전에 잠깐 시간 돼?"

"네?"

그가 멍하게 벌어진 입술에 키스를 했다. 긴장과 흥분으로 음미하지 못했던 그녀의 입술은 아까보다 훨씬 달콤했다. 그가 바짝 다가서자 그녀가 움찔하는 것을 느꼈다. 그가 입술을 뗐다. 호기롭게 자신의 품에 안겨 도발하던 그 여자는 어디로 가고, 잔뜩 겁을 먹은 소녀만이 남아 있었다.

황홀감이 죄책감으로 변해갔다. 생각을 털어내듯 그가 그녀의 머리를 헝클었다.

"잠 깨고 있어. 먼저 씻을게. 데려다줄 테니까."

그녀가 일어서려는 그의 손목을 붙들었다.

"삼 분…… 정도는 괜찮아요. 키스만이라도 괜찮으시면."

말이 끝나기 무섭게 그녀가 다가왔다. 그 움직임을 보자마자 그가 더 서둘러 다가가 그녀의 입술을 물었다.

이 여자는 모르겠지. 숨겨진 고수는 그녀라는 것을.

부족한 자신이 그녀의 처음을 가진 남자라니, 넘치는 행운이었다. 욕심부리지 말아야겠다. 그녀가 떠난다면 보내줘야지. 하지만 그녀가 허락한 시간에는 오직 자신만의 것으로 소중히 여길 것이다. 그게 3분이든, 3초든, 30년이든. 어쩌면 그에게 마지막일 것 같은 이 마음을 다해서.

3분.

3초 같은 3분 동안 그는 그녀에게서 입술을 떼지 않았다. 이렇게나 소중한 시간은 없는 것 같았다.

❖

여기에 전혀 모르는 남자가 있었다. 분명 표정이나 침착함은 변함이 없는데 그가 낯설게 느껴졌다.

"괜찮아?"

집을 나서기 전에도 괜찮겠냐고 몇 번이나 묻던 남자가 병원에 가면서도 또 묻고 있었다.

자기 사람에겐 이렇게나 다정한 남자인 건가. 섹스가 끝난 후에 그가 자신에게 한 행동을 되짚자 얼굴이 절로 뜨거워질 지경이었다. 영화 속에 나오는 외국 배우들이나 하는 건 줄 알았던 달콤한 키스와 사랑스러운 눈빛을 해보이는 남자라니.

섹스가 처음인 것도 적응이 안 되는데 이 남자의 온도차까지 적응하려니까, 그녀는 혼란스러웠다.

예전에 친구가 그런 말을 한 적이 있었다. 외국인이랑 하룻밤을 보낸 적 있었는데 그 남자가 섹스 후에 연인보다 더 달콤하게 굴었다고. 그게 그냥 그의 예의인 것 같았다고.

어쩌면 그도 예의를 차려주는 게 아닐까.

그는 어떤 여자에게나 그럴지도 몰랐다. 그런데 멍청하게 그녀는 그것에 또 반하고 있는 게 아닐까. 더 빠지면 안 된다고 그렇게나 다짐했는데, 자꾸만 그를 돌아보게 되니, 이미 그에게 흠뻑 빠져버린 것 같았다.

자기 사람……

그녀가 그의 사람이 되긴 한 걸까.

'병원에 안 가봐도 되겠어?'

걱정해서 한 말일 테지만 어쨌든 섹스 후에 집에 가보라고 그녀를 깨운 것이 아닌가. 그도 자신을 좋아하고 함께 있길 원했다면, 그렇게 곤히 잠든 자신을 깨우기란 쉽지 않았을 것이다. 그런데 그는 너무…… 너무 이성적인 것이 아닌가!

그렇구나. 짐승처럼 굴던 시간이 지나니, 다정해진 것을 제외하곤 이성적인 윤태열로 돌아와 있었다.

우린 어떻게 될까.

그에게 좋아한다고 말하긴 했지만 어쨌든 그것도 그와 잠자기 전에 잠깐 던진 말일 뿐, 어떻게 보면 돈으로 묶여버린 사이였다.

돈이란 것은 얼마나 선명한 것인지, 돈의 유무에 따라서 갑을이 나뉘고, 희비가 생기고, 갈림길에 놓인다. 감정보다는 명확하니, 그와 그녀처럼 불명확한 관계에서는 차라리 다행일지도 모르겠다.

돈 앞에서 두 사람은 명확해졌다. 적어도 하룻밤을 지내게 된 것이다. 좋아한다고 말했고, 그 역시 그렇다고 대답했다. 하지만 그가 진심인지는 알 수 없었다. 괜찮았다. 같은 마음이 아니라 해도, 그녀는 그를 좋아했다. 비록 계기가 돈 때문이라도, 그렇게라도 고백을 한 셈이었다.

앞으로가 명확하지 않은 게 문제였다. 그는 섹스를 원해서 자신을 도와준 게 아니라고 몇 번이나 말했다. 그렇다면 그는 그저 하루 욕정에 넘어가버린 것뿐, 이성을 되찾고 다신 같은 짓을 반복하지 않으려고 결심했을 수도 있었다. 그는 다정하고 좋은 남자였다.

그녀는 그를 바로 보지 못했다.

'미안해. 하룻밤뿐이었어.'

그가 불쑥 그렇게 말하진 않을까. 두려웠다.

마침 병원 주차장에 도착한 그가 잠시 그대로 앞만 보고 있었다. 그녀가 안전벨트를 풀고 조용히 내릴 준비를 했다.

"김효주 씨."

심장이 내려앉았다.

'이제 다시 김효주 씨랑 이런 실수는 하지 않을 거야.'

그런 말을 듣기 전에 빨리 도망가고 싶었다.

"네……?"

"정말 괜찮아?"

그가 그녀를 보았다. 진지한 눈빛이 당장이라도 안녕을 고할 것 같았다. 행여나 밉보일까 싶어서 그녀가 얼른 고개를 끄덕였다.

"네. 괜찮아요."

실은 괜찮지 않았다. 샤워할 때는 일어서 있지 못했고, 차에 올라탈 땐 다리가 후들거렸다. 그가 눈치챌까 봐 최대한 조심했다. 어쩌면 그는 거짓말하는 것을 알고 있을 것이다. 그는 여자를 아는 남자였다. 결혼까지 했었으니까.

연애도 했겠지? 몇 번이나 했을까? 아내에게도 자신에게 한 것처럼 그랬겠지. 섹스 후에 안아주고, 다정하게 키스를 하고, 괜찮냐고 물어봐 주고.

그가 자신에게 안 해준 것도 아닌데, 이 순간에 왜 이런 덧없는 질투가 나는 걸까. 질투할 처지도 아니면서.

"가방 가지고 내려와. 기다릴게."

생각지도 못한 말에 그녀가 놀란 눈으로 그를 보았다. 왜 그런 눈으로 보냐는 듯이 그가 한쪽 눈썹을 들어올렸다.

"집에 갈 거 아니야? 병원에서는 간병인이 잘 텐데."

"아."

그동안 밤마다 효은과 교대로 있었는데. 이젠 적어도 잠은 집에서 잘 수 있었다. 돈은 정말 좋은 것이다. 무엇보다 그걸 핑계로 그의 다정함을 가져볼 수 있어서 그게 가장 좋았다.

"그럼 엄마한테 인사만 하고 빨리 내려올게요."

"서둘지 않아도 돼. 난 괜찮으니까."

"네."

자신이 상상하던 말은 전혀 나오지 않았다. 정말 다행이었다. 그대로 내리려던 그녀는 문득 아차 싶었다. 그녀는 수도 없이 들었던 질문을 정작 그에게는 하지 않은 것이다.

"팀장님은 괜찮으세요?"

"응?"

"저한테만 물어보셔서요."

"아."

그가 뒤늦게 웃었다.

"안 괜찮아. 삭신이 쑤시네."

그가 허리를 두들기는 시늉을 했다. 툭툭 치는 소리에 그의 탄탄한 몸이 떠올랐다.

그동안은 여자가 없었을까. 모든 에너지를 운동에 쏟아붓고 있었던 걸까.

그가 지금 두들기는 곳이 얼마나 섹시하고 단단한지, 그녀는 이제 알았다. 그 끝에 맺힌 땀방울과 거기서 퍼져 나오는 열기까지. 그가 어떤 온도에 땀을 흘리는지, 어떻게 흥분하는지 이젠 알았다. 섹스의 기억이 떠오르자, 그녀의 얼굴이 뜨거워졌다.

누구하고도 나눌 수 없는 비밀이 생긴 것 같았다. 그리고 그런 것을 앞으로는 오직 그녀만이 가지고 싶었다.

"운동 좀 해두세요. 다음에는 안 힘들게."

그녀가 넌지시 다음의 기회를 노렸다. 긴장감에 쿵쾅쿵쾅 심장이 뛰고 발끝이 짜릿해졌다.

"그래."

그가 너무도 심상하게 답했다.

그래, 라고? 그럼 긍정적인 의미인 거겠지. 제대로 알아듣긴 한 걸까. 표정 변화가 너무 없는데.

그녀가 마음을 읽고 싶어 그를 빤히 보았다. 그가 뒤늦게 그녀의 이상 행동을 눈치채고 조금 가까이 다가왔다.

"왜? 움직이기 힘들어? 입원실까지 업어줄까?"

그에게 업히는 상상을 했다. 그는 거뜬하게 그녀를 들어줄
수 있을 것 같았다.

"누가 보면 내가 환자인 줄 알겠어요."

"환자 맞잖아."

"네?"

"아팠, 다며."

말끝에 그의 표정이 보였다. 죄책감과 미안함이 공존하는
표정. 남성미 사이에 쑥스러움이 파고들어 멋있는 그가 귀엽
게도 보였다.

아하, 그래서 다정하게 대한 거였나. 그럼 좀 실망인데.

"어쩔 수 없었잖아요. 처음이니까."

"그래. 다음엔……."

응? 다음에?

"다음엔 조심할게."

그녀의 심장이 두근거렸다. 다음 저녁식사를 제의하던 그
때처럼 그가 다음번을 약속했다.

"거짓말."

그녀가 중얼거리듯 말했다. 그가 의아하게 그녀를 보았다.

"지난번에도 조심한다고 하셨잖아요. 잘해주지 않으신다
면서. 조심하신다면서."

"아."

그가 흐린 미소를 지으며 순순히 인정했다.

"미안해."

바보 같은 남자였다. 잘해주면서 사과하는 남자라니. 정말이지, 정말이지 놓치고 싶지 않은 남자였다.

"계속……하면 괜찮대요."

얼굴이 뜨거워졌다. 무슨 뜻인지 그가 알아들었을까, 걱정스러워 눈치를 살피는데 그가 잠시 그녀를 보더니, 다른 곳으로 고개를 돌렸다.

"그럼 매일…… 해야겠네."

매일? 눈을 크게 뜨고 보자 그가 시선을 맞추지 않고 운전대만 만지작거렸다. 그가 귀여워 풋, 하고 웃음이 났다.

"괜찮으시겠어요?"

"뭐가?"

"허리요."

"뭐? 나는 멀쩡……!"

그녀가 키득 웃었다. 놀리는 표정을 알아봤는지, 그가 뒤늦게 미간을 좁혔다.

"안 가나?"

"가요."

차에서 내리려던 그녀가 그의 볼에 뽀뽀했다. 그의 표정을 볼 새도 없이 도망치듯 내리려 했는데 다리에 힘이 풀려서 휘청거렸다.

"김 대리!"

멋지게 도망치고 싶었는데.

얼마나 빠른지, 그녀가 차문을 붙들고 있는 사이, 차 밖으로 나온 그가 그녀 앞으로 다가왔다.

"괜찮아?"

"발을 헛디뎠어요."

"진짜 업어줘야겠는데."

"안 그러셔도 돼요."

"입원실까지만 부축해줄게."

"정말 괜찮아요."

"김효주 씨."

"네?"

그녀를 물끄러미 바라보던 그가 그녀를 품에 안았다. 크게 넓은 품에 그녀는 한없이 기대고 싶어진다.

"미안해."

"뭐가 그렇게 미안하신데요?"

"그냥. 다."

그렇게 말하고는 그가 더 그녀를 바짝 안았다. 그의 마음은 알았다. 돈을 무기로 그녀를 가지게 된 것이었다. 욕망에 못 이겨 그녀를 거부하지도 못했다.

바보, 고마운데.

품 안에 쏙 들어가자 너무 따뜻했다. 따뜻해서 저절로 눈이 감겼다. 이대로 더 있고 싶었다.

"금방 올게요."

"그래."

쉽게 몸이 떨어지지 않았다. 대담한 그도 마찬가지로 놔주지 않았다. 그렇게 몇 분을 더 있었다. 주변 인기척에 겨우 몸을 떨어뜨린 두 사람은 서로를 보며 멋쩍게 웃었다.

그를 뒤로하고 그녀가 입원실로 향했다. 금방까지 행복했던 기분이 거짓말처럼 사라지고 마음이 돌덩이처럼 무거워졌다.

효은이 입원실 앞에서 서성거리고 있었다. 불안해 보였다. 혹시 또 무슨 일이 있는 거 아닐까. 이젠 가족만 봐도 심장이 철렁했다.

"언니!"

효은이 그녀를 발견하고 다가왔다.

"네가 왜 여기 있어? 기숙사 안 갔어? 무슨 일이야?"

"그건 내가 할 질문이지. 언니 갑자기 회사를 왜 갔다 온 거야. 가방도 두고. 내가 얼마나 걱정했는지 알아?"

"아, 자, 잠깐 회사에 볼일이 있다고 했잖아."

"전화기는 왜 안 가지고 가는데 얼마나 걱정했는 줄 알아?"

"그게 좀 급해서. 근데 너 왜 여기 있어?"

"내가 오늘 밤 담당이잖아. 근데 아까 그 간병인은 가고 다른 간병인이 또 온 거야. 야간 간병인이시래. 그래서 어떻게 된 건지 물어보려고 언니한테 전화했는데 전화를 안 받아서."

야간 간병인? 그런 것도 있었나. 그녀도 어리둥절했다.

'간병인이 교대로 올 거야.'

아. 그게 그 이야기였구나. 그제야 그의 말이 떠올랐다.

"두 분이 주간, 야간 나눠서 번갈아 오신다고. 대체 어떻게 된 거야? 우리가 간병인을 두 명이나 쓸 능력이 돼?"

효은이 이렇게 불쑥, 질문을 할 줄 몰라서 대답을 생각하지 못했다. 사실 사태 파악을 제대로 하지도 못하고 그에게 달려가 안기기부터 했다.

이제야 그녀가 얼마나 무모한 짓을 한 건지 느껴졌다. 그에게 얼마나 황당하고 어린애 같은 행동을 한 건지. 그런 상황에서 그가 자신을 얼마나 차분하게 받아준 건지 실감이 됐다.

"언니 어디서 사채라도 쓴 거야?"

사채업자 윤태열. 어울리는 것도 같았다. 그녀가 흐린 미소를 지었다.

"그런 거 아니야. 나중에 설명할게. 미리 연락 못 해서 미안해. 급한 일 때문에."

그녀가 입원실로 들어갔다. 간병인은 인상이 좋은 60대 여사님이었다. 인사를 하고 자고 있는 부모님을 살폈다. 좋은 입원실에서 간병인을 두고 부모가 나란히 자고 있다는 게 믿기지 않았다.

자신이 돈 걱정을 하지 않아도 된다는 건 더더욱 상상해본 적 없었다. 가장 불안해야 하는 순간에 행복하다니. 그가 자신에게 무엇을 준 것일까. 눈물이 났다.

"의사가 많이 좋아졌대요. 더 좋아질 거예요."

부모 때문에 우는 줄 알았는지 간병인이 그녀를 위로하며 등을 두들겨 주었다.

아니에요, 난 부모 때문에 우는 게 아닙니다. 나 때문에 우는 거예요. 집에 무슨 일이 생길 때마다 좌절과 불안에 떨어야 했던 가엾은 내가 처음으로 해방감을 느낀 날이니까요.

이 기분이 영원하지 않을 거라는 건 알았다. 하지만 그렇기에 이 순간의 평안이 너무나 귀하고 소중했다.

윤태열의 발이라도 닦아줄 수 있겠다.

진짜 한다면 곤란해할 그의 표정이 떠올라 눈물이 나는 와중에 웃음도 났다.

그녀가 입원실 밖으로 나왔다. 효은이 기다리고 있었다.

"피곤하지?"

"언니도."

효주가 팔을 뻗자, 효은이 품에 안겼다. 효주가 돈 때문에 고생하는 사이, 학생인 효은은 돈에 대해 고민조차 할 수 없어 모든 걸 몸으로 때워야 했다. 병원을 들락날락하고 아빠의 입원과 시술, 엄마의 시술과 수술, 모든 걸 다 효은이 따라다녔다.

그건 또 얼마나 죽을 맛이었을까. 스물 초반. 가장 행복해야 하는 나이에 효은도 누리는 것이 하나도 없었다.

"언니 집에서 잘래. 기숙사까지 가려면 택시 타야 하니까. 그래도 돼?"

"당연하지."

그가 기다린다고 했는데 안 된다고 말할 수는 없는 상황이었다.

태열이 휴대전화를 가져왔던가.

머릿속이 복잡해졌다. 딱히 생각을 짜내지 못한 채 병원 밖을 나오자 대기하고 있는 태열의 차가 보였다. 태열이 그녀를 보고 밖으로 나왔다.

동생에게 그를 어떻게 소개해야 하지?

이 시간에 회사 사람을 소개하기엔 오해의 소지가 있었다. 그녀가 걸음을 조금 늦춰 효은의 뒤에서 그에게 그냥 가라고 시늉했다. 전화한다는 시늉도 했다. 알아들은 건지 아닌지 그는 그대로 서 있었다.

이 순간, 가슴이 너무 아팠다.

왜 떳떳하게 소개를 못 하는 거지?

이유는 알고 있었다. 어떤 사이인지 말할 수가 없으니까. 자신도 그도 둘 사이가 어떤 사이인지 몰랐다. 하지만 두 사람이 안다 해도 세상은 몰라줄 것 같았다.

"피곤하다."

태열의 걱정을 하던 그녀가 그제야 효은을 보았다. 동생의 혈색이 그다지 좋아 보이지 않았다.

"밥은 먹고 다니는 거야?"

"당연하지. 난 걱정 있다고 굶고 그런 짓 안 해."

"그래."

효은이 휙, 하고 가늘어진 눈으로 효주를 돌아봤다.

"언니 진짜 사채 쓴 거 아니지?"

"아니라니까."

"그런 거 절대 하면 안 돼. 우리 학교에 어떤 선배가 그런 거 하다가 장례 치렀어. 이자도 엄청 불어나고 아예 원금을 갚을 수가 없대."

"알았다니까."

"장기기증 아니면, 몸을 팔아야 한다잖아."

몸? 조금은 뜨끔했다.

"넌, 그 친구하고 잘 지내는 거야?"

"누구?"

"네 남자친구 말이야. 지훈인가."

"안지훈? 응, 뭐. 잘 지내지."

"우리 집 난리 나서 잘 만나지도 못하겠네."

"잘 만나지 못하는 건 맞는데, 우리 집 난리 난 건 몰라."

"응?"

"말 안 했거든."

"왜?"

"그냥, 말하기 싫어서."

"사귀는 사인데 그래도 돼?"

"그러면 안 되지. 근데, 말하기가……, 말할 수가 없어."

효은이 흐린 미소를 지었다.

"걔네 집 엄청 부자거든. 걔 친구들도 다들 유학 얘기 아니면 차 바꾼 얘기만 해. 아예 이쪽 생활이 어떤지 상상도 못 해. 등록금이 없어서 휴학을 해야 한다는 건 이해도 못 할걸. 이번 달 용돈이 삼백이냐, 사백이냐, 이런 대화나 하는 애들이거든."

"그렇게 철부지 2세처럼 생기진 않았던 것 같은데."

"응. 걔는 그렇게 드러내진 않아. 근데 친구들끼리 얘기할 땐 그런 이야기를 아주 자연스럽게 받아들이더라고."

"그래서 말 안 했다고?"

"혹시나 학교를 그만둬야 하면 헤어지자고 하려고 했는데, 다 잘 됐으니까, 그냥 말 안 하려고."

"걔가 동정할까 봐 자존심 상해?"

"동정은 상관없지만 자존심 상하는 건 맞아. 집에 돈이 없는 걸로 누군가한테 평가 매겨지는 게 싫어. 부모 잘 만난 건 그냥 복불복인데 그걸로 걔네는 날 불쌍하게 볼 수 있고, 나는 걔네를 부러워해야 하고. 그런 게 싫어."

"그래. 그건 그렇네."

"특히 안지훈 그 자식한테는 구차한 소리 안 할 거야. 차라리 안 만나면 안 만났지."

"1년 넘게 사귀어놓고. 질렸어? 아니면 별로 안 사랑하는 거야?"

효은이 입을 다물었다. 눈가가 반짝거리는 게 눈물인 것 같았다.

우리 집에는 빚도 없는데, 동생은 대학을 다니고, 자신은 회사를 다니고 사회생활에 문제도 없는데. 그저 직업을 구할 수 없는 나이 든 부모가 있을 뿐인데 그게 이렇게나 감당할 수 없는 일이라니.

동생이 말이 없는 게 꼭 울음을 삼키고 있는 것 같아 그녀가 말없이 동생의 어깨를 토닥였다.

"택시 잡자."

그녀가 손을 뻗으려고 했는데, 태열의 차가 그녀 앞으로 다가왔다.

그냥 간다고 하는 걸 못 알아들었나?

조금 당황스러워 하는 사이, 그가 조수석 창으로 고개를 내밀었다.

"우연이네?"

우연, 우연, 우연…….

아, 빠르게 접수한 그녀가 어색하게 손을 들어올렸다.

"아, 팀장님. 우연이네요!"

"팀장님?"

효은이 어리둥절하게 두 사람을 번갈아 보았다.

"집에 가는 길인가? 타. 태워다줄게."

"아, 괜찮은데."

"밤, 늦었잖아. 타."

그가 양보를 하지 않는 걸 보니, 그녀의 몸이 걱정돼 그냥 갈 수 없는 모양이었다. 그녀가 고개를 끄덕였다.

"그럼 실례 좀 하겠습니다. 타, 타자, 효은아."

그녀가 뒷문을 열었다. 효은을 밀어 넣고 그녀도 옆에 앉았다.

"이 시간까지 어쩐 일이세요?"

어설픈 연기를 해보았다.

"어, 근처에 볼일이 있어서. 김 대리는?"

"아, 저 병원에 부모님이 입원해 계세요."

"그렇구나."

어리둥절하게 보던 효은이 불쑥 물었다.

"응? 지난번에 병원 오시지 않으셨어요?"

태열과 효주, 두 사람이 아차 싶어 동시에 입을 다물었다. 마침 '부앙' 하고 위험하게 지나가는 오토바이 무리가 있었다.

그가 자연스럽게 물었다.

"라디오 틀어줄까?"

"네. 감사해요. 틀어주세요."

그녀가 냉큼 대답했다. 효은이 수상쩍은 눈으로 두 사람을 바라보는 것 같았다. 순간 '카톡' 알림음이 울렸다. 효은의 것이었다. 동생이 휴대전화에 정신이 팔린 사이 태열과 효주가 백미러로 눈을 마주쳤다.

고마워요.

그녀가 입 모양을 냈다. 그가 고개를 끄덕였다.

효주가 휴대전화에 열중해 있는 효은을 보다가 창밖으로 내다보았다. 야경이 아름답게 펼쳐져 있었다.

9

한껏 들떴던 마음은 며칠을 못 가고 가라앉았다. 그에게서는 그 이후로 어떤 말도 없었다. 저녁식사 제의조차도 없었다. 서서히 현실 파악이 되기 시작했다.

역시나 그는 그저 매너가 좋은, 정말 좋은 남자였던 건 아닐까.

그녀가 어렵다는 것을 알고 도와줬고, 부담스러워할까 봐 마음의 짐을 덜어주듯이 그녀를 안아준 것뿐. 다음이라고 말한 건, 들이대는 그녀를 무안하지 않게 하려고…….

생각하려니 끝도 없었다. 자괴감이 몰려왔다. 그녀가 비어 있는 그의 자리를 바라보며 한숨을 짓다가 다시 모니터로 시선을 보냈다. 부동산 사이트였다. 그에게만 마음을 쓰고 싶은데 그럴 처지는 아니었다.

love price

전셋집이 나갔다. 태열이 도와준 덕분에 전세금은 살릴 수 있었지만 마이너스 통장을 갚고 나니 금액이 아주 적어졌다. 게다가 아픈 부모가 둘이나 있으니, 언제 무슨 일이 생길지 몰라 좀 더 돈이 적게 드는 곳으로 옮기고 싶었다. 게다가 아직 경신은 퇴원한 것도 아니었으니, 병원비는 계속 나가고 있는 셈이었다.

또다시 태열에게 손을 벌릴 수는 없었다.

최대한 빠른 시일 내로 짐을 옮겨야 하는데, 이보다 더 적게 돈을 내려면 반전세나 월세로 돌려야 했다. 그나마도 오래 지낸 탓에 주인이 금액을 크게 올리지 않았던 것뿐이었다. 금액을 줄이지 않아도 들어갈 수 있는 전셋집이 보이지 않았다.

그래도 부모의 집으로 들어가지 않으려면 그녀는 열심히 찾아보는 수밖에 없었다. 집에서 회사까지 멀어 대중교통비만 해도 한 달 월세가 나갈 지경이었고, 먼 것도 먼 것이지만 부모와는 같이 살고 싶지는 않았다.

부모를 사랑하지만 매일 돈이 없다는 소리와 아프다는 소리를 들으면서 지낼 수는 없는 노릇이었다.

눈치껏 부동산 인터넷 사이트를 서핑하는 사이, 태열이 회의에서 돌아왔다. 다른 상사들도 함께였다. 업무 지시를 내리는지 상사들이 메모를 하며 받아 적고 있었다. 바빠 보였다. 그리고 멋있어 보였다.

저녁식사를 하자고 해볼까.

이상했다. 전에는 그녀가 좀 더 적극적으로 다가갈 수 있었다. 저녁을 먹자는 말을 하면서 거리낌도 없었다. 그런데 이제는 자꾸 계산과 걱정이 들어갔다.

그가 자신을 귀찮아하지 않을까? 또 자자고 하는 거라고 생각하지 않을까? 정말 저녁만 먹지는 않을까? 그가 자신에게 또 돈을 주려고 하면 어쩌지?

그저 저녁 한 끼도 이제 쉽지가 않다니, 어쩌면 자신은 큰 실수를 한 건지도 몰랐다.

뭐라고 말 좀 해줘요, 윤태열 씨.

어차피 저녁을 같이 먹을 수도 없었다. 업무가 끝나자마자 집을 보러 가기로 몇 군데 예약을 해둔 상태였다. 그럼에도 그가 식사 제의를 한다면 다 버려두고 가고 싶은 마음이었다.

누군가가 그녀 앞에 다가와 태열을 가렸다. 고개를 드니, 현우가 서 있었다.

"안녕하세요, 김 대리님."

"네, 신 대리님. 안녕하세요."

"잠깐 저 좀 볼까요?"

"지금요?"

"저녁때 시간 돼요?"

"저녁에요? 오늘 저녁은 안 되는데."

"그러실 것 같았어요. 병원 가서야 하잖아요. 지금 잠깐."

현우가 나가자고 손짓했다. 너무 갑작스러워서 무슨 일이냐

고 묻는 타이밍을 놓쳤다. 그녀가 현우를 따라나섰다. 기껏해
야 휴게실이나 갈 줄 알았는데, 현우가 엘리베이터를 눌렀다.

"어디 가요?"

"1층 카페요."

"금방 퇴근시간인데."

"저는 아니거든요."

야근이 예약돼 있다며 현우가 울상을 지었다. 저런, 하고 조
금 웃어주자, 그가 금방 같이 웃었다. 엘리베이터에 오르자 현
우가 살피듯 그녀의 얼굴을 보았다.

"부모님은 좀 어떠세요?"

"많이 좋아지셨어요."

진호의 경우는 그랬다. 퇴원을 했고, 이제는 환자와 보호자
로 경신과 시간을 보냈다. 경신은 아니었다. 그래도 수술이 잘
되어서 정신은 돌아왔지만 이젠 쓰러지기 전의 기력을 찾아보
기 어려웠다. 몸이 뜻대로 움직여지지 않는다고 했다. 두어 달
사이에 근육이 너무 빠져버렸다. 물리치료를 오래 받아야 할
듯했다.

표정이 무거워 보였는지 현우가 더 이상의 질문을 삼갔다.
1층 카페로 내려가자 현우가 알아서 음료를 주문했다.

"마셔요."

꽤 단 음식들이었다. 단 음식을 못 먹는 건 아니었지만 좋아
하지는 않았다.

"나한테 뭐 잘못한 거 있어요? 무섭게 왜 이래요? 무슨 일이
기에."

"그냥. 우울할 것 같아서요."

아니라고 말할 수는 없었다. 어떻게 보면 가장 절망적인 시
기였다. 태열이 아니었다면, 아마 지금쯤 제정신이 아니었을
것이다.

"고마워요."

힘들 때 신경 써주는 사람이 있다는 건 참 좋은 것이다. 김
과장도 오 부장도 그 외에 직원들도 그녀를 살펴주고 있었
다.

다들 고맙네.

새삼 그런 생각이 들었다.

"그러고 보니, 커피를 내가 샀어야 했네요. 그때 병원 데려
다준 거, 제대로 답례를 못했어요."

"다음에 사주면 되죠. 그땐 저녁 같이 먹어요."

효주의 표정이 굳어졌다. 언제부터 저녁식사가 이리도 신
성한 것이 되었을까? 윤태열이 아니고 다른 누군가와 저녁식
사를 함께 한다는 것은 너무 불경한 행동 같았다. 그 시간은
오직 그와 자신만의 고유 영역인 것 같았다.

"그리고 이거."

현우가 봉투를 내밀었다.

"이게 뭐예요?"

"집 빼신 것 같아서. 그때 부동산하고 통화하는 거 본의 아니게 들었잖아요."

현우가 양해를 구하듯 웃었다. 듣고 싶어서 들은 것은 아니라는 듯이.

"집 빼서 병원비 하시는 것 같아서. 많이 힘드신 게 아닐까 하고."

"신 대리님."

"오해는 마세요. 동정 같은 거 아닙니다. 그냥, 김 대리님이 힘든 게 아닐까 하고요."

참으로 고마운 마음이었다. 태열이 아니었다면 어쩌면 다급하게 이 돈을 받았을지도 모르겠다. 동정이든 뭐든 스스로 자존심 따위는 뒤로 하고 이게 얼마든, 바로 받았을 것이다. 그때, 택시비를 아끼기 위해 현우의 차를 탄 것처럼.

"신 대리님."

"부담 갖지는 마세요. 정 부담스러우시면 가끔 저녁이나 같이…… 다른 뜻은 아니고 그만큼 편하게 생각하라는 거예요."

세상에 공짜는 없었다. 그런 건 없다. 현우의 돈을 받는다면, 그녀는 원치 않는 저녁을 먹어야 할 것이었다. 그리고 점점 다른 요구를 해도 그녀는 거부할 수 없을 것이다. 그녀가 너무도 간절히 필요한 걸 현우가 가지고 있다면.

어쩌면 그래서 태열을 좋아하고 있는 걸까.

문득 그녀의 감정에 의심이 들었다. 태열이 자신을 도왔기 때문에 그를 더 좋아하게 된 거 아닐까. 그렇게 생각해야만 굴욕적이지 않을 테니까.

그를 보고 싶었다. 그의 그윽한 두 눈을 바라보면서, 자신의 마음이 돈 때문에 일어난 마음인지, 아닌지 알고 싶었다.

그는 왜 연락을 하지 않을까. 왜 저녁을 먹자고 하지 않는 거지. 이렇게 영원히 그와의 관계가 끝나버리면 어떻게 될까.

마음이 불안해졌다.

"고마워요, 신 대리님. 근데, 이미 집은 빠졌고, 병원비는 충당했어요."

"네? 벌써요? 아, 그렇군요……. 오해는 마세요. 다른 뜻이 있었던 건 아니었어요."

다른 뜻이 있었다고 해도, 비난할 마음은 없었다. 자신이란 인간부터가 올바르지 못한 사람이니까.

"괜찮아요. 마음 고마워요."

"그럼 내가 병원이라도 데려다주면 어떨까요?"

현우가 그녀를 따라 일어났다.

"데이트하고 싶단 뜻입니다. 그렇게라도."

"신 대리님."

그녀가 처음으로 누군가에게 말했다.

"좋아하는 사람이 있어요."

그게 돈 때문이어도, 어쨌든, 같은 돈을 내민다고 다 좋아하는 건 아니니까 그를 좋아하는 거 맞잖아. 신현우의 돈이 아니라, 윤태열의 돈을 좋아한다면, 그건 어쨌든 윤태열을 좋아하는 게 맞는 거잖아.

현우의 표정이 굳어졌다.

"아. 그랬군요. 전에 사귀는 사람 없다고 하기에……."

"……네. 사귀는 건 아니에요. 그냥, 좋아하는 거지."

그녀가 다시 한 번 인사했다.

"마음, 고마웠어요."

"그래도 돈, 필요하면 언제든 말해요."

"고마워요."

그녀가 먼저 올라왔다. 태열은 업무 중이었다. 오늘도 연락을 하지는 않을 것 같았다. 가슴이 뻐근하게 아팠다.

하룻밤이면 된 거였을까?

그를 너무 좋게 본 것은 아닐까, 의심이 들었다. 현우가 초짜여서 티가 난 것뿐, 어쩌면 태열은 정말 연애고수 같은 거라서 티 안 내고 그녀 마음을 훔쳐간 것은 아니냐고.

'이러려고 그런 거 아니야. 이러지 않아도 돼.'

이제는 그게 진심이 아니라고 해도, 혹은 진심이라고 해도 속이 상하는 것 같았다.

'뭘 원하고 그런 거 아니야. 앞으로도 김효주 씨하고 아무 일 없이 저녁을 먹고 싶어서 그런 거니까.'

그 관계를 자신이 망친 걸까. 그저 평온한 저녁을 먹고 싶었던 남자의 일상을 해친 걸까.

'그럼 매일…… 해야겠네.'

매일……이라고 했으면서. 어떻게 일주일이 넘도록 한 번을 연락을 안 해? 매일의 개념이 뭔지 모르나!

그녀가 신경질적으로 마우스를 클릭했다. 그러는 사이, 퇴근시간이 조금 넘어갔다. 뒤늦게야 시간을 확인한 그녀가 부동산에 늦지 않기 위해 빠르게 회사를 나섰다.

회사 근처에 눈에 익은 차가 보였다. 심장이 덜컥, 내려앉았다. 그의 차였다. 자신보다 먼저 본 건지, 그의 차를 파악하는 순간 그가 차에서 내렸다. 그가 그녀 앞으로 다가왔다.

"타."

"병원 가는 거 아니에요. 약속이 있어요."

"무슨 약속?"

"그냥…… 팀장님은 모르셔도 돼요."

쉽게 말해주고 싶지 않아 괜한 말을 던졌다. 평소의 그라면 그래? 그럼 먼저 가보도록 하지, 하고 돌아설 것 같았다. 그런데 그가 한쪽 눈가를 찡그렸다.

"누구 만나는데?"

"네?"

"누굴 만나느냐고."

"부…… 부…… 저씨……요……."

그의 박력에 기가 죽어 그녀가 쭈뼛거리며 말했다.

"뭐?"

"부동산 간다고요. 부동산 아저씨 만나러."

하! 그가 뭐가 우스운지, 허탈한 듯 웃더니, 그녀의 손목을 잡았다.

"타. 데려다줄게."

엄청 오래전도 아닌데, 오랜만에 잡힌 것 같은 그의 손길에 심장이 막 뛰었다. 그를 마주하게 되면 그의 눈을 보면서 진심을 파악해보겠다고 다짐했건만, 그런 것은 아예 생각할 수도 없었다. 그저 좋아서. 그대로 그에게 잡혀 못 이기는 척 차에 올랐다.

"부동산이 어디야?"

내비게이션을 누르는 그의 손을 치우고 그녀가 대신 눌렀다. 다가간 그의 곁에서 좋은 향이 났다. 그녀가 행복해지는 향.

역시 좋아.

따지지 않기로 했다. 그가 부유해서 좋아졌더라도, 그래도 좋아하는 건 윤태열이니까.

어쩌면 그의 마음이 자신과 같지 않더라도 그냥 현재에 충실할 것이다. 불순한 마음으로 그에게 접근한 벌 정도는 받아야 하니까.

❖

"차에 있어도 돼요."

그녀가 따라오지 말라고 신신당부했지만 그는 그렇게 하지 못했다. 그녀가 살 곳을 알아보는 것이고, 또 그녀를 안내하는 업자가 남자이기도 했기에.

부동산에서부터 안내하는 집마다 그는 말 한마디도 없이 존재감을 드러내고 있었다.

"어떠십니까, 사장님."

집 두 채를 둘러보고 나자 업자가 그를 보며 물었다.

어떠냐고?

자신이 살 집을 보는 거라면 차라리 나을 것 같았다. 그는 어디서 자든 상관없었다. 그에게 있어 집이란 건 아무 의미가 없었다. 굳이 따지자면 잠을 자는 곳이고 혼자 남은 것을 알게 되는 곳 정도였다.

그녀에게도 집이 그런 용도일지 모른다. 하지만 그녀가 잠만 자는 곳, 단 한 시간만 있는 곳이라도, 도저히 이런 곳에서 재우고 싶지 않았다. 허름한 것은 둘째치고 치안이 엉망이었다. 나사가 제대로 박히지도 않은 방범창은 물론이고 방충망도 제대로 된 것이 없었다. 도배장판이 제대로 된 곳도 없었다. 이런 곳도 전세라고 내놓았으니, 주인이 해줄 리 만무했다.

당장이라도 그녀의 손을 붙들고 밖으로 나오고 싶은 것을 참느라고 힘들었다.

사실 그가 힘든 건 지금의 문제가 아니었다. 꽤 한참 동안 힘들었다.

참느라고.

그는 참고 싶지 않았다. 하지만 상황이 그랬다. 둘 사이는 이제 더는 동등하지 않았다. 갑을관계가 생겨버렸다.

그가 돈을 주었고, 그녀는 그것에 대한 값을 치렀다. 그것도 과분하게. 그의 입장에서는 자신이 을이었다. 하지만 그녀의 입장에서는 그녀가 을일 것이다. 자신이 저녁을 먹자고 하면, 그녀는 그다음을 걱정해야 할 것이다. 혹시나 그가 그녀를 건드리지는 않을까, 그렇다면 거부할 수 없겠지, 그런 생각을 해야 할 것이다.

'계속……하면 괜찮대요.'

그때는 그저 다음이 있다는 생각에 좋아서 답했지만 나중엔 그 말이 내내 가슴이 아팠다. 계속, 해야만 한다는 걸 생각하고 있었을까 봐.

그녀가 행여나 자신을 두려워하고, 저녁식사 얘기에 겁을 먹을까 봐 그녀와 저녁을 먹자고 편하게 말할 수 없었다. 그녀 역시 저녁을 먹자고 말하지 않으니, 더 조심스러웠다.

저녁만 먹고 보내면 될 일 아니냐고 하겠지만, 그럴 자신은…… 그럴 자신은 정말 없었다. 그가 손을 내밀면 그녀는 거부하지 못할 것이다. 마지못해하는 게 아니라도 유쾌할 수 없는 뒤끝이었다.

"다른 곳은 없습니까?"

그녀가 그를 보는 것을 모른 척하고 물었다. 업자가 이마를 긁적였다.

"아무래도 그 가격에는 좀……."

돈을 보태고 싶었다. 하지만 그녀가 원치 않을 거란 생각이 들었다. 더는 선을 넘어서선 안 됐다. 그녀가 값을 치르기 위해 그의 노예가 되려 할지도 몰랐다. 너무 가혹했다. 그는 내내 참고 있었다.

그날 이후로 그는 그녀를 너무도 안고 싶었다. 하루 종일, 그런 생각만 한 날도 있었다. 망상 속에서 상무실 옆 빈 회의실은 언제나 그녀를 끌고 가 멋대로 안는 장소가 되었다.

이런 놈이었다.

그걸 노리고 도운 것이 아님에도, 결국은 자신은 이런 놈인 것이다. 그러니 현우와 있는 그녀를 보고 못 참고 뒤를 밟는 짓이나 하는 것 아니겠는가.

현우가 그녀에게 다가가 말을 걸기 전부터 그는 그녀를 의식하고 있었다.

그녀가 어떻게 생각하든 자신이 하고 싶은 대로 해버릴까. 그녀도 괜찮다고 하는 것 같았고, 좋아한다고 했으니까, 그러자고 몇 번이나 마음먹었다. 그런데 쉽지 않았다. 이 마음에 가격이 매겨진 것 같았다. 그가 뭘 할 때마다 그녀가 값을 치러야 하는 건 아닐까, 혹은 반대로 그가 그래야 하는 건 아닐까, 마음이 한없이 불편했다.

그런데 현우가 다가와 그녀를 데리고 나갔다. 두 사람이 같이 나가는데도 신경 쓰는 사람이 없었다. 두 사람이 추문에 휩싸여 봤자, 그냥 사귄다 정도일 것이다.

하지만 그녀와 자신은 달랐다. 낙하산, 불륜, 이혼, 부적절한 관계 같은 다른 것들이 붙어서 순수하고 깨끗한 그녀를 망칠 것이다.

어쩌면 어울리는 것은 저쪽일 텐데.

어쩌다가 자신이 끼어들었을까. 미안했지만, 질투는 어쩌지 못했다. 그녀가 다른 남자와 웃는 것도 싫은 자신이 싫었지만, 그것도 어쩌지 못했다.

현우와 만나고 돌아와 퇴근하는 그녀를 낚아챘다. 약속이 있다는 게 혹시 현우와 있는 걸까 봐 무서웠다.

그녀의 미래를 현재의 감정으로 방해하면 안 된다는 것을 알면서도, 누구보다 축복해줘야지, 하고 생각하면서도, 그는 이렇게 그녀의 창창한 미래를 턱하니 막고 있었다.

"월세를 알아보시면 어떨까요? 월세라면 훨씬 괜찮은 곳이 많이 있습니다."

"아니에요. 월세는 안 돼요."

그녀가 업자와 그의 사이에 끼어들었다.

"근데 그 금액에는, 전세가 그렇게 많지 않아서요. 그 금액에 나온 게 요새는 기적이죠."

"네, 알아요. 그럼 좀 더 생각해보고 연락드릴게요."

그녀가 그보다 조금 먼저 나섰다. 뒷모습만 봐도 화가 난게 느껴질 정도였다. 그가 말없이 그녀 뒤를 따랐다. 그녀는 한참을 뒤도 돌아보지 않고 걸었다. 자신이 있는 걸 까먹은 게 아닐까 싶었다.

"김효주 씨."

그녀가 휙, 뒤를 돌아봤다. 뭐랄까, 조금 무서워서 긴장이 됐다. 그가 침을 꿀꺽 삼켰다.

"보고 나니 후련하세요?"

그녀답지 않은 날카로운 목소리에 그는 거의 차렷 자세였다.

"응? 뭐가."

"그냥 차에 계시라니까요."

이런 상황에서 업자가 남자여서 그랬다고, 말할 수가 없었다. 본능적으로 사과를 해야 한다는 생각이 들었다.

"화, 나게 해서 미안……."

"맨날 뒤늦게 사과하면 뭐해요, 내 말은 하나도 안 들어주면 서."

"그랬나?"

그녀가 노려봤다.

"그래, 내가 그랬지."

그가 풀죽은 목소리로 답했다. 그녀가 뒤늦게 목소리를 낮췄다.

"죄송해요. 팀장님한테 괜히……."

"아니, 괜찮……."

"집에 갈래요. 좀 피곤해서요."

"그래? 데려다줄게."

차에 타고 집으로 향하는 동안 그녀는 말이 없었다. 그녀가 진정하길 바랐기에 그는 말을 걸지 않았다. 집 앞에 다다랐을 때, 그가 물었다.

"왜 화났는지, 좀 물어봐도 되나?"

"그냥. 그냥 다요."

"나 때문인 거지?"

"네."

"그래? 미안하네?"

"뭐 때문인지도 모르고 미안하세요?"

"나 때문이라며."

"그러니까 구체적으로 뭐 때문인지……."

"혹시 창피했어?"

그녀가 말이 없었다. 어쩌면 그렇지 않을까 생각했다. 그에게 허름한 집을 보여주고 싶지 않아서 그랬을지도 모른다고.

"나도 창피한 말, 하나 할까?"

"뭔데요?"

"그 업자가 남자라서 쫓아갔어."

"……네?"

"그냥, 혹시나, 요새 무서운 놈들 많다고 해서."

그냥 네가 남자랑 같이 있는 것도 싫어, 라고 말하고 싶었지만 참았다. 그의 속내를 드러내는 건 아직 일렀다.

"……나……한테 관심도 없으신 분이……."

그녀가 황당하다는 듯이 말했다. 그가 더 황당했다.

"내가?"

"저 잊으신 거 아니었어요? 아니면 잊고 싶으신 거든가."

"뭐?"

"그날 이후로, 연락 한 번 안 하셨잖아요."

착각일까. 그녀가 투덜대는 것 같았다. 귀여웠다. 그녀가 너무도 귀여웠다. 왜 이런 여자를 두고 그렇게 많은 생각을 한 걸까. 그도 그녀도 이렇게나 순수한 마음인데.

"기다……렸나?"

쿵쾅쿵쾅, 대답을 기다리며 심장이 뛰었다.

"아니요? 제가 왜요?"

거짓말. 그녀의 투정이 느껴졌다. 너무 귀엽고 좋아서 심장이 아팠다.

"난 좀 기다렸어."

그녀가 놀란 눈으로 그를 보았다.

"팀장님은 조금 이상해요."

"왜?"

"보통은, 보통은 이용하는 거 아니에요?"

"뭘?"

"모르시면 됐어요."

그러고는 이내 웃었다. 그녀 말이 무슨 뜻인지 모르지 않았다. 그러기엔 너무 많이 알았다. 다만 그녀에게 어떤 행사도 하고 싶지 않아서 그녀가 먼저 다가올 때까지 연락을 하지 않았을 뿐이다.

하지만 자신은 그렇게 좋은 놈이 아니었다. 나쁜 놈에 가까웠다. 아니, 이젠 나쁜 놈이다. 그가 쓴웃음을 지었다.

"무슨 말인지 알아."

"……."

"그리고 이제 이용해볼까 해."

그녀가 의아하게 보았다. 그가 그런 눈을 했다.

"우리 집으로 들어와."

명령이야, 같은.

10

고민할 시간이 없었다는 게 핑계였다는 것을 안다. 그녀는
고민하지 않았다. 그는 묻지 않았고, 평소 밖에서 대하던 느
낌으로 말하지 않았다. 상사의 명령처럼 말했다.

우리 집으로 들어와.

싫었다면 거절했겠지만 싫지 않아서 모든 이유를 끌어다댔
다.

그가 명령했고, 집을 구하기엔 빠듯한 시간이고, 무엇보다
돈이 들지 않는다. 일단 그의 집에 들어갔다가 천천히 좋은
집을 구할 수 있다. 그 사이에 회사에서 상여금 같은 게 나와
서 돈을 좀 더 보탤 수도 있을 것이다.

하지만 진짜 이유는 따로 있었다. 그와 같이 있는 것.

"짐은 이것뿐이야?"

목장갑을 낀 그의 모습을 멍하니 보다가 갑작스러운 물음에 뜨끔했다.

"네? 네."

이런 와중에 평상복을 입고 장갑을 끼고 일하는 모습을 보며 반하고 있다니, 한심했다. 그런데 어쩔 수가 없었다. 그가 좋았다. 누군가를 이렇게 좋아해본 적이 없었다. 연애를 안 해본 것은 아니었지만 이렇게 깊은 마음이 없었다. 그래서 어떻게 해야 할지도 모를 정도였다. 그가 자신이 골라준 바지를 충실하게 입고 있다는 부분도 그녀를 가슴 뛰게 했다.

그와 같이 지낸다니. 마냥 행복한 기분이었다. 자신에게 이렇게 어린애 같은 면모가 있을 줄이야. 철없는 것이지만 그래도, 그녀는 그러고 싶었다. 회사에서 그를 보는 것으로는 부족했다. 언제 올지 모르는 그의 연락을 기다리는 것도 힘들었다. 같이 산다면, 그래도 적어도 매일 밤, 얼굴은 보겠지, 싶은 마음이었다. 고개를 끄덕이고 나서야 섹스를 할 수 있겠구나, 하는 생각을 하긴 했다.

그것도…… 기대가 됐다.

미쳤나 봐, 김효주.

"거의 다 했으니까, 그냥 앉아 있어. 기분, 안 좋아 보이는데."

기분이 안 좋다고? 아닌데, 들뜨고 설레고 미치겠는데.

그가 왜 자신을 그렇게 보고 있는지 모르는 바는 아니었지만, 그녀는 전혀 그렇지 않았다. 하지만 너무 철없어 보일까 싫어서 말을 할 수는 없었다.

그가 화물차 아저씨와 인사를 하고 돌아왔다.

"이것까지만 하고 밥 먹자. 그러고 나서 가구 사러……."

그녀의 옷 짐을 드는 그의 허리를 뒤에서 안았다. 흠칫, 그가 놀랐다.

"땀, 냄새, 나."

"괜찮아요."

그녀가 넓은 등에 얼굴을 비볐다. 그의 땀냄새조차 너무 좋았다.

"김효주 씨."

그가 이쪽저쪽으로 등에 붙은 그녀를 보려고 애썼다. 그녀가 놓지 않고 얼굴도 보여주지 않자, 그가 결국 손목을 잡아 그녀를 등에서 떨어뜨렸다.

"이러지 않아도 돼."

"싫으세요?"

"내가?"

"왠지 피하시는 것 같아요."

이건 사실이었다. 집에 들어오라고 하는 게 그저 단순히 그녀가 불쌍해서 그런 거 아닐까 싶을 정도로, 그는 그녀에게 금욕적인 모습을 보였다. 이래서야 정말 순수한 그를 그녀가 핑계 삼아 덮친 꼴이었다.

"불쌍했어요?"

"뭐?"

"저 말이에요. 불쌍해 보였어요? 그래서 부른 거예요? 단순히 그걸로만?"

"그냥, 지금 짐 옮기는 중이라 먼지투성이고, 땀이……."

그녀가 그의 허리를 감아 품에 안겼다.

"김효주 씨."

"상관없는데요."

이럴 때만 용기 있는 김효주 씨군. 그가 중얼거리며 마지못해 웃었다.

"샤워하고 올게."

"괜찮아요."

"김효주 씨."

"괜찮아요. 정말, 괜찮아요."

지금 당신 모습 그대로가 너무 멋있으니까.

그가 그녀의 뺨을 잡았다.

"생각했던 것보다 훨씬 고집이 세네."

"그래서 싫다고요?"

"그럴 리가. 예뻐. 귀엽고."

말이 끝나기 무섭게 그가 입술을 물었다. 놀라서 눈물이 찔끔 나왔다.

예쁘다고? 귀엽다고? 그런 말 한 적 없었는데. 이렇게 고집 부릴 때 그런 말 하는 건 반칙 아닌가?

심장이 폭발할 것처럼 뛰었다. 그녀가 그의 두 뺨을 손으로 감쌌다. 그녀의 입술을 감싸쥔 그의 입술이 생각보다 뜨거웠다. 자연스럽게 혀가 오갔다.

그가 그녀를 번쩍 안았다. 입술이 떨어지지 않았다. 조금만 멀어져도 다시 다가와 두 사람은 서로의 체액을 나눴다.

그녀를 안은 채 키스를 하며 그가 어디론가 향했다. 당연히 방으로 갈 줄 알았는데, 살짝 눈을 뜨니 욕조 위였다. 그제야 그녀가 입술을 떼고 그를 보았다. 그렇게 괜찮다고 했는데도, 찝찝하단 거지? 고집이 센 게 누군지 모르겠다.

"나도 잘 보이고 싶으니까."

그가 멋쩍게 웃으며 윗도리를 벗었다. 이렇게 밝은 데서 그의 몸을 보게 될 줄이야. 하아, 감탄이 절로 나오는 몸매였다. 그녀가 그의 몸에 손을 뻗었다.

"아직 안 씻었어."

"괜찮다고 했……."

순식간에 그가 그녀의 윗도리를 벗겨버렸다. 이렇게 밝은 데서 그녀의 몸매를 보여야 하다니, 창피해서 몸 둘 바를 몰랐다. 브래지어를 사수한 채 그를 원망스럽게 바라보았다. 그의 가슴 근육이 가쁜 숨을 쉬며 바쁘게 움직였다.

"따, 따로 씻……."

그가 그녀의 브래지어 끈을 당겼다. 안 들리는 것 같았다. 그의 눈은 이미 짐승처럼 변해버렸고, 손길은 거칠어졌다. 그가 거침없이 그녀의 옷을 벗겼다. 그러고는 무서운 눈으로 그녀의 몸을 살폈다. 그녀가 몸을 가리며 슬금슬금 뒤로 물러섰다. 도망갈 곳도 없이 그가 바짝 다가왔다. 도망치다가 샤워기를 건드렸다. 그 때문에 샤워기 물이 떨어졌다. 차가운 물이었다.

"티, 팀장님 차가운 물…….."

그가 그녀를 감싸며 몸으로 물을 막았다.

"물이 차가운 흡……!"

입술이 그에게 먹혔다. 차가운 물도 그를 식히지 못했다. 그는 미친듯이 그녀를 만지며 그녀의 몸을 탐했다.

뜨문뜨문 정신이 들었을 때에도 그녀의 몸 안에는 그가 들어가 있었다. 그는 쉬지 않고 그녀의 몸 안에 그의 것을 넣고 또 넣고 있었다. 그는 아주 오랫동안 굶은 채로 성에 갇힌 야수 같았다.

기억이 나는 건, 처음보다 훨씬 좋았다는 것과 정신이 혼미할 정도로 그가 그녀를 놓지 않았다는 것, 그가 자신을 들어 이리저리 자세를 바꾸었다는 것이었다.

욕실 벽을 잡고 있었는데 잠시 후엔 욕조에 누워 있었다. 그러나 어느새 그가 선 채로 그녀를 안아, 그에게 안긴 채 감당도 되지 않은 그의 것을 감당하고 있었다.

그녀는 그에게 모든 것을 맡긴 채였다. 그녀가 보지도 못한 자세를 한 채로, 자신조차 들어본 적 없는 신음소리를 냈다.

그녀는 오직 그의 숨소리에만 의지하고 있었다. 거칠고 뜨거운 숨소리가 그녀의 귀에 들려올 때마다 심장이 터질 것 같이 좋았다.

"침대로 갈까?"

그가 그녀의 배에 절정을 다 쏟아낸 후에 남성을 꾹 눌렀다. 더 이상 밀릴 곳이 없어 벽에 기댄 채 그저 숨만 겨우 쉬고 있는데, 그가 속삭이듯 물었다.

욕실에서 두 번이나 했는데? 그것도 엄청 오래?

그녀가 놀란 듯 눈을 떴다.

"다, 한 거 아니었어요?"

"아직……, 인데?"

대체 그동안은 어떻게 참은 거냐고!

"전 더 안 될 것 같은데요?"

"아."

그가 그제야 정신이 돌아온 것 같았다.

"씻자."

그가 샤워기를 틀어 온도를 맞췄다. 무슨 생각인지 말없이 그러고 있다가 문득 그가 돌아보며 물었다.

"내가 억지로 했나?"

"아니요."

"혹시나 그런 거면……."

"억지로 하게 한 건 전데요?"

무슨 말이냐는 듯 그녀를 보던 그가 뒤늦게 웃었다.

"그래. 그랬었지."

그러나 그는 여전히 미안한 표정이었다. 부끄러운 자세로 둘이 서서 이러는 게 웃겼다. 실컷 하고서는.

"팀장님."

그녀가 그를 안았다. 살결이 닿아서 기분이 좋았다. 그녀가 솔직하게 말했다.

"멋있었어요."

그가 웃을 줄 알았는데, 말이 없었다. 표정이 궁금해서 몸에서 떨어졌다. 그가 인상을 찌푸리고 있었다. 그런 말 싫어하는 남자인가.

"김효주 씨."

"네?"

"먼저 씻고 나가 있어."

"왜……, 어?"

그의 남성을 이렇게 가까이에서 또렷하게 본 건 처음인 것 같았다. 이렇게나 컸어? 금방 했는데 왜 커진 거야?

그가 쑥스러운 듯 그녀의 눈을 가렸다.

"제발. 나가 있어."

그녀의 어깨에 얼굴을 파묻은 그의 숨이 뜨거웠다. 어느새 다시 거칠어진 목소리가 괴롭게 느껴졌다. 여력이 없었지만 혼자 두기 싫었다. 그와 또다시 할 수는 없지만 뭔가 해주고 싫었다.

"저, 이상하게 보지 마세요."

"뭘?"

"팀장님을 돕고 싶은 순수한 마음이에요."

"뭐……."

움찔! 그의 남성을 손으로 감싸쥐자 그가 생각보다 크게 놀라서 덩달아 그녀도 놀라 남성에서 손을 뗐다.

"죄송해요. 돕고 싶어서. 힘들어 보였어요."

그가 미간을 좁히며 웃었다.

"그래. 힘들어 죽겠다."

"나갈……, 나갈게요."

"늦었어."

그가 그녀의 손목을 잡아 남성을 잡게 했다. 남성을 잡은 그녀의 손을 강하게 그러쥔 그가 손을 움직이기 시작했다.

천천히 움직이는 것 같더니 이내 정신없이 빨라졌다.

어깨에 얼굴을 묻은 그에게서 뿜어져 나오는 뜨거운 숨에 그녀도 저절로 흥분이 됐다. 제어가 되지 않는 남성미를 절제하려고 애쓰는 남자의 얼굴을 보고 싶었다. 그녀가 얼굴을 보기 위해 손을 빼려고 하자, 그가 더 강하게 그녀의 손을 잡았다.

"팀장님."

"조금만. 조금만 더."

그가 그녀의 입술을 물었다. 손은 여전히 위아래로 움직인 채로 그가 그녀의 입술에서 턱, 목덜미까지 입술을 내렸다. 이내 그녀를 다른 팔로 들어올리더니, 젖꼭지를 혀로 감싸고 빨아당겼다.

"하아, 티, 팀장님."

"미안. 조금만 더."

"그, 그냥…… 할래요. 팀장님하고, 으흣!"

가슴을 물린 그녀가 고개를 뒤로 젖혔다. 벽에 기댄 채 그에게 눌려 그녀는 꼼짝달싹도 못했다.

"팀장님……."

"하아, 괜찮아……. 하아……."

그가 가슴에 얼굴을 묻고 비벼댔다. 그러고는 다시 젖꼭지를 빨았다. 동시에 그의 단단한 남성을 잡은 손이 그에게 잡힌 채 마구 움직였다. 피가 통하지 않을 만큼 강하게 잡힌 손이 그녀의 의지와 상관없이 한참을 움직이고 나서야 확, 하고 멈췄다. 멈췄지만 놓지는 않았다.

"웃!"

그가 절정을 쏟아냈다. 그녀의 손에 그의 정액이 묻었다. 열기가 그대로 느껴지는 뜨거운 체액이었다.

그는 숨을 몰아쉬느라고 꼼짝도 하지 않았다. 그녀 역시 그런 그를 보는 게 좋아서 그대로 있었다. 하지만 시간이 한참 흐르고, 그의 숨소리가 평온해졌을 즘 서서히 현실이 보였다.

그녀는 그의 남성을 언제 놓아야 하는지 고민했다. 그가 무심코 아래를 내려다봤다.

그녀의 손에 정액이 묻어 있는 것을 보자 눈이 커졌다. 왠지 너무 이상한 장면인 것 같아서 얼른 남성에서 손을 뗐다.

"미안."

그가 황급히 샤워기를 틀어 그것을 닦아냈다. 서로 눈이 마주치고 어색하게 웃었다.

"신고식이 화려, 하다."

어색해서 한 말이었는데 그가 눈을 가늘게 뜨더니, 사랑스럽다는 듯 웃으며 그녀를 꼭 안았다. 갑작스러운 포옹에 조금 놀라 흠칫, 했는데, 그가 그녀를 토닥였다.

"걱정 마. 더는 안 할게."

그녀를 달래는 듯했지만 왠지 스스로를 달래는 것만 같았다.

더는 못해, 가 아니고요?

소리칠 뻔했지만 간신히 참았다. 무슨 말에 그의 스위치가 눌릴지 아직 몰랐다. 욕실에서 더는 몸을 불릴 수 없는 그녀는 최대한 말을 아꼈다.

❖

태열이 말없이 천장을 응시했다. 기분이 이상했다. 이 집

어딘가에서 그녀가 잠들어 있었다. 같이 자고 싶었다. 섹스가 끝난 후라 그녀가 혹시나 아플까, 걱정이 들었다. 그가 한 짓을 생각하면 밤사이 끙끙 앓을 것 같았다.

파렴치한.

그는 파렴치했다. 경험도 없는 여자를 침대도 아닌 욕실에서 이리저리 굴렸다. 욕망을 이기지 못한 자신이 미웠다. 평소에 금욕생활을 그렇게나 해왔는데도 왜 자제를 못 했는지, 바보 같았다.

'원하는 방, 써.'

'팀장님 방도 돼요?'

'되지. 난 아무 데서나 자도 되니까.'

'같이 자도 되냐는 뜻이었는데…….'

그러고선 그녀가 쑥스러운 듯 웃었다. 참 가슴 뛰는 말이었다. 그녀와 같이 자다니. 이런 날이 올 줄은 상상도 한 적이 없어서 감당이 안 될 만큼 설레었다.

사랑스러운 여자였다. 세상에 이렇게나 사랑스러운 여자가 있을까. 솔직하고 밝고 예뻤다. 집안 사정 문제만 없었다면, 자신이 감히 다가가지도 못할 여자. 그녀가 그를 손바닥 위에 올리고 이리저리 가지고 논다고 해도, 그는 다 괜찮을 것 같았다.

'그건 안 되겠는데.'

그녀를 밤새 놔주지 못할 것이다. 매일 밤마다 그녀를 자신의 것을 만들지 않고는 잠들지 못할 것이다. 숨 쉬는 소리만

들어도 그녀를 덮칠 것 같았다. 가지면 가질수록 더 가지고 싶어서 안달이 날 터였다.

일반적인 연인이라면 그럼 어떠냐고 할 수도 있었다. 하지만 그는 그럴 수 없는 입장이었다.

줄 것 없는 여자가, 어쩔 수 없이 자신을 감당할까 봐, 그게 무서웠다.

갑자기 자신의 집이 우주만큼 넓어진 기분이었다. 서울 하늘 아래 어딘가에서 잠들어 있을 그때의 김효주보다 이 집 안에서 숨 쉬고 있을 김효주가 더 멀게 느껴졌다.

'같이 자면 불편할 거야. 김효주 씨 늘 혼자 자버릇해서.'

'그렇……겠죠?'

'내 방 쓰려면 써.'

'혼자 자기엔 너무 넓어요. 외로울 것 같아.'

그런가.

그가 침대에 누워 자신의 방을 둘러봤다. 그러고 보니, 그랬다. 너무 큰 집으로 이사했었다. 이제 와서는 효주를 위해 잘됐다고 생각하고 있지만 그땐 정말 집을 제대로 살펴볼 여력이 안 됐다.

외로웠지.

아마도 그랬나 보다. 내내 외로운 곳에 있다 보니, 외로운지 몰랐다. 효주가 들어오자마자 외로움이 느껴졌다. 혼자 자기엔 너무 넓은 방이었다고. 외로워 죽겠다고. 그래서 그의 품에 들어온 그녀를 그렇게 놔주지 못했던 모양이다.

그녀는 정말 괜찮은 걸까.

불안함에 그가 자리에서 벌떡 일어났다. 그녀는 이미 잠들었을 새벽이었다. 잠시 얼굴을 살피고 오는 게 좋을 것 같아 그가 그녀의 방으로 향했다. 문이 잠겨 있지는 않았다. 조심스럽게 문고리를 비틀자, 문이 열렸다.

창문으로 들어오는 불빛이 희미하게 그녀를 비쳤다. 그녀는 작은 침대에 누워 잠들어 있었다. 지친 것 같았다. 그가 가만히 다가가 그녀를 내려다봤다.

고마워. 아무런 말없이 내 집에 들어와 줘서.

미안해. 이런 식으로 이용해서.

그가 그녀의 손을 살짝 어루만졌다. 내일, 커튼을 주문해야겠다. 그녀가 숙면을 할 수 있도록. 일어나려는데 손이 잡혔다. 그가 놀란 눈을 떴다.

"안 잤어?"

그녀가 살짝 눈을 뜨고는 희미하게 웃었다.

"자다 깨다 했어요. 낯설어서요."

"내가 깨웠나."

"팀장님."

"그래."

"내 방 들어올 땐 노크하세요."

"아, 그래. 미안. 다음부터는……."

"농담이에요. 노크 안 하셔도 돼요."

"그래?"

그가 웃었다.

"저도 팀장님 방에 노크 안 하고 들어가도 돼요?"

"응……?"

"팀장님을 잘 모르겠어요."

그녀가 그의 손을 뺨에 가져다댔다. 그 행위만으로도 그의 몸엔 찌릿, 찌릿 전기가 흘렀다. 그가 참기 위해 눈을 꼭 감았다 떴다.

"날 도와준 게 동정인지 욕망인지."

그녀가 중얼거렸다. 그러게. 동정일 수도 있고, 욕망일 수도 있었다. 둘 다일지도 모른다. 아니면 완전히 다른 것. 사랑. 그래, 사랑이다. 그녀에게 말하면 놀랄만한 감정. 그걸 그녀에게 품고 있었다. 그래서 그녀를 도우면서 아무것도 바라지 않았다가, 또 미친듯이 그녀를 안았다가 정신이 들면 그녀를 자유롭게 해주고도 싶었다가, 혼자 있으면 못 견디게 그리웠다가, 그런 것을 반복하는 것이다.

"꼭 따져야 하나."

"아니요. 따지지 않으려고 했는데, 절 버려두고 혼자 넓은 방에서 주무시니까 자꾸 생각하게 되잖아요."

"버려두다니."

"아니에요?"

"편하게 자라고 그런 건데."

"그러고 싶은데 여긴 너무 낯설고, 누가 엄청 화려하게 신고식 해서 몸은 피곤하고, 근데 혼자 버려지기까지 해서 편하지 않은데요?"

"불만이 이렇게나 많아서 나 안 왔으면 어쩔 뻔했어."

"제가 가려고 했어요."

"왜 안 왔어?"

"이제 막 가려는데 팀장님이 오신 거예요."

그녀가 귀여워서 웃음이 멈추지 않았다.

"옆에 누워도 돼?"

"자기 방 두고 왜요?"

"그러게."

그녀가 옆으로 옮기며 자리를 만들었다. 그가 그녀 옆에 누웠다. 둘이 눕기엔 비좁은 침대여서 그녀를 불편하게 하는 건 아닌지 신경이 쓰였다. 그런데 그녀가 기다렸다는 듯이 그의 품에 안겼다.

가슴 속이 따뜻해진다.

"스무 살 때부터 부모님 댁에서 따로 나와 살았어요. 어렸을 때부터 네 식구가 서로 사생활도 없이 한방에서 자랐거든요. 임대아파트로 이사 가게 돼서 방이 생기긴 했는데 그때도 동생이랑 같이 써야 했어요. 좀 혼자 있고 싶었어요. 책상도 방도 혼자 차지하고 싶었어요. 그래서 돈을 벌게 되면 무조건 나오자,

생각했어요. 회사에 들어가고 얼마 안 있다가 바로 그 집을 나왔어요. 혼자 화장실도, 방도, 부엌도 써서 너무 좋다고. 한동안은 동생도 못 놀러 오게 했어요. 그렇게 9년을 지냈어요."

"그래서 어때? 혼자 지내보니까?"

"그동안 괜찮았던 것 같은데, 팀장님이 절 버리시고 나니까 알겠던데요. 혼자 있기 싫다는 거."

그가 그녀의 이마를 쓸어주었다.

"또 못 참을까 봐 그랬어."

따로 자지 않으면 그녀를 또 안을 거라는 걸 알았다. 그녀와 있으면 제어하기가 힘들다. 어디 하나 사랑스럽지 않은 여자를, 이렇게 자기 얘기만으로도 그의 가슴을 아릿하게 만드는 사랑스러운 여자를 그냥 둘 수 없을 걸 알았다.

"그렇게 하고도요?"

그녀의 노골적인 질문에 민망해서 말이 나오지 않았다.

"나이 들어서 힘들다고 하더니, 다 거짓말."

자신도 이렇게나 욕망이 폭발한 적이 없어서 당황스러운 상태였다. 설명할 말이 없어서 그는 그저 웃었다.

"그동안 만나던 여자도 없으셨어요?"

"없었지."

"왜요?"

"바빠서."

바쁘다는 사유로 이혼한 그가 다른 여자를 만날 리 없었다.

그런 핑계로 다른 여자를 만나는 건 불가능하다고 스스로 생각했었다. 그런데 그런 그가 효주에게 데이트 신청을 했다. 지금 와서 생각해보면 그녀에게 말을 걸 때, 그런 복잡한 생각은 하지 않았던 것 같다.

그저 그녀랑 대화를 하며 저녁 한 끼가 먹고 싶었다.

"팀장님은 외롭지도 않으셨어요?"

그가 흐린 미소를 지었다.

"그동안은 몰랐지. 근데 누가 들어오고 나니까 알겠네. 내가 외로웠다는 거."

그 누군가가 다른 사람이라면 생각하지 못했을 것이다. 그런데 그게 김효주라서, 그래서 알게 돼버렸다.

"그럼 우리 통했네요."

"그래."

"팀장님."

"응?"

"졸려요."

"그래. 자자."

"팀장님도 졸려요?"

아니. 그 어느 때보다 또렷했다. 이 새벽에 그녀를 품에 안고 있는데, 이 소중한 순간을 잠으로 날려 보낼 수 없었다.

기억하고 싶었다. 혹시나 그녀가 기적처럼 자신의 곁에 온 것처럼 또 어떤 사정으로 자신의 곁을 떠난다 해도 이 순간을 잊지 않고 싶었다.

외로운 여자와 외로운 남자가 서로를 위로해주는 이 순간을.

그가 그녀를 꽉 안았다.

"윽, 불편해서 잠 안 오겠어……."

중얼거리던 그녀가 잠들었다. 그가 그녀의 머리를 하염없이 쓰다듬었다.

사실은 이렇게 하고 싶었어.

첫 섹스 때도 그녀를 제대로 안아주지 못하고 병원에 보내야 했다. 그런데 정신없이 안은 두 번째 섹스 때에도 그녀를 또 혼자 둘 뻔했다. 원망도 하지 못하고 그가 하자는 대로 할 여자였다. 이러지 않아도 될 여자가 집안 사정으로 이렇게 된 게 가여워서 그는 그녀를 밤새 보듬어주고 싶었다.

미안해, 김효주.

밤새 그녀를 보듬어도 좋았다. 보내기 싫은 밤이었다.

11

회사에서 퇴근하면 그녀는 병원에 갔다. 돌아올 때는 그가 데리러 왔다. 그와 함께 돌아가다 저녁을 먹고, 집에 함께 들어갔다. 씻을 때 그가 욕실에 들어오거나, 씻고 난 후, 잠시 쉬고 있을 때, 혹은 잠들기 전이라도 둘은 꼭 섹스를 했다. 이제는 누가 먼저랄 것도 없이, 서로 눈만 마주치면 몸이 닿고, 입술이 닿고 결국 그곳이 닿았다.

방이 따로 있긴 했지만 결국 그와 늘 한방에서 자게 됐다. 어느 땐 그의 방에서, 또 어느 때는 그녀의 방에서. 혹은 거실 소파에서 섹스를 하고 나서 바로 잠들어버릴 때도 있었다.

좁으면 좁은 대로 좋고, 넓으면 넓은 대로 좋았다. 그와 함께 있는 게 그저 좋았다.

가끔 그의 방에서 잠을 잘 때면 그녀는 참 이상한 생각이 들었다. 자신의 인생에서 이런 데서도 잘 수 있다니. 사실 죽기 전까지 이런 곳에서 잘 수는 없을 거라고 생각했다. 자신의 처지를 비관해서라기보다는, 미래를 꿈꿀만한 희망이 없어서였다.

언제나 절망이 먼저 그녀를 따라붙었고, 좌절이 함께했으니, 그저 암담하기만 했다. 위를 보기보다는 아래를 내려다보며 살 수밖에 없었다. 어디까지 내려갈까. 그곳에 겨우 발 디딜 곳을 찾느라고 늘 불안했고, 그런 걱정만 하느라고 아예 미래는 생각해본 적이 없었다.

그래서 이상했다. 이렇게 넓은 집에 좋은 침대에 누워 있는 자신이. 생각지도 못한 행운을 만난 것이 아무래도 믿기지 않았다. 그녀가 그의 손을 잡았다. 팔베개를 해주다가 팔이 저렸는지 막 팔을 빼고 잠든 상태였다. 주물주물 그의 손을 만지고 또 만졌다.

"잠이…… 안 와?"

그가 어렴풋이 잠에서 깬 목소리로 말했다. 깊이 잠든 것 같아서 손을 좀 만진 건데 미안했다.

"자고 있어요."

그 말이 그의 호기심을 자극했는지, 그녀 쪽으로 고개를 돌렸다. 자다 깬 모습이 더 멋있다는 게 좋으면서도 속상했다. 하염없이 그에게 빠지게 만드니까. 그가 가장 안 멋있던 날은, 피자를 들고 이상한 바지를 입고 있던 그날뿐이었나 보다. 그날은, 멋있는 게 아니라, 귀여웠다.

이러니저러니 결국 그가 좋다는 생각만 드는 자신이 웃겼다. 웃지 않으려고 입술을 꾹 깨물었다.

"어디 아파?"

"아니요? 신경 쓰지 말고 자요."

"무슨 일인데?"

"자꾸 신경 쓰면 제 방 가서 잘 거예요."

그가 입을 닫았다. 가는 건 싫은가 보다. 그게 좋아서 또 웃음이 났다. 가만히 있던 그가 못 참고 그녀 쪽으로 몸을 돌렸다.

"혹시 같이 자는 거 불편한가?"

"아닌데요. 팀장님은요?"

"나는 안 불편해."

하긴 그는 불과 몇 년 전에 늘 같이 자던 여자가 있었다. 헉! 하지 말아야 할 생각을 했다. 그 생각을 하자마자 심장에 불이 나는 것 같았다. 왜 이러지? 당황한 듯 그녀가 그에게서 등을 돌렸다.

"김 대리?"

그는 급하면 그녀를 직책으로 불렀다. 회사에서 하도 그렇게 불러서 그도 모르게 나오는 버릇이었다. 그런데 이 순간엔 쓰면 안 됐던 것 같다. 문득 그와 엄청난 거리감이 느껴졌다.

"무슨 일이야?"

그가 그녀의 고개를 돌려 돌아보게 했다.

팀장님, 아내분하고 얼마나 사랑하셨어요?

생각하지 말아야 할 생각들이 나면서 머리가 쭈뼛 섰다.

나한테 해주는 것처럼 해줬어요?

"김효주 씨."

그녀가 입술을 덮쳤다. 그가 본능적으로 입술을 움직였다가 진정하고 그녀를 떨어뜨렸다.

"왜 그래?"

"하고 싶어요."

"응?"

"할래요."

그녀가 그의 바지를 벗겨 내렸다.

"김효주 씨……."

그가 더 말을 못하게 입술을 물고 혀를 급하게 집어넣었다. 다행히 그는 거부하지 않았다. 그녀를 받아들여주었다. 그녀가 그의 위로 올라탔다. 그러고는 윗도리를 벗었다. 브래지어를 하지 않은 상태로 윗도리를 벗자마자 가슴이 출렁, 하고 모습을 드러냈다. 그의 입에서 저절로 탄성이 터져 나왔다. 그녀가 그의 것에 여성을 댔다. 그러고는 천천히 흔들었다.

부끄러웠지만 그 어떤 여자도 하지 못할 것 같은 과감한 행동을 하고 싶었다. 그가 자신 외에는 그 누구도 생각하지 못하게, 그게 과거의 여자일지라도.

"세계…… 해주세요."

"잠깐만. 무슨 일이야. 잠깐, 으홋!"

그녀가 허락도 받지 않고 그의 것을 넣었다. 멋대로 가졌다고 화를 낼까 봐 무서워 잠시 눈치를 살폈다. 그가 눈을 꼭 감았다 떴다.

화, 났나?

그가 미간을 좁혔다.

"뭐해? 안 움직여?"

도발적인 행동을 해놓고 왜 꼼짝도 안 하냐고 그가 나무랐다. 그녀가 허리를 움직이자 그가 견딜 수 없다는 듯 입술을 꽉 물었다.

"미치겠네, 대체……."

그가 부족하다는 듯 그녀의 양 엉덩이를 잡고 그녀를 들어다 놨다 하며 마구 움직였다. 도발을 좀 해보고 싶었는데, 역시 섹스는 그녀가 상상하던 것 이상이었다. 머릿속이 하얘졌다. 그를 그렇게 만들어야 하는데 그가 주는 자극에 여성이 녹아내려가는 것 같았다.

"하아, 잠깐만, 잠깐…… 잠깐…… 하! 하! 하아, 하앗!"

질투에 눈이 멀어 그를 유혹했다가 그녀는 벌을 받았다. 이상한 소리가 계속 나오고 몸이 너무 이상해져서 그만해 달라고 울고 싶었다. 자세 때문일까. 그가 끝까지 들어와 그녀의 배까지 다 휘젓는 것만 같았다. 그는 아직 멀어 보였는데, 그녀는 세상이 하얘지고 정신이 혼미해지더니 몸이 부르르 떨렸다. 먼저 느껴버린 그녀가 그대로 쓰러졌지만 그는 그제야 자리를 잡고 일어나 앉았다. 반쯤 쓰러진 그녀를 안고 그가 허리를 튕겼다. 그녀는 그를 꼭 안고 그가 하는 대로 움직여졌다.

아, 윤태열에게 다신 도발하지 말아야지.

섹스가 끝나고 침대에 녹은 채 누워버린 그녀가 생각하고 또 생각했다.

"괜찮아?"

"아니……요?"

어설픈 도발에, 역전된 상황에. 창피해서 그의 얼굴을 볼 수 없었다. 그가 그녀의 등 뒤에 앉은 게 느껴졌다.

"왜 그런 거야?"

"말 안 할래요."

질투에 눈이 멀었다고 말하기 싫어서 그녀가 이불을 머리까지 감쌌다.

"화났어? 아팠어?"

화는 났지만 아프지 않았다. 아픈 게 아니라 새로운 세계에 눈을 뜬 것만 같았다. 이렇게 흥분된 적이 없었다. 왜 이렇게 잘하는 거야? 역시 예전에 아내하고 많이……. 또다시 질투가 일었다.

"팀장님에게 왜 호감을 느낀 줄 아세요?"

"뭔데."

"팀장님이 불임이라고 해서요."

"……뭐?"

그가 이해 못 하는 눈으로 그녀에게 되물었다.

"불임이 내 매력이었나?"

"네. 그럼 애를 안 낳아도 되고. 누군지는 모르지만 태어날 애는 이 고통스러운 세상을 느껴보지 않아서 좋을 거 아니에요? 그래서요, 팀장님은 좋은 부모라고 생각했어요."

생뚱맞은 이야기였는지 그가 말이 없었다. 하려던 이야기는 이게 아니었는데. 여전히 말이 없는 그 대신 그녀가 진짜 하고 싶은 질문을 던졌다.

"근데…… 불임 맞으세요?"

도무지 상상할 수 없는 정력이었다. 불임이라고 해서 섹스에 대한 욕망이 사라지는 것은 아닐지 몰라도 흥미는 떨어졌을 거라고 여겼다. 그런데 그는 날마다 더 세지고 강해지는 것 같았다. 단순히 그저 참았던 것을 터트리느라 그러는 걸까?

"몰라."

생각지도 못한 그의 대답에 그녀가 벌떡 일어나 앉았다.

"모른다고요?"

"내가 바빠서 병원을 못 갔거든. 아내만 다녀왔는데 문제없다고 했대서. 둘 다 내 문제겠거니, 했지."

그래서 그랬구나. 아내의 불륜에도 그렇게 쉽게 보낸 게 그런 이유였어. 불륜의 이유조차도 다 자신의 탓으로 여겼을 것이다. 그라면 그럴 수 있었다.

"근데……?"

그녀가 그를 훑었다. 그가 무릎을 꿇고 그녀를 내려다보고 있는 줄 몰랐다. 죄인처럼. 그녀가 의아하게 보자 그가 당황했다.

"아."

그제야 그가 편한 자세로 고쳐 앉았다. 너무 끝까지 그녀를 본 게 미안해서 건드리지도 못하고 뒤에서 무릎을 꿇고 그녀를 내려다보고 있던 것이다.

질투로 화가 나던 그녀는 그의 행동에 웃음을 터트렸다.

왜 이렇게 귀여운 거야.

"팀장님."

"응."

"좋아해요."

그녀가 그의 품에 안기자 그가 그대로 그녀를 안아주었다.

"불임이라서?"

그녀가 웃으며 고개를 끄덕였다. 그가 머리를 쓰다듬었다.

"혹시 내가 뭐 불안하게 했어?"

그의 존재 자체가 불안했다. 너무 완벽한 남자라서. 자신에게 너무 넘치는 남자라서 불안했다.

"꿈에서 날 버리시더라고요."

"내가?"

"갑자기 덮쳐서 미안했어요. 혹시 화나셨다면⋯⋯."

"그건 걱정 마. 근데⋯⋯."

그가 그녀를 내려다보며 웃었다.

"이제 내가 덮쳐도 돼?"

"⋯⋯네?"

금방 했는데?

금방 한 남자 같지 않은 그의 얼굴을 불안하게 올려다보며, 그녀가 물었다.

"내일⋯⋯ 연차 써주실 거예요?"

"응."

그가 정말 태연하게 거짓말을 하고는 그녀의 위로 올라왔다.

거짓말! 그가 써줬다가는 둘 사이가 탄로 날 것이다. 섹스를 할 때는 정말이지 대책이 없어지는 남자였다.

모르겠다. 전부인에게 이렇지 않았길 바라며 그녀가 허락의 의미로 눈을 감고 팔을 뻗었다.

그래, 이만큼 사이가 좋았다면, 그렇다면 이혼하지 않았겠지. 늘 바빴다고 했으니까 이렇게까지 다정하지는 않았을 것이다. 그녀가 특별한 거라고, 그렇게 여기며 그를 다시 받아들였다.

그 뒤로는 이성적인 생각이 더는 안 났다. 그녀는 밤새 짐승과의 사투를 벌였다. 슬슬 그녀도 그를 닮아 짐승이 되어 가는 것 같았다. 근데 또 그게 행복했다.

　연애를 하는 것 같았다. 연애를 하기 전에 동거를 하게 된
특수한 상황이긴 했지만 그래도 연애하는 기분은 제대로 느
꼈다. 그것도 사내연애라니, 생각만 해도 재미있었다.

　그는 회사에서 자신을 잘 보지 않았다. 그러다가 은밀하게
눈이 마주치는 때가 있었는데 그 눈빛이 마치 섹스를 하기 전
자신을 그윽하게 바라보는 그런 눈빛인 것 같아서 발끝까지
짜릿함이 올라왔다.

　김 대리.

　사무실을 지나며 그는 늘 그녀를 불렀다. 그러면 일을 하다
가도 가슴이 떨려서 큰숨을 들이켜야만 했다. 그 뒤에 내용은
시시한 일 얘기거나 주변 상점에 관한 질문이었다. 하지만 그
는 그냥 지나치는 법이 없었다. 꼭 말을 걸었다.

　주변 사람들이 이상하게 보지는 않았다. 아니, 그렇게 봤을
수도 있었지만 그녀는 신경을 쓰지 못했다. 보이는 사람은 오
직 윤태열뿐이었다.

　둘은 즐거운 환담을 나누었고, 가끔 김 과장도 끼어들었기
때문에 자연스럽게 대화를 이어나가기도 했다.

　어쩌다 튀어나오는 전부인에 대한 질투심만 아니면, 행복
한 나날이었다.

"괜찮아요?"

효주의 물음에 경신이 웃으며 고개를 끄덕였다.

"좋아. 몸도 좋고 집에 가는 것도 좋고."

집안에 폭풍이 몰아닥치고 석 달이 지난 후, 경신은 드디어 퇴원할 수 있게 됐다. 환자가 생각보다 잘 견뎠고, 물리치료의 효과도 좋아 몸도 잘 움직였다. 그렇다고 예전 컨디션을 회복한 건 아니었지만 의사는 기적에 가깝다고 했다. 합병증이 온 경우 보통은 회복이 힘들거나 후유증으로 손이나 발을 못 움직이는 경우도 허다하다고 했다.

기적.

그가 태열의 얼굴을 떠올렸다. 진짜 기적은 그 남자가 아닐까. 자신에게 온 그 남자.

"준비하고 있어요. 퇴원 수속 밟고 올게."

원무과로 내려가는 그녀는 전보다 겁나지 않았다. 나머지 병원비는 그녀의 전세금으로 내면 될 터였다. 발걸음이 가벼웠다. 즐겁게 원무과 앞에 섰을 때, 그녀는 문득 걸음을 멈췄다. 원무과 직원과 이야기하는 태열이 보였다.

언제 왔지? 오늘은 엄마를 퇴원시켜야 해서 집에서 잔다고 했었다. 데리러 올 거 없다고, 그렇게 말했는데 그가 와 있었다. 입술 끝이 기분 좋게 올라갔다. 그녀가 그 앞으로 다가갔다.

"팀장님."

그가 나쁜 짓을 한 사람처럼 놀랐다. 그녀는 그저 반가웠다.

"오늘 데리러 올 거 없다고 말씀드렸는데요."

"아, 그래. 그랬지. 습관이 돼서 그만. 가볼게."

"그냥요?"

그가 주변을 두리번거렸다.

"여기서?"

눈빛은 왜 반짝이시는지? 그녀가 풋, 하고 웃었다.

"무슨 생각을 하신 거예요?"

"아니, 아무것도……."

그녀가 잠시 그를 안아 포옹했다. 그러고는 얼른 떨어졌다.

"내일 봐요."

"그래. 내일 봐."

그가 뒤도 돌아보지 않고 황급히 뒤돌아섰다가 빠르게 돌아왔다.

"팀장님?"

"이거."

"이게 뭔……."

뭔지 파악하기도 전에 그는 그녀의 손에 종이를 쥐어 주고 또다시 빠르게 사라졌다.

"처방전?"

그제야 그가 원무과에서 계산을 하고 있었다는 걸 알았다.

그녀가 빠르게 수납창구로 다가갔다. 환자의 이름을 대고 금액을 물었다. 중간정산 때와 마찬가지로 수납이 다 처리된 후였다.

바쁜 사람이…….

그 생각이 먼저 들었다. 그리고 이렇게 받아도 되나, 하는 생각이 다음이었다. 그리고 그다음 든 생각은…….

몸값?

그가 끝까지 책임을 지려고 한 게 아닐까. 괜히 기분이 씁쓸했다. 그동안의 것으로도 충분히 많이 받았는데, 그가 여유를 준 덕분에 그녀가 낼 수 있었음에도 그가 시간까지 내서 병원비를 내주고 갔다. 혹시 죄책감을 덜어내고 싶었던 걸까. 그에겐 아직도 미안함이 있는 걸까.

연애라고 생각했던 모든 것들이, 사실은 그녀만의 착각은 아닐까 일순 불안해졌다.

어쩌면 두 사람은 영원히 동등해지지 않을지도 몰랐다.

아니야. 내 마음은 떳떳하니까. 집에 돌아가면 갚아야지.

"이제 가요."

가족들과 나온 그녀가 택시를 잡았다.

"병원비 많이 나왔을 텐데……."

"괜찮아요. 신경 쓰지 마요. 적금 깼어."

효은이 그녀를 보는 게 느껴졌지만 신경 쓸 겨를이 없었다.

"우리 딸 미안하네."

"고맙다."

경신과 진호가 연신 같은 말을 뱉었다. 아까보다 가슴이 더 무거워졌다. 남의 가족 병원비를 내고 고맙다, 인사 한 번 못 받은 남자의 얼굴이 떠올랐다. 진짜 인사는 그가 받았어야 했는데.

당신을 소개할 날이 올 수 있을까.

그가 원치 않을 수도 있었다. 연애를 한다고 모든 연인들이 부모에게 서로를 소개하는 것도 아니고, 결혼이라면 자신도 그렇지만 그도 생각 없다고 했으니까.

연인……이긴 한 걸까.

돈 때문에 둘이 친밀해졌지만 이젠 그 돈이 둘 사이의 걸림돌이 되는 것 같았다. 그저 고맙다고 여기던 때도 있었는데, 사람의 욕심이란 끝도 없었다. 이젠 조금은 당당한 사이가 되고 싶었다. 적어도 자신이 그의 앞에서.

갚으면 되지.

부모도 안정을 찾았으니까, 최대한 아끼고 아껴서 돈을 갚으면 될 터였다.

"언니 얘기 좀 하자."

집에 도착하고 잠든 부모를 보고 난 후 효은이 말했다. 두 사람은 밖으로 나갔다. 가끔 다이어트를 한답시고 산책 나가서 수다를 떨던 놀이터 그네에 걸터앉았다.

"돈 어떻게 한 거야?"

"뭐가?"

"언니 적금 더는 없잖아."

"……."

"언니."

"빌렸어."

그래, 빌린 거다. 갚으면 동등해지는 돈을 빌린 거다.

"대출?"

"……응."

"많이 받은 거야?"

"아니. 감당할 수 있을 정도."

이 이상 신세를 지면 감당할 수 없을 것 같은 기분이 들었다. 더는 신세지면 안 됐다.

"미안해."

효은이 고개를 들지 못하고 말했다.

"네가 뭐가 미안해."

"그냥. 다."

"나중에는 네가 내. 회사 좋은데 들어가서 월급 받으면."

"응."

"병원비는 아니면 좋겠다."

"나도."

서로 마주 보며 쓸쓸한 웃음을 지었다. 효주가 손을 뻗자,

효은이 손을 맞잡았다. 그네에 앉아 두 사람이 말없이 하늘을 보았다. 수도권 하늘에서 별을 볼 수 있을 리가 있나. 그저 컴컴했다.

❖

"이게 뭔지, 물어봐도 될까?"

아침에 식탁에 놓인 봉투가 저녁에도 그대로 놓여 있었다. 그녀가 잊은 물건인 줄 알았는데, 그대로인 것을 보니, 그녀가 그에게 주는 물건인 것 같았다. 그런데 그게 하필 돈이라니.

그는 묻지 않을 수 없었다.

"돈이요."

그녀가 아무렇지도 않게 말하고 냉장고에서 음료수를 꺼냈다.

"몰라서 물은 건 아닌데."

"신세진 거 갚는 거예요."

음료수를 따라 그에게 건넨 그녀가 또 아무렇지도 않게 말했다.

신세?

태열의 미간이 저절로 좁아졌다. 신세를 갚는다니, 돈 갚고 집이라도 나가겠다는 건가. 그가 영문 모를 그녀의 행동에 불안함을 느꼈다.

"빚을 좀 줄이려고요."

"빚?"

"세를 내던지, 병원비를 갚던지 둘 중 하나는 해야 하잖아요. 집도 신세지고, 병원비도 신세지면 빚이 너무 커지니까."

가슴이 지끈거렸다. 그렇게…… 생각하고 있었나. 그동안 그녀가 아무 말도 없기에, 부담 갖지 않는 줄 알았다. 그녀가 편하게 생각해줘서 좋다고 여겼는데, 그녀는 이 모든 것을 신세와 빚으로 여기고 있었던 것이다.

'줄 게 이것밖에 없어요.'

하긴, 그렇긴 했다. 그녀는 그저 고맙다고만 여기는 게 아니라 반드시 갚으려 했고, 또 그렇게 보면 갚은 것이나 다름없었다. 그녀를 가졌으니까.

"안 갚아도 돼."

기분이 좀 상해 말투가 차갑게 나갔다. 그녀는 고집을 꺾지 않았다.

"그럴 수는 없어요. 너무 많아요."

"괜찮아."

"전 안 괜찮아요."

"내가 괜찮다니까."

"너무 많이 빚지는 거 싫어요."

"이미 갚았잖아?"

빚이라는 말에 그의 말투가 조금은 삐뚤게 나갔다. 무슨 말인지 파악하던 그녀가 이내 상처받은 얼굴을 해 보였다.

"그죠. 몸으로 갚았으니까요?"

그가 금방 후회했다.

"말이 심했어. 미안……."

"팀장님은 나쁜 버릇이 있으시네요. 맨날 다 해놓고 미안하다고 하는 거."

"김효주 씨."

그녀가 방으로 들어가버렸다. 혹시나 짐이라도 쌀까 봐 불안해 문 앞을 서성거리다가 노크를 했다. 그녀가 말이 없었다.

"김효주 씨."

다시 노크를 하려는데 벌컥, 문이 열렸다. 옷이라도 챙겨 입었을까 봐 그녀를 살폈지만 그녀는 그저 입만 나온 채였다.

"팀장님이랑 동등해지고 싶어요."

동등? 그는 그 말의 뜻을 이해할 수가 없었다. 어떻게 그와 그녀 둘 사이가 동등해질 수 있단 말인가. 그는 미래가 없는 남자였다. 이미 꺾어져버린 그런 남자. 그런 남자랑 만나고 있는 것만으로 그녀에게 악영향이었다.

"돈을 갚으면 동등해지나?"

"네."

"내 생각은 반대인데?"

"네?"

"김효주 씨가 돈을 갚으면 우린 영원히 동등해지지 못해. 그러니까 그거라도 하게 해줘."

"무슨 말씀……."

"난 과거가 있잖아."

그녀가 인상을 찌푸렸다.

"누가 보면 전과자인 줄 알겠어요."

"김효주 씨 가족이 알면 그렇지."

"뭘 모르시네요. 팀장님이 과거 있는 거, 가장 속상한 사람은 나예요."

"뭐?"

"내가 제일 속상하다고요. 팀장님한테 여자 있었던 거!"

심장이 서늘해졌다. 이런 이야기를 듣는 건 처음인 것 같았다. 그녀가 그것으로 트집을 잡는 걸까. 그럼 어떻게 해야 하나. 불안하게 그녀를 보았다.

"그니까, 내 말은…… 그냥, 사소한 질투 같은 거였어요."

"질투?"

생각지도 못한 단어에 그의 심장이 두근거렸다.

"네, 사소한, 이요. 사소한이라는 단어 붙인 거 떼먹지 마세요. 아주 사소한 질투니까."

"질투를 한다고? 김효주 씨가?"

"네, 그니까 사소한! 아니요. 안 사소해요. 아주 커요. 질투나요. 엄청나게요. 팀장님이 저 안아주실 때마다 생각나요. 전에 아내분도 이렇게 안아주셨을까. 이렇게 했을까. 이런 것도 했을까. 그렇게 잘하는 것도 다 아내분이랑 경험을 쌓아서 그런 거 같고…… 팀장님이 다 내 거였으면 좋겠는데 머리부터 발끝까지 다 내 거면……."

그녀가 문득 입을 다물었다. 자신도 모르게 나온 말들에 무척이나 당황한 얼굴이었다.

"모, 못 들은 걸로 해주세요."

"다 들었어."

"그러니까 모른 척……."

"사랑해."

가슴이 뜨거워져서 이 말을 하지 않고는 견딜 수 없을 것 같았다. 늘 이 말이 하고 싶었던 것 같다. 그녀를 안을 때, 아침에 일어났을 때, 퇴근을 하고 집에 가면서, 수시로 불쑥불쑥 문자로라도.

"사랑해, 김효주."

그녀가 놀란 눈으로 그를 빤히 올려다봤다.

"이 말은 아내한테 안 했었어. 할 수가 없었어. 사랑해서 한 결혼은 아니었으니까. 잠은 자야 했어. 남녀가 만났고, 또 결혼을 했으니까. 의무 같은 거잖아. 사랑은 없더라도, 책임은 있어야 하니까."

그가 그녀를 향해 고개를 숙였다.

"위로가 좀 될까?"

그녀가 얼른 고개를 끄덕였다. 쪽. 그가 입맞춤을 했다.

"제발 돈 갚지 마."

사랑한다는 말로 위로가 된다니, 감동이었다. 그의 마음을
받아주는 그녀가 사랑스러웠다. 그러니까 동등해지면 안 된
다. 그러면 그녀가 떠나도 그가 잡을 수가 없으니까.

그게 비록 누추한 무기고 치사한 방법이라도 그에겐 너무도
절실히 필요했다.

12

 맞선이었다. 결혼 시기가 되었고, 결혼 적령기인 두 사람은
몇 번의 만남 후에 결혼을 결정했다. 반대하는 사람도 없었
고, 풍파도 없었다. 대신 즐거움도 없었다. 그는 결혼 후에도
달라질 것 없었다. 그저 가정을 이끌기 위해 열심히 일해야겠
다는 생각을 더 강렬히 했다.

 "그게 아내를 외롭게 했겠지."

 그는 담담하게 말했다. 그 얼굴에는 이제 더 이상의 미안함
도 분노도 서글픔도 보이지 않았다. 문득 궁금해졌다.

 "이제 인생이 재미있어졌나요?"

 물어보며 가슴이 떨렸다. 인생이 재미없다던 남자가 자신
을 만나 사랑이라는 것을 했으니, 이제는 좀 재미있어졌을까.

 그가 그녀를 내려다봤다.

"아니."

심장이 철렁 내려앉았다.

"여전히 그냥 그래요?"

"불안하고 무섭지. 때론 오싹하고 두렵기도 하고. 그런 걸 재미라고 한다면 엄청 재미있는 거겠지만."

"좋은 말은 하나도 없네?"

"있어. 있는데 할 수가 없어."

혹시나 복이 나갈까 봐 그는 입에 담을 수 없다고 했다. 노인네 같은 소리라고 웃었는데 그는 진지했다. 함부로 입에 담을 수 없는 말도 있는 거라고 그가 말했을 때, 그녀는 조금 섭섭했다. 그의 입에서 네가 있어서 행복하다, 인생이 아름답다 같은 말을 기대했었다. 그런데 그는 단 한마디도 하지 않았다.

그는 행복할까?

그녀는 행복했다. 더 정확히 말하자면 반쯤 정신이 나간 기분이었다. 몽글몽글 가슴이 몽글거려서 자꾸만 웃음이 나왔다.

가족들도 제자리를 찾았고, 그녀도 일상적인 삶으로 돌아왔다. 돈 걱정 하나 없이 이 모든 일이 가능했다는 게 믿어지지 않았다.

일을 하다 말고 효주가 태열을 보았다. 그는 누군가와 통화 중이었다. 심각해 보였다.

'사랑해.'

그가 한 말이 가슴 속에서 점점 커져서 심장이 비대해지는
것만 같았다. 심장소리가 크고 움직임이 둔해졌다.

이러다가 터져버리는 게 아닐까 싶었다.

'사랑해.'

그가 자신을 사랑한단다. 시작은 아름답지 못했을지 모른
다. 하지만 두 사람은 정말 다행히도 사랑으로 나아갔다. 돈
으로 시작된 관계에서 마음도 맞고, 몸도 맞으면서, 서로에게
좋은 기운을 줄 수 있는 확률이 얼마나 될까. 운이 좋았다고
밖에 말할 수가 없었다. 너무 큰 행운 같았다.

이런 생각을 그도 했다는 건가.

그가 왜 그걸 입 밖으로 내고 싶지 않은지 알았다. 행복이
밀려왔다.

혼자 피식피식 웃다가 그와 눈이 마주쳤다. 통화를 하는 그
의 눈이 그녀에게 고정되었다. 그저 바라보는 눈빛일 뿐이었
는데 그가 그녀의 몸을 핥는 것만 같아서 몸에 열이 올랐다.

아, 안 돼.

더 있다가는 큰일날 것 같았다. 그녀가 벌떡 일어나 밖으로
나갔다. 머리를 식힐 필요가 있었다. 회의가 없으면 지나지

않는 복도 앞으로 가서 벽에 이마를 댔다.

"김 대리."

"네?"

누군가 깨닫기도 전에 손목이 잡혀 회의실 안으로 들어갔다. 태열이 그녀의 눈앞에 있었다.

"팀장⋯⋯."

입술이 물리며 짜릿함이 발끝까지 몰려왔다. 꿈이 아닌가 싶었다. 하지만 그러기엔 그의 입술이 너무도 생생했다. 한참 서로의 입술을 탐하던 두 사람은 인기척에 놀라 입술을 떨어뜨렸다.

조용해지자 그가 입술을 향해 다가오다가 미간을 좁혔다. 괴로운 얼굴이었다. 그는 키스 대신 포옹을 선택했다. 그녀를 꼭 안고는 그녀의 목덜미에 이마를 비볐다. 그녀를 가지고 싶다는 신호였다. 견딜 수 없이 몸이 뜨거워지는 것 같았다.

미쳤다, 둘 다.

"갑자기 뭐하시는 거예요?"

그녀가 속삭이듯 말했다.

"부른 거 아니었어? 오라고 한 줄 알았지."

그 역시 속삭였다. 유머도 할 줄 아는 사람이었나. 그의 넉살에 그녀가 웃었다. 그가 고개를 들었다. 욕구에 흐려진 두 눈이 싫지 않았다.

"싫은 건 아니지? 나만 좋은 건."

그럴 리가 있을까. 그의 가슴이 뛰는 만큼 그녀의 가슴도 뛰고 있는데. 이렇게 두 가슴을 맞대고도 모른단 말인가.

"팀장님."

"그래."

"팀장님하고 회의실에서 이런 걸 할 줄은 몰랐어요."

"나도 그래."

"근데 해보고 싶었어요."

"뭐?"

"상상해본 적…… 있어요."

쑥스럽게 말하자 그가 못 말리겠다는 듯 웃었다.

"팀장님은 없어요?"

"그래서 어때?"

"말 돌리지 마시고요."

"어떤데?"

그가 빨리 말하라고 졸랐다.

"상상 이상으로 짜릿해요."

그녀가 귀에 대고 속삭이자 그가 소리는 내지 못하고 어깨를 들썩이며 웃었다.

"사랑해요."

겨우 몸을 떨어뜨리고 여전히 흐린 눈으로 그녀를 보는 그에게 말했다.

"장소가…… 좋지 않네?"

일부러 그랬다. 회사에서도 일하다 말고 자신을 떠올릴 수 있도록. 회의를 하다가 아, 여기서 그런 말을 들었지, 하고 멍해지라고. 이젠 집에서만이 아니라 회사에서도 온통 자신의 생각을 하라고, 심술을 섞어서 말했다.

　"왜요? 회사에서도 사랑은 할 수 있어요."

　"그렇지."

　하지만 그 뜻이 아니잖아, 라는 듯이 그가 큰 한숨을 쉬고 그녀를 흘겨봤다.

　"집에 가서 봐."

　"무서워."

　"집에 갈 때까지 떨어봐, 어디."

　그녀가 쪽, 입맞춤을 하자, 그가 다시 그녀를 품에 안고 키스를 했다. 이렇게나 뜨거운 남자였다는 걸 그동안 몰랐다는 게 억울할 정도였다. 조용하고 좋은 장소다. 종종 여기서 연애를 해야겠다. 이런 농담을 끝으로 두 사람은 아무 일 없는 듯 자리로 돌아왔다.

　능률이 오르는 것 같아.

　그녀가 또다시 몽글몽글 피어오르는 설렘과 행복을 느꼈다. 그녀가 일을 하다가 슬쩍 그를 보았다. 금방까지 집에서 보자던 남자는 언제 그랬냐는 듯 무표정했다. 저 몸 안에 숨어 있는 열기는 그녀만 아는 것이었다.

　장난을 치고 싶었다. 그녀가 휴대전화로 문자를 보냈다.

[끝나고 마트 들렀다가요.]

인상을 찌푸리는 표정을 보고 싶었는데. 이럴 수가. 아무리 기다려도 그는 문자 확인을 하지 않았다. 지쳐서 포기하고 다시 일을 시작하고도 한참 후에야 답장이 왔다.

[그래.]

안 된다는 말을 하지 않다니. 조금 실망했지만 뜻밖에 데이트를 하게 되어 그건 또 그거대로 좋을 것 같았다.

"뭐 좋아해?"

자신보다 20분 정도 늦게 도착한 그가 그녀를 보자마자 카트를 뺏듯이 붙들었다.

"뭐, 해주시게요?"

"내가 할 수 있는 거면."

"할 수 있는 게 뭔데요? 그중에 골라야 실패가 없을 것 같은데."

"라면?"

"와."

"계란프라이."

"또?"

"또?"

그가 그거 외에 뭐가 더 필요하냐는 얼굴이었다. 하긴, 일밖에 안 한 남자가 뭘 해봤을까. 그녀가 고개를 저었다.

"생필품이나 사가요. 저녁은 배달시켜 먹는 게 낫겠어요."

"좋아하는 거 말해주면 도전해볼게."

"내가 좋아하는 거요? 내가 좋아하는 거…… 팀장님, 인데?"

농담처럼 말했는데 그의 눈빛이 그윽해졌다. 그가 어깨를 둘렀다. 그러고는 조용히 속삭였다.

"맛있게 해볼게."

마트에 온다는 말을 하지 말 걸. 회사에서부터 달아올랐던 몸이 못 견딜 것 같았다. 그녀가 그를 잡아끌었다.

"집에 가요."

"왜? 아직 장 다 안 봤는데."

"글쎄, 집부터 가요."

"어디 안 좋아?"

심장이 매우 안 좋습니다.

그녀가 그의 손을 잡아끌고 주차장으로 향했다. 차에 타자마자 그가 시동을 걸었다. 그녀가 잘못된 줄 알고 급하게 출발하려는 그의 목에 팔을 걸고 입술을 포갰다.

"빨리 먹고 싶었어요. 너무 배고파서요."

그가 그제야 안심한 듯 숨을 내쉬었다. 키스를 받아주던 그가 힘겹게 그녀를 떼어냈다.

"어때, 맛이?"

그녀가 아쉬운 눈으로 그를 보았다.

"너무 감질나서 입맛만 버린 것 같아요."

"마트 오잔 사람이 누구야?"

"그러게. 누구더라. 김 과장님이었나 봐요."

애먼 김 과장은 왜? 하고 그가 웃었다. 그러나 마주 웃는 그녀를 본 그의 눈빛이 날카로워졌다.

"빨리 가자."

일상생활이 가능할 줄 알았다. 그런데 전혀 되질 않았다. 이 세상에 그와 자신만 있는 것처럼, 아무것도 보이지 않았다.

아름답고 행복한 세상이었다.

❖

너무 일찍 잠들었다. 저녁도 먹지 않은 채로 둘은 서로를 안았다. 이렇게나 사랑에 목매며 정신없이 살아본 적은 없었다. 세상에 둘만 남았대도 하나도 무섭지 않을 것 같았다. 차라리 그러면 좋았을지도 모르겠다.

전화벨 소리에 두 사람은 잠에서 깨어났다. 그녀보다 그가 먼저 깬 전화벨 소리를 확인했다. 잠시 후, 그가 그녀를 흔들었다.

"전화, 받아봐야 할 것 같은데."

"으응……, 조금 더 잘래요."

"일어나 봐. 어차피 밥도 먹어야 하니까."

그녀가 겨우 눈을 떴다.

"몇 시에요?"

"한 시."

새벽 한 시. 밥이 넘어갈 시간은 분명 아니었지만 몸을 격렬하게 움직인 후라 그가 밥이라는 말을 꺼내자 출출해지는 기분이었다.

"라면 잘 끓인댔죠?"

"라면 먹고 싶어?"

"네. 직접 끓여주는 라면이요."

"금방 끓여올게. 일단 전화부터 받아 봐."

그러고 보니 휴대전화가 진동으로 계속 울리고 있었다.

"이 시간에 누구지?"

"동생인 것 같은데."

순간 가슴이 덜컥 내려앉았다. 집에 또 무슨 일이 있구나. 그녀가 벌떡 일어났다. 그녀의 행동을 본 그의 얼굴도 굳어졌다.

"여보……세요?"

그녀가 잔뜩 겁먹은 얼굴로 전화를 받았다.

─언니?

효은의 목소리가 크게 울렸다. 음색이 높은 게 술을 마신 것 같았다.

"어, 효은아. 이 새벽에 무슨 일이야? 집에 무슨 일 있어?"

―그건 내가 묻고 싶은 말인데? 언니야말로 집에 무슨 일 있어?

"그게 무슨 소리야?"

―오늘 너무 늦어서 언니네에서 자려고 왔는데, 언니 집에 다른 사람이 있어. 언니가 없대! 이사했다는데 그게 무슨 말이야?

"아……."

효주가 난감한 듯 탄식했다.

―아? 설마 아차, 할 때 그 아?

"효은아, 그게……."

―설마 이사하고 나한테 말 안 한 건 아니지?

"그게……."

맞다. 이사하고 말을 안 했다. 정신이 없기도 했지만 전세금을 뺄 거라는 말을 하면 동생이 난리를 칠 게 뻔했다. 다행히 전세금을 살렸지만 동생이 알면 안 되는 더 엄청난 일이 생겨버렸다.

―어디야? 어디로 이사했어?

"어, 언니가 택시비 보내줄게. 오늘은 너무 늦었으니까 내일 이야기하자."

―택시비는 됐어. 놀라서 그런 거니까. 여기서 멀어?

"어…… 조금……."

―일단 알았어. 내일 얘기해. 나도 정신없어.

"술 마셨어?"

—흐응, 조금?

효은이 실실 웃으며 말했다.

"저기 택시 타. 택시비 부쳐줄게."

—언니, 나 기사도 있어. 지금 옆에 남친. 걱정 마. 혼자 아
니니까.

"어, 그래. 근데 그 개, 지훈이야? 지훈이는 믿을만한 앤 거
지?"

물어봐놓고 웃음이 나왔다. 누가 누굴 걱정하는 건지.

—아니. 완전 못 미덥지.

옆에서 야, 여기까지 데려다주느라고 어쩌고, 저쩌고 항의
하는 소리가 들려왔다. 효은이 밝게 웃었다. 웃음소리가 듣기
좋았다.

"미안하다고 데려다 달라고 해."

—알았어. 알았어. 내일 얘기하자.

"조심히 가. 가서 문자 보내고."

전화를 끊은 효주가 안도의 한숨을 내쉬었다. 그제야 태열
의 얼굴이 보였다. 전화를 끊을 때까지 긴장하면서 보고 있었
던 모양이었다. 자신의 걱정이 그에게서 상쇄되는 게 아니라
그에게까지 번지고 있는 것 같았다. 그녀가 가볍게 미소를 지
었다.

"부모님한테 무슨 일 생긴 거 아니래요."

"아."

그도 같이 안도의 한숨을 내쉬었다. 그가 자신과 같은 표정을 짓는 게 어쩐지 마음에 걸렸다. 자신의 업보 같은 것을 그가 같이 짊어지게 되는 것 같아 미안했다.

"동생한테 말을 안 했어요. 이사했다고."

"아."

그가 눈을 내리깔며 입술을 깨물었다.

"말하기 쉽지 않았겠지."

"그럴 상황이 아니었으니까요."

"그래."

그가 잠시 생각하는 듯하더니 말했다.

"거짓말해도 돼."

그녀가 고개를 들었다.

"내 얘기 안 해도 되니까."

그렇게 말하고 그가 밖으로 나갔다. 순간 가슴 끝이 바늘로 찔린 것처럼 아릿한 통증이 일었다. 자신을 배려한다고 미리 말해준 것일 테다.

라면이 다 되도록 그녀는 그 자리에서 꼼짝하지 못했다. 허락받지 못한 동거……라서 그런 거라는 걸 알면서도 괜히 마음이 아팠다.

너무 철이 없었던 걸까.

가족 생각을 완전히 잊고 있었다. 그의 보호 덕분이기도 했고 갑자기 불붙어버린 사랑 때문이기도 했다.

동생에게 무어라고 말해야 하나 다음날까지 고민하고 또 고민해도, 거짓말 외에는 모든 것이 복잡해졌다. 동생 때문에 다시 집을 구해야 하나, 까지 생각하자 그와 너무 오래 지냈다는 생각이 들었다. 언젠가는 나왔어야 했는데, 그런 생각조차 하지 않았다.

언제까지 이렇게 지낼 수 있을까.

그렇다면 동생에게 거짓말하는 것은 그저 하루를 연명하는 수단일 뿐이었다. 동생은 가끔 자신의 집에 찾아왔고, 잠을 자고 갔다. 이제 와서 온다는 동생을 못 오게 할 수도 없는 노릇이었다.

동생을 납득시키는 게 가장 좋은 방법이었다.

가족이니까 이해할 거야.

게다가 힘든 시기에 도와준 사람이니까 고마워할지도 몰랐다. 가족 중 한 명 정도는 그에게 고맙다고 했으면 하는 마음도 있었다. 전혀 상관없는 사람이 도와준 덕분에 가족들이 아무 일 없이 일상을 살고 있었고, 그녀는 행복까지 얻었으니까.

[꼭 그렇게 하지 않아도 돼.]

회사에서 그녀의 생각을 문자로 보내자, 그에게서 답장이 왔다.

[난 괜찮아.]

뭐든지 괜찮다고 하는 남자니 어련할까. 마음이 복잡했다.

언니가 사랑하는 남자니까, 인사시키고 싶기도 했고, 또 이대로 두 사람만의 비밀로 있고 싶기도 했다.

[동생한테 소개하는 거 싫어요?]

[아니. 그냥…… 오늘 임원회의 때문에 늦어.]

그럼 어쩐다? 고민하던 그녀는 문득 꼭 해야 할 질문이 있다는 것을 알았다.

[나, 거기서 더 살아도 돼요?]

몇 번이나 망설이다가 겨우 전송 버튼을 눌렀다. 그가 문자를 보는지 안 보는지 그걸 보느라고 일이 안됐다.

"상무님한테 뭐 잘못하신 일 있으세요?"

업무 때문에 부서에 온 현우가 태열을 보고 있던 그녀의 시선을 가렸다.

"아, 신 대리님? 그게 무슨 말씀이신지……."

"아까부터 계속 상무님만 보고 있길래요."

"제가 그랬나요? 아닌데, 동생하고 문자 중이었는데."

"그래요? 난 또, 상무님하고 문자 하는 줄 알았어요."

"네?"

"아니, 하도 상무님을 쳐다보시기에."

현우가 장난스럽게 말했다. 그렇게 계속 보고 있었던가. 동생 일을 생각하느라고 너무 노골적으로 봤을까 봐 걱정이 들었다.

"전혀 아닌데요."

애써 여유롭게 웃고는 업무를 하는 척했다. 현우가 떠나고 한참이 지나도 답장은 오질 않았다. 그가 휴대전화를 확인하는 것을 봤는데도, 답장이 오지 않는 걸 보면 고민하는 것이다. 역시 회사에서 보낼 문자는 아니었다. 어쩌면 '당연히'라고 말해줄지도 모른다고 생각했다.

만약 기한이 있다면 언제까지가 될까?

상상하자 마음이 축 처졌다. 그동안 너무 즐거워서 따로 지내는 것에 대해서 너무 생각을 안 한 탓이었다. 그와 있다 보니 외롭지 않아서 좋았다. 걱정이 사라져서 좋았고 무엇보다 너무 즐거웠다.

따로 지낸다고 헤어지는 것은 아니니까.

'그렇다고 사귀는 것도 아니잖아!'

마음의 악마가 속삭였다. 서로 사랑한다고 고백까지 했는데 사귀는 게 아니라고? 말도 안 됐다.

'동생한테 떳떳하게 말도 못하는데 무슨 연인이야?'

그건 동거 때문에…….

'성인 남녀가 동거한다고 말을 못할까? 부모도 아니고 동생에게?'

망설이는 이유가 뭔지 알았다. 그가 거짓말을 해도 된다는 이유 역시도. 둘의 시작이 그다지 좋지 않았기 때문이었다.

그가 해도 된다는 거짓말은 그 자신일까. 아니면 둘의 시작일까. 혹은 그의 과거일까.

생각보다 해야 할 거짓말이 많았다.

"김 대리, 잠깐 나 좀 볼까?"

임원회의를 가는 길, 그가 잠시의 틈을 이용해 그녀를 불렀다. 시간이 부족해 그는 조금 한적한 복도를 걸으며 말했다.

"아까 그 질문. 뭐라고 답해야 할지 몰라서 답을 안 했어."

"복잡한 질문이었어요?"

"나야 간단하지. 당연히 김효주 씨가 계속 나랑 더 있으면 하지."

"그런데……."

"그런데 동생에게 말하기 곤란하잖아. 그 집도 와보면 알 텐데. 갑자기 부자 친구랑 룸메이트가 됐다고 말하는 것도 이상하고 나랑 살고 있다는 것도 이상하고."

그도 자신과 같은 생각을 하고 있었던 것이다.

"곤란하면…… 나가도 좋아."

그의 입에서 이런 말을 들으려고 물은 건 아니었다. 그도 진심은 아닐 것이다. 하지만 그로서는 어쩔 수 없는 대답일 것이다. 그녀가 쓴웃음을 지었다. 어른이란 복잡하고 피곤한 것이다.

"동생한테 팀장님 소개할게요."

"김 대리."

"난 괜찮아요."

"오늘은 임원회의가 있어."

"잘 됐죠. 상황 설명을 미리 해두는 게 나으니까요."

그는 더 말리지 못했다. 그녀가 고집을 부려서이기도 했지만 회의 시간이 임박했다. 다른 임원들이 하나둘씩 지나가며 그와 인사를 하는 통에 두 사람은 제대로 마무리도 하지 못하고 헤어졌다.

그녀가 동생에게 전화를 걸었다. 부적절한 관계가 아닌, 연인이 되고 싶었다.

13

밖에서 저녁을 먹으며 이야기를 할까 했더니, 효은이 늦을
것 같다고 했다. 친구와 선약이 있다는 거였다. 딱히 언니 생
각을 할 만큼 한가한 동생이 아닌데, 너무 신경을 썼나 싶었
다.

그래도 한번은 겪어야 할 일이기에 효은에게 태열의 집 주
소를 보냈다. 친구와 헤어지고 시간이 되면 잠깐 들르라는 메
시지와 함께.

밤 11시가 넘어서야 효은이 찾아왔다.

"너 왜 이렇게 늦게 다녀?"

"뭐, 그럴 수도 있지."

"남자친구 만난 거야?"

"어, 뭐……. 응."

"조심해. 아직 미래 약속한 사이도 아니잖아."

"아니야. 우리 약속했어. 결혼할 거야."

효은이 실실 웃었다.

"너, 혹시 엉뚱한 짓 한 거 아니지?"

"무슨 짓?"

효주가 눈을 가늘게 뜨자 효은이 모른 척 집 안을 살폈다.

"근데 룸메이트랑 같이 산다고? 어떤 친구기에 이렇게 좋은 집에 살아?"

"어…… 그냥. 좋은…… 사람이야."

"그래?"

아무렇지도 않게 듣던 효은이 문득 미간을 좁혔다.

"남자야?"

효주가 생각한 대로 이야기해야 하는데 효은의 기습적인 질문에 고개부터 끄덕이고 말았다. 효은이 잔뜩 인상을 찌푸렸다.

"지금 남자랑 산다고 했어?"

"일단 앉아. 앉아서 차분하게 내 말 좀 들어봐."

"언니 지금 남자랑 산다고 하고 나보고 차분하라고 하는 거야?"

"부탁이야."

효주의 말에 효은이 잠시 그녀를 노려보다가 소파에 앉았다. 진정이 안 되는 것 같더니, 이내 주변을 둘러봤다.

"엄청 고급 빌라네? 남자가 돈이 많은가 봐?"

효은의 목소리가 삐뚤게 들리는 건 착각일까. 효주는 긴장이 됐다. 아무래도 침착하게 말을 하지 못할 것 같았다.

"잠깐 기다려. 마실 것 좀 내올게."

"우리 사이에 무슨. 필요 없으니까 말해."

"기다려봐."

주방으로 들어간 효주가 한숨을 내쉬었다. 무섭다. 어쩌면 부모한테 말하는 것보다도 무서운 느낌이었다.

"병원비 어떻게 해결한 거야?"

바로 등 뒤에서 들려오는 질문에 효주가 어깨를 들썩일 정도로 놀랐다. 효은이 참지 못하고 주방으로 들어와 묻고 있었다.

"앉아서 기다리라니까."

"언니한테 궁금한 거 많았는데 그동안 참고 있었어. 근데, 이 집을 보고 나니까 더는 못 참겠어. 병원비 어떻게 마련했어? 이 집은 또 뭐고? 누구랑 같이 사는 거야?"

"하나씩 물어."

그녀가 차를 준비하기 위해 찬장을 뒤졌다. 무서운 계집애. 축복받긴 다 틀렸다. 손이 떨렸다.

"무슨 사모님 코스프레야. 그만하고 그냥 얘기해."

효주가 한숨을 내쉬고 효은을 보았다.

"그냥 좀 좋게 얘기하자. 왜 그렇게 날이 서 있어?"

"몰라서 물어? 언니가 나한테 상의도 없이 전셋집 빼서 병원비 혼자 해결했잖아. 그래놓고 남자네 집에 들어와 사는데 내가 화 안 내게 생겼어?"

"너까지 힘들게 하기 싫었어."

"그래서? 그래서 이런 결정을 한 거야?"

"이런 결정이라니."

"집 내놓고 남자랑 사는 거!"

다 사실이라서 할 말이 없었다. 효은이 속상한 듯 효주를 노려봤다.

"어떤 남자야?"

"좋은 사람이야."

"몇 살인데, 무슨 일 하는데."

"서른아홉."

"서른아홉? 언니 지금 스물아홉이잖아. 열 살 차이야. 알아?"

"알아."

효은이 효주를 놀라운 눈으로 바라봤다. 아무래도 평소 알던 언니가 아니라는 눈빛이었다. 남자 이야기를 나눌 정도로 평소 딱히 남자에게 관심을 보인 적이 없기에 나이 차이 나는 남자와의 연애도 아닌, 동거가 동생에겐 놀라울 듯했다.

"요새 나이 차이가 무슨 허물이라고."

그 말에 더 놀란 듯 효은이 잠시 눈을 깜빡이더니 미간을 찌푸렸다.

"언니 설마…… 이 남자…… 유부, 유부남이야? 유부남이
언니한테 집 마련해준다고 한 거야?"

"머어? 그런 거 아니야!"

"언제부터 사귀었는데?"

"그게…….'

생각지도 못한 질문에 날짜가 빨리 나오지 않았다. 사실 언
제부터라고 할 게 없었다. 사귄다는 생각을 한 적이 없었으니
까.

"설마 그 남자야?"

"누구?"

"병원에 왔던 남자. 언니 데리고 병원 오고 언젠가 우리 데
려다주던 남자."

효은이 그를 기억하고 있었다. 본 적 있었구나, 참. 효주가
고개를 끄덕였다.

"……응."

"유부남 아니라고?"

"아니야…….'

효주가 말끝을 흐리는 것을 놓치지 않고 효은이 날카롭게
노려봤다.

"뭔가 있지?"

"결혼……한 적은 있어."

"이혼남이라고?"

효은이 말이 나오지 않는지 입만 벙긋거렸다.

"좋은 남자야. 정말 좋은 사람이야."

"그렇겠지. 병원비를 대줬으니까?"

"……뭐?"

효주가 놀란 눈으로 효은을 보았다. 뭔가 알고 있는 눈치였다. 효은이 확신에 찬 눈으로 다시 물었다.

"아니야?"

"맞아……."

더 이상 거짓말을 할 수가 없어서 그녀가 수긍하자 효은이 휘청거리다가 식탁을 붙들었다.

"뭔가 이상하다 했어. 처음 인사할 때는 그냥 회사 직원이라고 하더니 다음엔 팀장으로 불렀지? 병원에 와서 금일봉도 주고 갔는데 그다음에 봤을 때는 병원 온 적 있는데 없는 것처럼 대화하고…… 아하, 그래. 그 시간에 왜 거기 있었던 건지…… 이제 알 것 같네. 이제 다 알겠어."

"네가 생각하는 그런 이상한 거 아니야."

"내가 뭘 어떻게 생각할 것 같은데?"

"병원비를 대주긴 했어. 내가 너무 힘들어하니까."

"그래, 그렇게 언니를 꼬셨겠지. 그런 식으로 집에 들어와서 살게 하고!"

"그건 어쩔 수가 없었어! 돈이 부족해서……."

"돈이 부족하면 다 남자랑 사나?"

"효은아."

"그게 할 소리야? 돈이 부족하면 나한테 말해야지. 남자랑 같이 사는 게 말이 돼?"

"사랑하는 사람이야."

"언제부터 사랑했는데? 혹시 병원비 대줄 때부터? 그게 사랑인지 아닌지 어떻게 아는데? 돈에 눈이 먼 건지, 사랑에 눈이 먼 건지 어떻게 알아! 사랑하는 사람일수록 더 돈을 받지 말아야지!"

소리치는 효은의 눈에 눈물이 맺혔다. 동생의 마음을 알 것 같아 마음이 더 아팠다. 자신 역시 동생이 이런 선택을 했다면, 그랬다면 가슴이 찢어질 것 같았다.

"미안해, 효은아. 어쩔 수가 없었어……."

"……."

"너무…… 힘들었거든."

가슴이 아픈지 말없이 눈물을 떨구던 효은이 크게 심호흡을 하고 눈물을 닦아냈다.

"얼마야? 신세진 금액이?"

"안 갚아도 돼."

"왜? 몸으로 다 갚았으니까?"

"김효은!"

"나 혼낼 생각하지 마! 나 가르칠 자격 없으니까. 총 얼마 빚졌어?"

얼마나 빚을 졌냐고? 모르겠다. 그냥 인생 전부를 빚진 기분이었다. 그에게 갚을 수가 없을 정도로 많은 걸 받았다. 그 사랑을 가격으로 치면 얼마라고 해야 하는 걸까?

"됐어. 내가 알아볼게."

"엉뚱한 짓 하지 마."

"엉뚱한 짓은 언니가 했어! 더 이상 나한테 이래라저래라 하지 마."

"효은아."

"갚을 거야. 내가 갚을 거라고."

"효은아!"

주방을 먼저 나선 효은을 따라 나갔다. 효은이 멈춰 서 있었다. 태열이 그 앞에 난처하게 서 있었다.

"미안합니다. 이 시간에 와 있는지 모르고⋯⋯."

"죄송하지만 인사는 다음에 하겠습니다."

효은이 그대로 태열을 지나쳤다.

"김효은!"

효주가 효은을 따라 나갔다.

"효은아."

화가 나 급하게 나가던 효은이 뒤돌아섰다.

"언니라면 어떻겠어? 내가 언니 같은 행동을 했다면?"

할 말이 없었다. 동생이 그랬다면 얼마나 가슴 아팠을까. 자신 역시 어떻게든 돈을 마련하려고 했을 것이다. 효주의 마음을 읽은 사람처럼 효은이 피식, 웃으며 날카롭게 노려봤다.

"걱정 마. 나는 그런 짓 안 해."

그런 짓……, 그 한 마디에 무서운 비난이 서려 있었다. 효주가 고개를 떨궜다.

"미안한데 언니한테도 저 남자한테도 고맙다는 말은 차마 못 하겠어."

"……."

"언니를 이해 못 한 거 아냐. 그냥 화가 난 거지. 갈게."

동생을 더는 잡지 못하고 효주는 그대로 서 있었다. 이런 상황에서 축복받고 싶다고 생각한 자신이 한심했다. 언니를 이렇게 만든 것에 책임이 있다고 여길 동생의 심정이란 걸, 생각해보지 못했다.

'언니라면 어떻겠어?'

집안 사정을 원망하는 건 지쳤다. 그저 가슴이 아팠다. 어느새 다가온 그가 그녀의 어깨를 감쌌다. 고개를 들었다. 그가 희미하게 미소를 짓고 있었다.

"동생이 아주 똑 부러지네."

"나는 안 닮은 것 같아요."

"왜? 김효주 씨도 똑 부러져. 내 쪽으로 부러진 게 문제지만."

그가 일부러 농담하듯 말했다. 그녀가 그의 허리를 감쌌다.

"미안해요."

"뭐가?"

누구보다도 자신을 행복하게 해준 남자가 좋은 소리를 하나도 듣지 못하게 했다.

"그냥, 동생이랑 인사도 제대로 못 나누고."

"나중에 다시 만나서 이야기하면 되지."

"만나줄지 모르겠어요."

"아까 못 들었어? 인사는 다음에 한다잖아."

"진심으로 여긴 거예요?"

"그래. 아예 안 본다고 말한 건 아니니까."

위로를 해주는 그를 보니 더 마음이 아팠다.

"팀장님."

"그래."

"안아줘요."

그녀의 눈빛을 본 그가 가만히 그녀를 안았다.

"들어가자. 더 세게 안아줄게."

그 말을 기다렸다. 답답한 마음이 부서지도록, 그에게 꼭 안기고 싶었다.

❖

태열은 입 안에 모래를 문 듯 서걱거려 입맛이 없었다. 점심

을 먹는 시늉만 하고 돌아오니, 너무 일렀는지 직원들 자리가
비어 있었다. 효주도 아직 돌아오지 않았다. 그가 자리에 앉
아 효주의 자리를 건너다봤다.

[나, 거기서 더 살아도 돼요?]

그런 질문을 들었을 때, 그는 당장이라도 답변을 남기고 싶
었다.

당연히, 얼마든지, 있고 싶은 만큼.

그녀가 그런 질문을 했다는 것 자체가 새삼스러울 정도로
답은 정해져 있었다. 하지만 그렇게 바로 말할 수가 없었다.

그녀를 사랑하니까, 떳떳했다. 하지만 사람들도 그렇게 봐
줄까, 하는 문제가 그를 괴롭혔다. 자신은 괜찮았다. 하지만
그녀에게 단 한 명이라도 비난하는 사람이 생기는 게 싫었다.
그리고 그게 가족이라면 더더욱.

그녀가 나갈까 봐, 나가라는 말을 할 수가 없어서 얼마나
많은 고민을 했는지 모른다. 둘이 같이 작은 집으로 옮기고
잠시나마 동생을 속여보자고 말할까. 그냥 룸메이트가 여자
라고 속여보라고 할까. 온갖 생각을 다 해놓고 보니, 결국 떳
떳하지 못한 사이를 자처하고 있었다.

그녀는 아무렇지도 않게 동생에게 소개를 한다고 하는데.

'얼마야? 신세진 금액이?'

'안 갚아도 돼.'

'왜? 몸으로 다 갚았으니까?'

어젯밤 그녀와 동생의 대화를 떠올리던 그가 마른세수를 했
다. 절대로 그녀가 듣지 말았으면 하는 말을 듣게 했다. 그런
데 그걸 듣고 있던 두 사람 모두 한마디도 하지 못했다.

순수하게 도와준 거라는 말을 하기엔 상황은 이미 동거 중
이었다. 진심이 순수했다 한들, 그녀를 안아버렸으니 이제 와
그런 변명만은 할 수도 없었다.

모든 게 그의 탓인 것 같아 가슴이 아팠다. 욕심이 나도 참
았어야 했다. 그녀와의 관계를 순수하게 맺지 못해 이렇게 벌
을 받는다. 그런데 그 벌을 자신이 아니라, 그녀가 받고 있다
는 게 미치도록 괴로웠다.

"점심 일찍 드셨나 봅니다, 상무님."

그가 고개를 들었다. 현우가 서 있었다.

"무슨 볼일이 있나?"

"네. 잠깐 김효주 대리님을 만나러 왔습니다."

태열의 한쪽 눈썹이 삐죽 올라갔다. 눈을 피하지 않은 채 그
를 보며 하는 말인 걸 보니, 뭔가를 눈치챈 현우의 도발임에
틀림없었다.

"그래? 자리에 없으니 나중에 오도록 해."

"기다릴까 하고요."

현우가 그를 빤히 바라봤다. 대리가 상무를 이렇게 바라보는

경우는 없었다. 상하관계가 아닌 남자 대 남자로 이야기하고 싶은 모양이었다. 태열이 눈을 가늘게 떴다.

"할 말 있으면 하지."

"김효주 대리님에 관한 일입니다."

그가 눈가를 찡그렸다.

"여기서 나눠도 될 이야기일까요?"

안 될 것 없다고 말하고 싶었지만 이번에도 그는 그렇게 말하지 못했다. 자신은 괜찮았다. 하지만 누군가 이야기를 듣고 행여나 효주가 피해를 본다면 곤란했다.

"그래, 조용한 곳으로 가지."

그가 자리에서 일어났다. 복도로 나서자 직원들이 우르르 들어오는 게 보였다. 직원들이 그를 보고 인사를 했다. 효주가 제일 뒤에 있었다.

매일같이 지내도 회사에서 보는 그녀를 보면 마음이 또 달랐다. 설레고 떨렸다. 가끔은 너무 예뻐서 저 여자가 자신이 매일 밤 안는 그 여자라는 게 믿기지 않았다. 매일이 행운 같아서, 때론 혹시나 이 행복이 깨질까 그녀에게조차 말을 아낄 때도 있었다.

가족 일만으로도 힘들었을 그녀를, 인생이 고통이라는 그녀를 행복하게 해주고 싶은데, 그게 왜 이렇게 어려운 일일까.

그녀의 얼굴이 수척해 보였다. 잠을 못 잔 것 같았다. 나름 대로 잠들게 하려고 애를 썼지만 그가 먼저 잠이 들었다.

밥은 제대로 먹었을까.

묻고 싶었지만 현우가 뒤에서 버티고 있었다. 아마 지금쯤 그와 그녀의 행동을 주시하고 있을 것이다.

조용히 인사를 하려던 효주가 그의 뒤에 있는 현우를 보고 의아한 빛을 내비쳤다. 그는 인사를 받은 척 고개를 끄덕이고 모른 척 지나쳤다. 그녀가 뒤돌아보지 않길 바랐다. 아무것도 모르기를.

직원들이 잘 오지 않는, 효주와 둘이서 키스를 나누던 회의실로 향했다. 오고 싶지 않았지만 이곳은 사람들이 오가지 않았다. 효주 이야기가 나올 게 뻔하니 조심하고 싶었다.

"그래. 어디 하고 싶은 말이 뭔지 말해봐."

들어가자마자 태열이 현우를 돌아봤다. 잠시 뜸을 들이던 현우가 입을 열었다.

"김 대리님하고 헤어져주세요."

어려서 그런 건지, 그녀에게 준 마음이 커서 그런 건지 꽤 당돌했다.

"내가 언제 사귄다고 했던가?"

"어제 두 분이 이야기하는 거 다 들었습니다."

"무슨 이야기?"

"같이 사신다는 거."

하필이면 골치 아픈 걸 들어버렸다. 자랑거리는 아니지만 그게 부끄러운 일은 아니었다.

"그래. 다 들었다면 숨길 것도 없군. 맞아. 같이 살고 있어. 그런데 내가 왜 신 대리한테 그런 소리를 들어야 하지?"

"저, 상무님 정말 존경했습니다."

태열이 팔짱을 끼고 그를 내려다봤다.

"지금 필요한 말인가?"

"그런데 돈으로 여자나 사는 그런 분인 줄은 몰랐습니다."

그가 미간을 좁혔다.

"지금 뭐라고?"

"저 다 압니다. 병원비, 내주셨죠?"

현우의 물음에 그가 입을 다물었다. 병원비로 살 수 있는 여자가 아니라고 말하고 싶었지만 결국 그렇게 돼버린 꼴이었다.

"오해가 있는 모양인데."

"김 대리님은 병원비 없어서 부동산에 전화해서 전셋집을 빼고 있었습니다. 그래서 제가 빌려주려고 돈까지 마련했고요. 그런데 다 해결됐다고 했습니다. 사귀던 사람도 없었던 사람이 좋아하는 사람이 생겼다고도 했고요. 그러더니 상무님하고 살고 있고요. 그게 김 대리님을 돈으로 산 게 아니면 뭡니까?"

우린 사랑하는 관계라고 말하고 싶었다. 하지만 지금 현우에게 그 말을 하는 게 무슨 의미가 있을까.

'언제부터 사랑했는데? 혹시 병원비 대줄 때부터? 그게 사랑인지 아닌지 어떻게 아는데? 돈에 눈이 먼 건지, 사랑에 눈이 먼 건지 어떻게 알아! 사랑하는 사람일수록 더 돈을 받지 말아야지!'

효은의 말이 떠올랐다. 현우가 효주의 동생과는 다른 말을 할 거라는 생각이 들지 않았다. 더 한 말을 한다면 했지.

"정리해주십시오. 김 대리님은 하고 싶어도 못하실 겁니다."

그는 알았다. 그녀가 자신과 정리하는 걸 원치는 않는다는 것을. 세상 사람들은 몰라도 두 사람은 알았다.

"신 대리가 끼어들 일이 아니야."

그의 말에 현우가 조소를 날렸다.

"지금 그게 중요합니까?"

현우가 그대로 밖으로 나갔다. 태열이 눈을 꼭 감고 큰숨을 내쉬었다. 언제나 좋지 못한 일은 한꺼번에 오기 마련이었다. 뒤늦게야 밖으로 나가려던 태열이 흠칫했다. 효주가 서 있었다. 등골이 서늘했다.

"언제부터 거기 있었어?"

"처음부터요."

두 사람이 어딘가로 향하는 것을 보고 이상하게 여긴 게 틀림없었다.

"내가 문을 안 닫았던가."

아니면 현우가 닫지 않았을 것이다. 그녀가 따라올 거라는 것을 알고 일부러.

"따라올 필요 없었는데."

그가 쓸쓸한 웃음을 지었다. 그녀가 듣지 말아야 할 말들만 듣게 하는 것 같아서 가슴이 아팠다. 그녀가 안으로 들어왔다.

"왜, 한마디도 못 하셨어요?"

"굳이 할 필요가 없으니까."

"사랑한다고 한마디만 하면 됐잖아요."

그가 희미한 미소를 지었다.

"사람들이 믿을까?"

"믿든 말든! 우린 사랑하잖아요."

동생의 일로 그녀는 어떻게든 증명하고 싶었을 것이다. 세상 사람들에게 떳떳하다고 말하고 싶을 것이다.

"그래, 맞아. 우리가 사랑하잖아. 그런데 믿지 않는 사람한테 굳이 이야기할 필요 있을까?"

그녀 마음을 모르지 않았다. 하지만 믿지 않는 사람에게 굳이 믿음을 줄 이유가 없었다.

"없겠죠."

그 말까지만 했다면 그는 동요하지 않았을 것이다.

"팀장님은."

그녀가 붙인 그 말에 그가 인상을 찌푸렸다.

"그게 무슨 뜻이야?"

"나는 돈 때문에 몸 판 여자가 됐어요. 동생한테도, 이젠 동료한테도요. 그런데 팀장님은 변명 한 마디도 안 하셨어요. 헤어지라고 하는 걸 그냥 듣고 있었다고요."

"그건 지금 이야기를 해도 신 대리가 믿을 말이 아니었으니까."

"그래서 사실이 아닌 걸 사실대로 믿으라고 그냥 두셨어요? 혹시 할 말이 없으셨던 건 아니고요?"

"뭐?"

"정말 사랑하는 거 맞긴 해요?"

효주의 말에 놀란 태열이 눈을 깜빡였다.

"정말은, 내가 불쌍했던 거 아니에요? 전에 바람난 아내한테도 아무 말 않고 돌아왔다고 했잖아요. 사촌동생이랑 바람이 났는데 팀장님이 불임이라서, 바빠서, 그래서 아내가 불쌍해서."

"김 대리?"

"팀장님은 그냥…… 착한 남자라서…… 인생이 재미없어서…… 외로워서…… 그저 내가 불쌍해서 그런 거 아니냐고요!"

"김효주 씨."

그녀에게 믿음을 주지 못한 원인에 과거가 있을 거라고는 생각해본 적 없었다. 태열이 떨리는 입술을 깨물었다.

"과거 일로 비겁하게 이럴래?"

효주가 말없이 고개를 돌렸다. 무슨 말이라도 해보려던 그가 효주를 두고 밖으로 나왔다. 그동안 사람들이 그의 과거에 대해 수군대든 말든 상관없었다. 그런데 그게 김효주의 입에서 나왔다니, 가슴이 찢어질 것 같았다.

자리로 향하던 그가 퍽, 하고 복도 벽을 쳤다. 손이 아픈지도 몰랐다.

14

먼저 퇴근한 효주가 집 안으로 들어와 거실 소파에 주저앉았다. 하루 종일 일을 어떻게 한지도 모르겠다. 그도 오늘따라 자리를 비울 일이 없었기 때문에 자리에 있었다. 하지만 눈길 한 번 주지 않았다.

'과거 일로 비겁하게 이럴래?'

그 말을 듣는 순간, 자신이 어떤 실수를 했는지 깨달았다. 하지만 미안하다는 말이 나오지 않았다. 너무 큰 실수를 저질러버린 것 같아서, 그를 너무 실망시킨 것 같아서, 눈을 마주하는 순간 그가 자신을 경멸의 눈으로 바라볼 것 같아서 그녀는 고개를 돌려버렸다.

그런 말을 하려던 건 아니었는데.

그저 사랑한다는 말을 하지 않은 그가 원망스러웠다. 당당하게 그녀를 사랑하고 있다고, 순서야 어떻든 그건 자신들의 문제이기에 현우에게는 그저 사랑하는 사이니까 병원비를 내주는 게 당연한 거 아니냐고, 뻔뻔하게 굴길 바랐다.

그런데 그는 한마디도 하지 않았다. 마치 죄인이라도 된 것처럼.

'왜, 한마디도 못 하셨어요?'

사실 그녀가 따지고 싶은 건 그게 아니었다. 효은한테도, 현우한테도 죄인처럼 말 한마디 못하고 있는 게 속상했다. 그가 잘못한 게 뭐라고, 그를 그렇게 만든 게 자신이라는 것에 화가 났다.

그를 놓아주어야 할까.

사랑하는 사람을 사랑한다고 말하는 것조차 못하는 그를 보며 죄책감이 들었다.

상황이 좋은 여자를 만났더라면, 좀 더 부유한 여자를 만났더라면.

모든 게 자신 탓인 것 같아서 미안해 견딜 수가 없었다.

실망…… 많이 했겠지…….

몽글, 눈물이 새어나왔다. 이제는 자신이 놓아주고 말고 할

게 아니라는 생각이 들자 두려웠다.

왜 괜한 트집을 잡았을까. 솔직하게 말할걸. 당신이 아무런 말을 못해서 속상하다고 마음이 아프다고. 왜 말도 안 되는 소리를 했을까. 왜 과거를 들먹이며 그를 상처 줬을까.

이젠 다른 생각은 안 들었다. 그가 자신을 싫어하면 어쩌나. 두렵기만 했다. 헤어지면 살 집을 구해야 하는데 그런 것도 생각할 수가 없었다.

시간이 얼마나 지났을까, 문 열리는 소리가 들렸다. 들어오던 그가 거실에 앉아 있는 그녀를 보고 흠칫, 했다.

"아직 안 잤나."

그는 술을 마신 것 같았다. 살짝 풀어헤친 넥타이, 팔에 대충 걸친 정장 윗도리가 꾸깃하게 접혀 있었다. 초라해 보여야 하는데 여전히, 그는 멋있고, 그녀가 사랑하는 얼굴을 하고 있었다.

그가 대화를 하자고 하면 어쩌지? 가장 야비한 말로 그를 속상하게 한 그녀가 싫어졌다고 한다면?

그에게 너무 깊이 빠져버렸다는 사실을 깨닫자 모든 게 두려워졌다. 벌떡, 그녀가 자리에서 일어났다.

"오늘은 내 방에서 잘게요."

방으로 들어와 문에 기댔다. 그가 쫓아올 거라고 생각했을까. 늘 그녀를 받아주던 그였는데.

그가 그의 방으로 들어가는 소리를 듣고 갑자기 가슴이 무너져 내리는 것 같았다.

　그와 같이 살면서 퇴근은 각자 했어도 출근은 같이 했었다. 비록 근처에서 헤어졌지만 그래도 나갈 때는 늘 같이 나갔다. 그런데 처음으로 그가 먼저 나가고 없었다. 그녀가 부린 투정의 대가는 너무나 가슴 시렸다.

　슬슬 실감이 났다. 떠나야 할 것 같다는 것이.

　눈물이 나서 일을 할 수 없는 상황이었지만 정신을 차려야 했다. 그녀에겐 회사 외엔 아무것도 남은 게 없었다. 아무렇지도 않은 척 일을 하고 사람들과 수다도 떨고 어떻게든 생활을 유지하려 애썼다. 그러나 현우만은 참고 넘길 수 없었다.

　"신 대리님, 나 좀 보죠."

　현우의 자리로 찾아가자 예상했다는 듯 그가 조용히 따라나섰다. 그는 전혀 당황하지 않았다. 한창 일할 시간이라 그런지 옥상 휴게실에는 사람들이 없었다.

　"난 1층 카페가 좋던데요."

　"난 신 대리님하고 차 마실 마음 없어요."

　현우가 씁쓸한 미소를 지었다.

　"제대로 미움 샀나 봐요, 나."

　"왜 나서요?"

　날이 선 목소리에 현우가 당황했는지 입만 벙긋거렸다.

　"내 가족이라도 돼요?"

"김 대리님을 아껴서 그랬습니다."

"그거, 좋아한다는 말보다 기분 나쁘네요."

"김 대리님."

"나한테 왔어야죠. 왜 그 사람한테 갔어요?"

침착하고 싶은데 목소리가 떨렸다. 자신이 이렇게까지 처신을 못하는 여자였나 한심하기까지 했다.

"그날 내 말 다 못 들었습니까? 당신은 그 사람을 떠나지 못하니까. 그 사람이 주도권을 잡고 있으니까요."

그래. 자신도 그렇게 생각했었다. 하지만,

'제발 돈 갚지 마.'

그때 이후로 더 이상 누가 우위에 있는지 그런 것은 중요하지 않았다. 누가 더 사랑하느냐의 문제로 치자면 그가 우위에 있는 게 맞았다. 그녀는 그를 사랑했다. 너무나도 간절히.

"맞아요. 그 사람이 주도권을 쥐고 있어요. 그 사람을 미치도록 사랑하거든요."

"사랑……? 그게 사랑이라고 생각합니까?"

"신 대리님은요? 정말 날 아끼는 거 맞나요?"

"나는 달라요!"

"맞아요. 신 대리님은 달라요. 나도 다르고요. 팀장님도 달라요. 우린 모두 다르죠. 누군가의 감정을 멋대로 판단하기엔 우린 모두 다 다르죠."

"김 대리님."

"멋대로 나서지 말아요. 내가 돈의 노예가 되든 말든 신 대리님한테 그런 자격 준 적 없어요."

현우의 입술 끝이 비틀어졌다.

"왜요? 상무님이 뭐라고 합니까?"

뭐라고 말이라도 하면 좋았을 텐데.

며칠째 말이 없는 채로 늘어지는 그를 보니, 그게 나가라는 신호인지, 와서 사과하라는 건지, 그 어떤 것도 알 수 없었다.

"사이가 깨졌나 보네요."

"그렇대도 그건 신 대리님이 좋아할 일이 아니에요. 신 대리님에게 갈 일은 없으니까요."

"상무님이 회사 평판 때문에 그만두자고 합니까? 내가 알게 돼서 자기 자리에 문제 생길까 봐?"

현우가 삐뚤어진 음성으로 물었다. 회사 평판? 아, 그에겐 그런 게 있을 텐데, 자신은 너무 사랑 타령만 한 것일까.

"그것도 신 대리님이 상관할 바가 아니에요."

"이혼남에 돈으로 당신을 어떻게 해보려는 남잡니다. 지금은 몰라도 훗날엔 나한테 고마워하게 될 거예요."

현우가 고집을 부리듯 말했다. 싸늘한 그녀의 얼굴에는 웃음기조차 사라졌다.

"지금도 고마워요. 적어도 비겁한 당신은 거를 수 있으니까."

그녀가 돌아섰다. 현우와 자신이 뭐가 다를까.

'과거 일로 비겁하게 이럴래?'

그에게 비겁하게 군 건 자신도 마찬가지였다. 다른 이에게 사랑의 확신을 주지 않았다고, 자신을 형편없는 여자로 만들었다고, 그에게 해서는 안 되는 말을 했다.

이렇게 만나지 않았으면 좋았을 것이다.

그가 저녁을 제의한 순간부터 어쩌면 우리 두 사람은 사랑에 빠질 걸 알고 있었다. 그는 매력적이었고, 섹시했다. 그와 있는 순간이 좋았고, 왠지 편안했다.

자신에게 돈만 있었어도 그를 좀 더 떳떳하게 만들 수 있었던 게 아닐까.

왜 자신의 인생은 늘, 돈 때문에 허덕여야만 하는 걸까. 사랑 앞에서조차.

통장을 들여다보던 그녀가 입술을 깨물었다. 어릴 때부터 열심히 돈을 모았지만 전셋집 하나 없는 텅 빈 통장만 남았다. 그나마 빚이 없어졌지만 그건 태열 덕분이었다. 그를 만나지 않았다면 빚만 남은 신세였다.

'언제부터 사랑했는데? 혹시 병원비 대줄 때부터? 그게 사랑인지 아닌지 어떻게 아는데? 돈에 눈이 먼 건지, 사랑에 눈이 먼 건지 어떻게 알아! 사랑하는 사람일수록 더 돈을 받지 말아야지!'

그래, 효은아. 네 말이 맞아. 사랑하는 사람일수록 더 돈을 받지 말았어야 해.

이론적으론 뭐든 간단명료한 법이었다. 자신도 그를 사랑하기 전에는 그랬다. 하지만 그녀가 해본 사랑이란 것은 생각보다 복잡하고 어려웠다. 돈이란 게 큰 문제가 되기도 하고 전혀 문제가 되지 않기도 했다. 그를 떠나야겠다고 생각하면서 또 한편으로는 기다리기도 했고 영원하지 않을 거라는 걸 알았다고 말하면서도 영원을 꿈꾸기도 한다. 그게 사랑이었다.

그는 어떤 심정인 걸까.

결국 한 주를 말없이 보냈다. 그는 일을 선택했는지 며칠째 새벽에 들어왔다가 아침 일찍 나갔다.

그 주를 어정쩡하게 보내던 그녀는 주말에도 그와 이런 식으로 보내야 한다는 게 견딜 수 없었다. 부동산 몇 군데를 알아본 그녀는 외출 준비를 하고 방을 나섰다.

그가 거실에 앉아 있었다.

"어디 나가?"

아무 말이나 대충 둘러대려던 그녀가 솔직하게 말했다.

"……부동산에요."

그가 고개를 숙인 채 말없이 두 손을 만지작거렸다. 그런 그를 바라보다가 돌아서는데 그가 입을 열었다.

"얘기 좀 해."

심장이 쿵, 내려앉았다. 그가 무슨 말을 할지 기대보다는 두려움이 컸다. 그녀가 나간다는 의사를 부동산이라는 단어로 밝혔으니까, 그도 솔직해지기로 한 것일까 봐 겁이 났다.

주춤거리는 그녀를 향해 그가 다시 한 번 재촉했다.

"잠깐 앉아봐."

그녀가 마지못해 그의 맞은편에 앉았다. 그가 고개를 들어 가만히 그녀를 바라보았다. 그는 피로해 보였다. 거칠한 그의 얼굴을 만져주고 싶었다. 그에게 나쁜 말을 했던 것이 너무 미안해 그녀가 고개를 숙였다.

"나가려고?"

"……네."

"돈은……."

"신경 쓰지 않으셔도 돼요."

더 이상 돈으로 얽히지 않아야 둘 사이가 덜 복잡해질까 싶어 그녀가 빠르게 말을 잘랐다.

"그래."

그가 혼잣말을 하듯 말했다.

"아무래도…… 우리 시작이 좋지 않았던 것 같아."

그가 이별을 말하려는구나. 심장이 조여오는 것 같았다.

그가 먼저 이별을 말한다면 못 견딜 것 같았다. 매달리는 것도 돈 때문으로 보일 것 같아 그러지도 못할 거라고 생각하니, 미칠 것만 같았다. 숨이 잘 쉬어지지 않는 것만 같아 그녀가 힘주어 숨을 쉬었다.

"헤어져요."

그녀가 먼저 뱉어버렸다. 그가 눈가를 찡그리며 그녀를 보았다. 그 눈빛이 너무 시려 보여서 견디기가 어려웠다. 그를 안아주고 싶어서, 그를 안고 싶어서, 더는 그럴 수 없는 위치라는 걸 깨닫기 싫어서 그녀는 이 자리를 떠나고 싶었다.

"더 할 말 없으시면……."

"효주야."

자신의 이름을 부르는 그 차분한 목소리에 심장이 녹는 것만 같았다.

"나는 너를 사랑해."

그의 눈빛도 목소리만큼 다정했다. 그가 투박한 손으로 턱을 쓸었다.

"네가 내게 너무 과분해서 욕심내지 않으려고 했는데 잘 안됐어. 넌 정말, 정말 사랑스러우니까."

이 남자가 무슨 말을 하려고 이러는 건지, 더 두려웠다. 이렇게 달콤한 말을 해놓고 그동안 고마웠다고 말하면 그녀는 다시는 일어서지 못할 것 같았다.

"그런 말 안 하셔도……."

"네가 네 잘못도 아닌 것들로 인해서 힘들어 보여서 돕고 싶었어. 그래, 그걸로 잘 보이고도 싶었어. 물론 너랑 성관계를 하기 위해 노린 건 아니야. 그저 너하고 조금만 더 연관되고 싶었어. 널 챙겨주는 사람이 나이고 싶었어. 운 좋게, 정말 운 좋게도 너랑 잠자리도 해보고…… 행복했어……."

고맙다는 말로 이 관계를 마무리할 그가 무서워서 그녀는 귀를 막고 싶었다. 두려움의 한계치에 이르렀다 싶었을 때 그가 그녀 앞으로 작은 박스를 내밀었다. 반지 케이스였다. 그가 뚜껑을 열었다. 커플링이 반짝이고 있었다.

"우리 결혼하자."

그녀가 눈을 크게 떴다. 생각지도 못한 다른 말에 그녀는 자신이 제대로 들은 건지도 파악이 되지 않았다.

"팀……장님……. 지금 무슨 말씀을 하시는 건지……."

"알아. 결혼에는 별 마음이 없다는 거. 내가 마음에 든 이유도 결혼과는 상관없을 남자라서. 아이도 없을 남자라서. 가정이 만들어지지 않을 남자라서 마음에 들어 했었잖아. 그렇지만 그렇다 해도……."

그가 초조한 듯 반지케이스를 매만졌다.

"나는 그러지 말았어야 했어. 애초에 내가 잘못한 거야. 나는 너랑 결혼하자고 했어야 했어. 당장은 아니어도 미래를 약속한 사이여야 했어. 네가 거절한다고 해도 나는 그렇게 다가갔어야 했어. 네 입장은 생각도 못 했어. 내 행동 하나 때문에 너를 돈으로 산 것처럼, 네가 돈에 팔린 것처럼 보일 거라는 생각도 못 했어."

나쁜 말이나 뱉었다고 자신을 미워하고만 있을 줄 알았던 남자가, 전혀 다른 생각을 하고 있었다. 자책하고 있을 줄은 상상도 못했다.

자신에게 이런 남자가? 이런 남자를 자신에게? 자격이 있기는 한 걸까?

"팀장님……."

"결혼해줘."

그녀가 고개를 저었다.

"그럴 수 없어요."

"알아. 내가 많이 부족한 거."

그녀가 더 크게 고개를 저었다.

"그게 아니에요. 그 반대죠. 나랑 결혼하는 게 무슨 의미인 줄 알아요? 내가 앞으로 계속 우리 집 돈 문제를 꺼낼 수 있고 그때마다 팀장님은 괜찮다고 하겠지만 나는 계속 눈치를 봐야 해요. 남들이 보는 시선은 바뀔지 몰라도 우리 사이에서 돈 문제는 더 커지는 거라고요."

"너만 그럴 거라고 생각해? 나 역시 지난번처럼 내 과거 일로 계속 눈치를 볼 거야. 그게 무슨 의미인 줄 알아?"

그가 목소리를 낮췄다.

"네 집안도, 내 과거도 바뀌지 않아. 그러니까 우리가 어떻게 할 수 없는 일로 서로를 괴롭힐 이유가 없어."

그의 말이 맞았다. 서로 사랑한다고 고백해놓고, 고작 이 정도로 헤어짐을 생각했다. 그도 그럴 거라고 여겨서 헤어지자는 말도 내뱉었다. 이렇게 강퍅한 마음이었는데, 그는 결혼하자는 말을 안 했다고 미안해하고 있었다니…….

"내가 그렇게 못된 말을 했는데도, 팀장님은 그런 생각을 하고 있었어요?"

"넌 화가 났으니까."

그는 이해한다는 듯 말했다.

"나는 우리 둘만 진실하면 된다고 생각했어. 그런데 네 말을 듣고 보니까 그게 아닐 수도 있다는 생각이 들었어. 당장 신 대리한테 가서 사랑한다고 말하고 올까. 그래, 그럴 수도 있었어. 하지만 그건 증명이 안 돼. 말로는 그 무엇도 증명할 수 없잖아."

정말이지 무거운 남자였다. 언제나 자신과는 다른 식으로 생각하고 있었다. 그녀는 그가 좋았다. 생각이 깊고 행동이 무겁고 신중했다.

"나한테 실망한 줄 알았어요."

"놀라긴 했지. 그런 식으로 생각할지 몰랐거든."

"진심은 아니었어요. 그저…… 죄송해요."

"상관없어. 내가 그렇게 믿음을 못 줬나 싶어서 반성 많이 했으니까."

두 사람이 서로를 바라보았다. 바라만 봐도 이렇게 좋은데 사이가 깊어질수록 왜 복잡해지고 마는 걸까.

"효주야."

그가 그녀의 뺨을 향해 손을 뻗었다.

"내가 조금만 더 행복하면 안 될까?"

자신과 있으면 행복하다는 남자의 말만큼 여자를 유혹하는 말이 또 있을까.

말은 안 나오고 눈물만 나왔다. 닦아도 눈물이 멈추질 않았다. 왜 눈물이 나는지 모르겠다. 그냥 그가 그저 가엽고 미안했다. 그를 아프게 해서 미안하고, 이해해주지 못해서 미안했다. 그가 결혼을 생각할 때, 자신은 이별을 생각한 게 미안하고, 집안이 가난한 게 미안하고, 그에게 기대고 싶어서 미안했다. 그런 짓은 하지 않겠다고 말하는 동생처럼 자신이 똑 부러졌으면 좋았을 텐데, 그러지 못해서 미안했다.

"미안……해요."

"괜찮다니까."

"도저히 안 되겠어요. 결혼 못해요."

"김 대리."

"못해요. 못해요. 미안해서, 미안해서."

울음이 제어가 되지 않았다. 미친듯이 눈물이 나왔다.

계속 미안하다는 말만 했다. 가난해서 미안하다고……. 복잡하게 만들어서 미안하다고……. 나쁜 말 해서 미안하다고……. 계속 미안하다는 말만 한 것 같았다. 미안하고, 또 미안하고, 미안해서.

그가 한참 동안 그녀를 안아 대성통곡을 들어주다가 울음이 그칠 즈음 안쓰럽게 그녀의 눈물을 닦아주며 말했다.

"김효주 씨는 한꺼번에 미안하다고 말하는 타입인가 봐?"

그 때문에 웃음이 터져버렸다.

"화장 다 지워졌어요."

"괜찮아. 예쁘니까."

"내가 예뻐요?"

"예쁘지."

"그런 말 잘 안 하시잖아요."

"늘 알고 있는 줄 알았거든."

"다시 말해주세요."

"예뻐."

가슴이 터질 것처럼 뛰었다.

"안 그런 적 없었어."

그녀가 와락, 그를 안았다. 그가 그녀의 등을 쓸었다.

"나도 말해줘."

"무슨 말요?"

그가 그녀의 뺨을 잡고 눈을 마주쳤다.

"이름 한 번만 불러주라."

"아."

이름……을 부른 적이 없었던가.

연인에게 이름 한 번 불러보지 못하고 이별할 뻔했다니.

그의 쓸쓸한 웃음에 또다시 가슴 아팠다. 그녀가 심호흡을 하고 그를 나직하게 불렀다.

"윤태열 씨."

눈이 마주치자 둘 다 쑥스러운 듯 웃었다.

"이게 뭐라고."

그가 기분 좋게 웃고는 그녀를 꽉 안았다. 또 눈물이 날 것 같았다.

"대답, 기대하면 안 되겠지?"

나는 재혼이니까. 그가 낮게 말을 보탰다. 그러고는 그것조차 이해한다는 듯 그녀를 보며 웃었다.

아무것도 받으면 안 되는 건데.

그녀가 견디지 못하고 그가 내밀었던 반지케이스를 제 앞으로 가져왔다. 이리저리 살펴보던 그녀가 반지를 꺼내 들었다.

"사귀는 것부터 시작할래요."

그리고 끼어달라는 듯이 손가락을 내밀었다. 그가 와락, 그녀를 안았다. 그의 뜨거운 마음이 몸속 깊이 전달되는 것만 같았다. 그녀도 그의 목덜미에 얼굴을 묻었다.

둘은 조용한 키스를 했다. 불과 며칠 만에 키스였는데, 몇 년이 흐른 것처럼 간절하고 소중했다. 입을 한껏 벌리고 서로를 담기 위해 애를 썼다. 순서도 없이 옷을 다 벗지도 못한 채 그대로 소파에 쓰러졌다. 그 역시 옷을 다 벗지 않은 채로 그녀의 위로 쓰러졌다.

애무도 없이 그의 것이 급하게 그녀의 안으로 들어왔다. 하지만 그가 그녀에게 손을 대는 순간부터 그녀의 것은 준비가 된 듯 녹아 있었다.

남성이 닿는 순간 찌릿, 하며 아랫도리가 격한 반응을 일으켰다.

그리웠다. 아주 잠깐이지만 영원히 그를 이런 식으로 안지 못할까 봐 두려웠다.

"하아!"

그도 마찬가지였는지 그녀의 안으로 들어오는 순간, 뜨거운 신음을 내뱉었다.

"효주야……."

그가 눈을 마주한 채 허리를 강하게 움직였다.

"훗!"

부끄러움도 모르고 서로 눈을 마주한 채로 사랑을 나누는 서로의 표정 변화를 바라보았다.

"효주야."

그가 간절하게 부르는 소리에 그녀도 이름을 부르고 싶었다.

"태열…… 씨……."

부르자마자 더 간절해졌다.

"태열 씨……!"

그저 이름 하나에 그가 격렬하게 반응했다. 놓기 싫었다. 이대로 영원히 이것만 해도 좋겠다, 싶었다.

이런 남자는 다시없을 거라서, 그래서, 너무 좋았다.

"아훗, 좋아……요……, 너무 좋아…….."

좋아해요.

사랑해요.

그가 말도 못하고 겨우 신음만 내뱉으며 몸을 움직이는 내내 그녀는 쉬지 않고 말했다.

헤어지자고 말했지만 헤어질 수 없었을 것이다. 그렇게 말하고 조금도 못 참고 그에게 다시 달려와 잘못했다고, 말했을 것이다. 돈은 갚을 테니까, 사랑은 버리지 말아 달라고 했겠지. 그를 놓친다는 건 말도 안 되니까. 비록 가진 게 없었대도 남자 보는 눈조차 없을 순 없었다.

그녀가 그를 꼭 붙들었다. 절대 놓치지 않을 거라는 듯이. 절대로 버려지지 않을 거라는 듯이.

❖

가장 가슴 아픈 건, 그녀가 집안 사정으로 그에게 미안해한다는 것이다. 자신처럼 자신이 선택했던 과거로 인해 미안해

한다면 그도 납득을 했을 것이다.

하지만 그녀는 자신이 선택할 수 없는 부분으로 미안해해야만 했다. 차라리 그녀가 당신의 이름을 아직도 불러본 적이 없다니 미안해요, 라고 말했다면 화를 낼 수도 있을 것이다. 그녀에게 그 누가 화를 낼 수 있을까.

'헤어져요.'

그녀가 그런 생각을 하고 있을 거라고 생각했다. 그는 이 여자만큼 착한 여자를 본 적 없었다. 그녀는 그를 착한 남자로 알고 있었지만 그건 사실이 아니었다. 그는 그렇게 좋은 남자가 아니었다.

예전에, 아내에게 미안해서 그 집을 그냥 나온 게 아니라 말도 섞고 싶지 않을 만큼 더럽게 느껴져 상종하고 싶지 않아서였고, 피를 다 갈아버리고 싶을 만큼 사촌동생을 끔찍하게 여겼다.

그가 일중독이었고, 불임이라는 핸디캡을 가지고 있었기 때문에 그들을 이해하는 척했지만 세상 모든 아내가 남편이 그런 원인을 제공했다고 해서 불륜을, 그것도 사촌동생과 저지르지는 않았다.

증오심과 저주가 그를 감쌌고 한동안은 인생을 사는 기분도 느껴지지 않았다. 그의 인생이 재미없는 건 당연했다. 그럴 때,

인생이 고통이고, 그 고통이 끝도 없을 것 같다던 여자를 만났다.

그녀의 인생이 고통에서 해방될 때 그는 인생이 즐겁게 느껴졌다. 어쩌면 세상 사람들이 보는 돈으로 사람을 사는 '이용'이라는 것의 본질은 이것이었다.

착한 건 김효주, 너야. 이용당하는 줄도 모르고 미안해만 하는 너.

그가 빙글빙글 제 손에 끼워진 반지를 매만졌다. 같이 끼고 싶었으나, 그녀의 반지는 조금 커서 AS에 들어갔다.

'사귀는 것부터 시작할래요.'

나쁘지 않은 출발이었다. 어쩌면 결혼보다도 더 좋았다. 바쁘게 살아오느라고 연애를 제대로 해본 기억이 없었다.

뭐부터 해야 하나.

생각만으로도 저절로 입꼬리가 올라갔다.

"어?"

김 과장이 결재하러 왔다가 그의 손에 끼워진 반지를 보고 소리를 냈다. 그래놓고 소리가 너무 크다고 여겼는지 스스로 놀라 입을 가렸다.

"뭘 그렇게 놀라?"

"죄송합니다."

서류를 내려놓고 조용히 돌아서려는 김 과장을 불렀다.

"김 과장."

"네, 팀장님."

"연애할 때 뭐 했나?"

"네?"

"데이트, 어떤 거 했는지."

"데이, 트……요?"

김 과장이 놀란 듯 되물었다. 태열의 기대에 찬 눈빛에 김
과장이 생각하려고 애를 쓰다가 그만 고개를 숙였다.

"죄송합니다. 연애한 지 너무 오래돼서."

"아니. 내가 잘못 물었어."

그가 더 미안한 듯 말하자 김 과장이 눈치를 보며 서 있었
다. 태열이 고개를 갸웃했다.

"안 가고 뭐 해?"

"아, 네. 가…… 갑니다."

그러면서도 김 과장의 발이 움직이지 않았다.

"더 할 말 있나?"

"아니…… 아닙니다."

"말해. 괜찮으니까."

"누구 만나십니까?"

그가 모른 척 빤히 보자 김 과장이 금방 발을 뺐다.

"아니, 아닙니다. 죄송합니다. 제가 괜한 걸…….."

"맞아."

"네?"

"누구 만나는 거 맞아. 그러니까 데이트에 대해서 물어봤지."

김 과장의 입이 벌어졌다.

"아, 그러면 지금 직원들한테 물어보고 오겠습니다. 저보다야 젊은 애들이 낫죠. 김 대리나 정연 씨한테 물어보고 오겠습니다."

"아니, 저기."

"걱정 마십시오. 저 입 무겁습니다. 누가 물어보는 건지는 비밀로 하겠습니다."

"그래 줄래?"

그가 웃으며 부탁했다. 딱히 비밀로 할 마음은 없었지만 지금 이 순간만은 그래야 했다. 김 과장을 시켜 그녀에게 물어본 걸 알면 그녀가 왠지 놀릴 것 같았다.

김 과장이 비밀을 가졌다는 우월함을 안고 떠났다. 일할 때도 저렇게 열심히 하면 좋을 텐데. 상무실을 나가자마자 직원들을 불러 모으는 게 보였다.

효주가 영문도 모르고 김 과장의 이야기를 듣고 있었다. 그 눈빛이 꽤 진지해 보였다. 그리고…… 예뻤다. 이렇게 보니, 그녀를 놓치지 않았다는 게 새삼 감사했다. 그녀는 몰랐다. 과분하다는 게 어떤 건지.

나이로 보나, 상황으로 보나 모든 게 그에겐 과분한 여자였다. 두 사람의 연애가 알려지면 그녀는 그런 눈빛들을 보게 될 것이다.

저런 남자랑 왜 사귀는 거지? 역시 돈 때문이겠지?

'저런 남자'라고 말한다 한들 자신은 상관없었다. 그녀가 그런 소리를 듣게 됐을 때, 하필이면 그녀의 약점인 부분을 건드린다는 게 마음에 걸렸다. 그래도 그는 모든 것을 공식적으로 만들 필요가 있었다.

부적절한 관계도 아닌데 비밀을 유지할 이유가 없었다. 그랬다가 들켰을 때 백이면 백, 현우처럼 생각하고 말 것이다. 그나마 현우는 그녀를 위하는 마음에 와서 충고랍시고 오지랖을 부렸지만 다른 이들은 술자리 때마다 안주로 꺼내들 게 뻔했다.

그녀와 계속 함께 하려면 반드시 거쳐야 하는 수순이었다. 그걸 현우 때문에 깨달았다.

김 과장이 뭐라고 한 건지, 그녀가 곰곰이 생각하다가 휴대전화로 이것저것 찾아보기 시작했다. 그녀가 무슨 데이트를 하고 싶어 하는지 알고 싶었다.

다른 직원과 이야기를 끝낸 김 과장이 상무실로 쪼르르 들어왔다. 비밀로 하겠다는 사람 맞아? 우월감에 사로잡힌 김 과장은 경솔했다.

"정연 씨는 성수동에 카페 마을에 가보라고 했고, 김민우 씨는 근처 바닷가 맛집을 적어줬습니다."

"김 대리는?"

"네?"

"김효주 대리는 별말 없었나?"

"아, 김 대리가 말한 곳은 딱히, 제가 예전에 했던 데이트하고 다를 게 없어서."

효주가 어디에 가보라고 했을까. 그가 궁금한 눈으로 김 과장을 보았다.

"영화관이요."

정말이지 단순했다. 그런데 그 어떤 장소보다도 끌렸다. 현우와는 갔지만 자신하고는 못 갔으니까.

"수고했어, 김 과장. 고마워."

"아, 아닙니다. 앞으로도 언제든 말씀하십시오."

"그래. 근데 비밀로 한다면서."

"네? 비밀로 했는데요?"

"근데 직원들이 왜 다 여기를 보고 있을까?"

그가 사무실을 가리키자 김 과장이 돌아봤다. 직원들 모두가 상무실을 보고 있었다. 효주는 눈을 가늘게 뜨고 태열을 보고 있었다. 그가 효주를 보며 어깨를 으쓱하고 웃었다.

"메모한 거 들고 나한테 왔는데, 비밀이 퍽도 유지되겠군."

"그게…… 죄, 죄송합니다."

"됐어. 딱히 비밀일 필요 없었으니까."

그가 자리에서 일어나 상무실 밖으로 나갔다.

"진작 말했어야 했는데, 늦었네요. 나 여자친구 생겼습니다."

잠시 놀란 듯하던 사람들이 팀장님, 축하합니다! 하고 외쳤다. 누굽니까! 예쁩니까, 팀장님? 질문이 이어졌다.

"내 눈엔."

그가 효주를 보며 고개를 끄덕였다. 말도 안 된다는 듯 고개를 젓고 있는 그녀를 보며 그가 웃었다.

"주말에 갈까, 영화관? 갔다가 중화요릿집도 가고."

중화요리라는 말에 효주가 알겠다는 듯 미소를 지었다. 사귀는 시작 단계에 어울리게 탕수육을 어떻게 먹는지 확인할 수 있을 것이다.

사람들이 의아한 듯 두 사람을 번갈아 바라보았다. 잠시 후 두 사람 사이를 눈치챈 직원들이 와! 두 사람이요? 하고 소리쳤다.

"어떻게 만나신 거예요?"

"내가 만나고 싶어서 공을 좀 들였습니다."

그의 말에 그녀가 미간을 좁히며 웃었다. 거짓은 없었다. 그녀에게 매 순간 공을 들이지 않은 날은 없었다.

"팀장님이 사귀자고 하신 거예요?"

"그렇게 됐습니다. 요란해서 미안합니다."

그가 직원들을 향해 말하자 휘파람 소리가 들려왔다.

"잘 어울려요!"

누군가가 소리쳤다. 진심인지 아닌지는 몰랐다. 그는 상사였고, 다들 잘 보이려고 애를 쓰는 편이었으니까. 핑크빛 로맨스까지도 안 바랐다. 적어도 추문이 돌지 않기를. 그의 마음이 왜곡되지 않기만 해도 좋을 것 같았다.

"아니, 언제부터 사귄 거야, 김 대리."

그가 그녀 눈치를 보았다. 혹시나 기분 나빠 할까 싶어 했는데 그녀는 쑥스러운 듯 웃으며 축하를 받고 있었다.

한창 화기애애한 분위기 속에 현우가 부서로 들어왔다. 그와 효주가 나란히 서서 축하를 받고 있는 모습에 움찔하고 서 있었다.

"다들 일하자고."

태열이 직원들을 제자리로 돌려보냈다.

"신 대리는 나 좀 보고 가."

모른 척 볼일만 보려는 현우에게 태열이 아는 체를 했다. 현우는 한참 후에야 그의 자리로 왔다.

"부르셨습니까."

"신 대리한테 할 말이 많아."

"회사 일입니까?"

사적인 이야기는 하지 말라는 듯 현우의 목소리가 단호했다.

"아니, 사적인 얘기야."

"별로 듣고 싶지…….."

"고마워."

"……네?"

"신 대리 덕분에 많은 생각을 했어. 내가 놓친 부분도 찾았
고."

현우가 당황한 눈으로 그를 보았다.

"인사하려고 부른 거야. 가도 좋아."

"……헤어질 마음이 없으시단 뜻입니까?"

"서로 사랑하니까 헤어질 이유가 없지."

"두 사람은 돈 때문에…….."

"연애의 시작이 순수하기만 하면 얼마나 좋겠어? 하지만 시
작보다 창대한 끝도 있는 법이야. 원한다면 그 과정을 일일이
신 대리한테 설명해줄 수도 있어. 안 그래도 누군가한테는 내
연애에 대해서 떠벌리고 싶은 심정이니까. 들어줄래, 내 연애
사?"

그가 매서운 눈으로 현우를 바라봤다. 현우가 위축이 된 듯
조심히 물었다.

"이미 다 떠벌리신 거 아닙니까?"

태열이 웃었다.

"그래, 그랬지."

말하고 나니, 시원했다. 현우가 자신감 넘치는 그를 보며 눈
을 내리깔았다.

"사귀고 싶은 여자였습니다."

"알아. 얼마나 속상할지도 알고. 그래서 신 대리가 나한테 건방 떨었던 걸 이해하는 중이야."

현우가 고개를 푹 숙였다.

"울리지 말아주십시오."

대성통곡을 했던 그녀를 떠올리며 조금 뜨끔했다. 그녀가 어제 운 걸 봤다면, 그녀가 행복해서 운 것이라고 말해도 안 믿을 것이다.

"걱정 마. 그리고."

그가 경고하듯 말했다.

"내 여자에게서 관심 끊어."

현우가 인사를 하고 밖으로 나갔다. 모두들 궁금한 눈으로 상무실을 바라보고 있었다. 그중에서 가장 궁금한 눈으로 그를 보고 있었던 건 효주였다.

그가 문자를 보냈다.

[동생한테도 인사할까?]

[뭘요?]

[우리 사귄다고.]

그녀가 못 말리겠다는 듯 웃었다.

[신나 보이세요.]

그런가. 참 재미없었던 인생이었는데. 정말 신이 났다.

15

효은과 겨우 연락이 닿았다. 당분간 시간이 안 난다는 동생에게 도대체 뭘 하고 다니는 거냐고 한 마디 하려던 효주는 꾹 참고 약속을 잡았다. 효은은 한 달이 넘게 약속을 회피했다. 약속이 잡힌 것만으로도 지금은 감지덕지였다.

만나서 무슨 말이라도 해야지, 하고 벼르고 있었는데 막상 마주한 효은에게 잔소리 한 마디도 나오지 않았다.

"어디…… 아파?"

"내가? 아니, 전혀."

효은이 아무렇지도 않은 척했지만, 이십 년 넘게 함께 산 가족이었다. 모를 리 없었다. 원래도 날씬했지만 살이 더 빠져 있었다.

"무슨 일이야?"

"언니야말로 무슨 일이야? 이런 식당을 다 예약하고. 나 바쁘다니까."

"과제가 그렇게 많아?"

"아니 뭐……."

"많이 기다렸나?"

태열이 식당 안으로 들어왔다. 효은이 인상을 찌푸리더니, 이내 효주를 노려봤다. 이런 식이 아니면 앞으로도 동생에게 남자친구를 소개할 수 없을 것 같아, 효주는 어쩔 수 없이 치사한 방법을 썼다. 효주가 모른 척 자리에서 일어났다.

"아니에요. 딱 맞게 왔어요. 어서 와요."

효은이 언니를 따라 마지못해 자리에서 일어났다.

"안녕……하세요."

"구면이죠. 윤태열입니다."

"네. 김효은입니다."

어색하게, 그러나 생각보다는 무리 없이 인사를 마치고 세 사람 모두 자리에 앉았다.

"어쩐지 비싼데 왔더라."

효은이 중얼거리는 소리가 들려왔다. 문득 가슴이 선득해졌다. 효은에게 무례하게 굴지 말아 달라고 부탁하려는 틈을 놓쳐서였다. 자신에게는 무슨 말을 해도 좋지만 태열에게는 그러지 않았으면 했다. 그는 푸대접을 받을 이유가 없었다. 적어도 그녀의 가족들에게는.

"좋은 거 많이 시켜요. 내가 살 테니까."

"네. 안 그러서도 시킬 겁니다."

효은이 딱딱하게 답하고는 주문을 시작했다. 얼마나 비싼 걸 시킬까 싶었는데 동생은 가장 저렴한 파스타 하나를 시켰다.

"스테이크도 먹어요."

태열이 주문하려고 하자, 효은이 단호하게 고개를 저었다.

"괜찮습니다. 이거면 충분해요."

차라리 심술을 부리며 비싼 걸 시키는 게 좀 더 인간적일 텐데, 효은은 너무나 팍팍했다. 그래도 아무 말 없이 같이 식사를 해주는 것으로 다행이라고 여겨야 할 것 같아 효주는 더 권하지 못했다.

"미래대학교 다닌다고 했나? 학교생활은 어때요?"

침묵 속에 포크 소리만 나던 차에 태열이 물었다. 음식을 먹던 효은이 행동을 멈췄다.

"휴학했어요."

툭. 효주가 포크를 놓쳤다.

"휴학이라니? 그런 말 없었잖아. 휴학을 왜 해?"

"상의 없이 남자랑 사는 언니도 있는데, 나는 왜 상의를 해야 돼?"

"이…… 이거랑 그거랑 같아?"

"뭐가 다른데?"

효은이 싸늘하게 효주를 보았다. 효주가 다급하게 말했다.

"네가 지훈이랑 사귀는 거 나랑 상의하고 사귄 거 아니잖아."

"그래. 그렇지. 근데 그게 돈 때문이면 얘기가 다르지. 돈이 없으면 나한테 먼저 말했어야지. 다른 남자랑 살기 전에."

이번엔 효주가 무섭게 효은을 바라봤다. 눈을 마주하던 효은이 고개를 돌려버렸다. 태열이 가만히 효주의 손을 잡았다. 이 순간에 화를 내봤자 힘든 건 태열이라는 것을 알기에 그녀가 숨을 들이쉬었다.

"그래. 상의 못 해서 미안해. 너까지 힘들게 하기 싫었어."

"나도 마찬가지야. 언니 힘들게 하지 않으려고 휴학한 거야."

"뭐?"

효은이 효주를 무시한 채 태열을 보았다.

"신세진 돈은 곧 갚을게요."

"효은아."

말하지 말라는 듯 태열이 효주의 손을 꽉 붙들었다. 그러고는 효주 대신 입을 열었다.

"갚아주면 좋지."

의외의 대답에 효주가 태열을 빤히 보았다. 당연히 갚지 말라고 할 줄 알았는데.

"언니도 혼자 많이 힘들었잖아?"

생각지도 못한 말에 동요돼 코끝이 찡했다. 하지만 갚으면 자신이 갚았지, 효은이 갚는 건 말도 안 됐다. 효주의 마음이 좋지 않았다.

"그런 건 언니가 알아서 할게. 휴학은……."

"하지만 갚지 않아도 괜찮아요."

태열이 말을 이었다.

"이미 난 언니한테서 돈으로는 살 수 없는 걸 많이 받았으니까."

그의 눈빛에 진심이 담겼다. 효은이 알아주길 간절히 바랐다.

동생을 만나자 했을 때, 그가 신신당부한 게 있었다. 그를 한 번에 인정받으려고 애쓰지 말라는 것이었다. 가끔은 시간이 필요한 것도 있는 법이고, 특히나 사람과의 관계가 그렇다고 했다. 그녀도 모르는 바는 아니었다. 하지만 그 누구보다도 가족에게 축복받고 싶었다. 타인인 회사 사람들도 그렇게 축하를 해주는데 가족들이 좋아하지 않는다면, 속상할 것 같았다.

"아니요."

효은이 태열을 향해 고개를 저었다.

"언니를 당당하게 만들기 위한 내 몫이에요. 갚겠습니다. 기다려주신다면요."

태열이 미소를 지으며 고개를 끄덕였다.

"기다릴게요."

아주 마음에 들게 일하는 직원을 봤을 때, 짓는 미소였다. 효은이 딱딱하게 구는데도 그는 동생이 마음에 든 듯했다. 이 상황이 마음에 안 드는 건 효주뿐인 듯했다.

"그래서."

효은이 시선을 효주에게로 돌렸다.

"날 부른 이유가 뭐야? 둘이 결혼이라도 한다는 거야? 두 사람 결혼하는데 지원 좀 해달라고? 저쪽 분이 재혼이니까 엄마 아빠 설득 좀 해달라고?"

"저쪽 분?"

"그럼 뭐라고 해. 아저씨라고 부를까?"

아저씨? 너무 까분다. 한 마디 하고 싶은데.

"아저씨라고 불러도 돼요."

태열이 순순히 말했다. 생각보다 순한 남자라는 것을 안 효은이 점점 전투력을 상실하고 어깨만 으쓱했다.

"네가 말한 거 둘 다 아니니까 걱정 마."

"그럼 둘이 헤쳐나갈 테니까 방해 말라고?"

"그것도 아니야."

"그럼 뭔데?"

"그냥. 인사하는 거야. 언니 남자친구라고. 우리 사귀기로 했거든."

"······뭐?"

효은이 황당한 듯 효주를 보며 인상을 찌푸렸다.

"이미 둘이 살고 있잖아."

"그래. 어쩌다 보니까 순서가 엉망진창이 됐어. 네 덕분에 순서 정리 좀 했어."

"난 또 결혼이라도 하는 줄 알았네."

"결혼은 생각 없어."

"왜? 아저씨가 결혼은 싫대?"

사람 옆에 두고 아저씨라는 말이 잘도 나온다. 그 누가 본다 해도 태열을 보고 아저씨라고 부르긴 쉽지 않을 텐데, 아직은 약간의 전투력이 남아 있는 모양이었다.

"그래. 하지만 그전에 내가 싫어. 결혼, 하고 싶지 않아."

이유를 안다는 듯 효은은 왜 그런지는 묻지 않았다.

"결혼도 안 할 건데 같이 살아?"

"결혼을 안 하니까 같이 살아보는 거지."

"언니가 언제부터 이렇게 자유연애자였어?"

"넌 언제부터 그렇게 보수주의자였어? 연애도 나보다 잘해 놓고."

"잘하긴 뭘 잘해. 그런 적 없어."

효은의 표정이 굳어졌다. 눈치가 이상해 효주가 조심스럽게 물었다.

"지훈이는 잘 있지?"

지훈이는 내 동생 남자친구예요, 라고 태열에게 말하고 있
는데 쓸쓸한 목소리가 들려왔다.

"헤어졌어."

효주의 눈이 커졌다.

"언제?"

"휴학하기 직전에."

"왜?"

"언니랑 같은 이유로."

"나랑 같은 이유가 뭔데?"

"나도 평생 결혼 안 할 거니까."

"뭐?"

　동생이 무슨 말을 하는 건지, 알 수가 없어 저절로 미간이
좁아졌다. 반은 농담처럼 하긴 했지만 결혼을 한다면 지훈과
하고 싶다던 동생이었다.

"우리 형편에 결혼은 무슨."

"효은아?"

"미래도 없는데 굳이 정신 소모하고 싶지 않아. 돈도 벌어
야 하고."

"그게 무슨 말이야? 나 때문에 헤어진 거야?"

"아니. 정확히는 우리 집 때문이지."

"김효은."

"앞으로 언니는 집에 돈 드리는 거에서 손 떼. 이제부터 보

태는 돈들은 어차피 언니 돈도 아닐 거고 결혼도 안 하는데 아저씨 돈 받는 것도 그렇고, 결혼한다 하면 더더욱 받아선 안되고. 내가 벌어서 내가 드릴 거야."

"김효……!"

태열이 흥분하려는 효주의 어깨를 잡았다.

"잠깐 화장실 좀 다녀올게."

진정하라는 듯 그녀를 툭툭 치고 태열이 자리를 피해줬다. 효주가 깊이 심호흡을 했다.

"효은아."

"좋은 사람 같네. 그런 척하는 건지는 아직 모르지만."

"딴소리하지 마."

"언니도 언니가 선택한 거잖아. 나도 내가 선택한 거야."

"언니는 행복한 선택을 한 거야. 정말 저 사람 사랑해. 그런데 넌……."

효은의 미소가 슬퍼 보이지 않았다면, 그녀가 이렇게 가슴 아프진 않았을 것이다. 그런데 동생은 너무 수척해 보였다. 얼굴도, 눈빛도, 마음도.

"모든 사람이 언니처럼 운이 좋지는 않아. 우리 상황을 이해해주는 남자를 만날 수도 있고, 반대로 전혀 이해 못 하는 사람을 만날 수도 있어."

"지훈이가 너 가난한 거 이해 못 하겠대?"

"아니. 말 안 했어. 헤어지면 그만인데 굳이 할 이유 없잖아."

"그럼 그냥 헤어지자고 한 거야?"

효은이 입만 오물거렸다. 눈가에 물기가 보였다.

"효은아? 너 지훈이 정말 좋아했잖아."

"내가? 지훈이가 누군데? 잊은 지 오래야."

자존심이 강하고 고집도 센 동생이었다. 알고는 있었지만 이렇게 무섭게 모든 것을 중단할 줄은 몰랐다. 자신 때문이었다. 자신이 처신을 잘못한 탓에 동생이 이런 선택을 하게 된 것이었다. 속이 상한 효주의 코끝이 시려 왔다.

"내가 잘못했다."

그녀가 몽글 솟은 눈물을 훔쳤다.

"다 내 탓이야. 내가 저 사람하고 살지만 않았어도……."

"그래. 언니 때문이야. 아니, 정확히는 언니 덕택이지. 언니 덕택에 아무 생각 못하고 편하게 지냈어. 그리고 또 언니 덕택에 생각을 넓혔어. 우물 안 개구리처럼 살았고, 말로는 가족들 위하는 척 동생이라는 이유로 모른 척 나만 알고 살았어. 우리 집에 돈이 얼마나 들어가는지, 무슨 일로 그 돈이 필요한지 그런 거 제대로 몰랐어. 언니가 잘 안 알려준다는 이유로 캐물으려고도 안 했어. 언니가 얼마나 힘들었을지 생각하면…… 내가 너무 한심해. 그래서 나 저 아저씨한테 반드시 돈 갚을 거야."

"그러지 않아도 돼."

"아니, 그래야 돼. 그건 내가 언니한테 줄 선물이야. 언니가 행여나 앞으로 그것 때문에 행복을 잃으면 안 되잖아. 저 아저씨하고 마음의 빚 없이 마음껏 사랑할 수 있도록, 내가 그거라도 하고 싶어."

또르르, 눈물이 저절로 흘렀다. 속상하고, 기특하고, 여러 가지 생각이 교차하는 와중에 분명한 건 가슴이 너무 아프다는 것이다. 저렇게 수척해서는 무슨 빚을 갚는다고.

효주가 속상한 듯 나무랐다.

"그럼 음식이라도 비싼 거 먹지."

"보여주는 거야. 우리 집이 돈은 없지만 호락호락하지 않다고. 내가 있으니까 언니 함부로 못 하도록. 적어도 돈의 노예가 아니라는 걸 보여줘야지."

이렇게 든든한 동생일 줄이야. 기특해 웃음이 터졌다. 효주가 눈물을 닦았다.

"좋은 사람이야. 못되게 안 굴어도 돼."

"그래도 아직은 더 지켜볼 거야."

효은이 부러 표정을 굳히고 고개를 저었다. 효주가 미소를 지었다.

"고마워. 반대 안 해서."

"내가 반대한다고 언니가 들을 거야?"

"아니. 놓칠 수 없는 사람이라."

그 말을 듣고 싶었다는 듯 효은이 그제야 웃었다.

"이거."

효은이 만 원짜리를 꺼내 테이블에 놓았다.

"그게 뭐야?"

"내 거 내가 계산하고 갔다고 해. 그래야 쎄 보이지."

"뭐 그렇게까지……."

"어허, 호락호락하게 보면 안 된다니까? 이걸로 사탕 사드시라고 해."

"더 있다가 가. 데려다줄게."

"아냐. 잠깐 빠져나온 거라 진짜 시간 없어."

"무슨 일 하고 다니는 건데."

"과외."

그렇지. 동생은 명문대생이었다. 과외 같은 아르바이트가 있다는 걸 생각 못 했다.

"뭐야. 표정 보니까 내가 무슨 술집이라도 나가는 줄 알았나 보네."

"아니, 그건 아니고. 편의점인 줄 알았지."

"그건 아침에."

"뭐?"

"간다."

효주가 잔소리할 줄 알았는지 효은이 빠르게 사라졌다. 미소를 짓던 효주는 마음이 무거워 이내 표정이 굳어졌다. 아르바이트를 몇 개나 하는 걸까.

"벌써 간 거야?"

잠시 후, 태열이 돌아왔다.

"네. 아르바이트가 있대요."

목소리에 힘이 잔뜩 빠진 걸 느꼈는지 태열이 그녀의 어깨를 어루만졌다. 그녀가 그의 가슴에 기댔다.

"내가 다 잘못한 것 같아요."

"뭘. 날 만난 거?"

"아뇨. 그때 동생을 태열 씨 집에 데려온 거요. 조금만 더 있다 데려왔으면, 지금도 휴학 안 하고, 남자친구랑도 잘 사귀고……."

"너무 다 하려고 하지 마."

태열이 그녀를 토닥거렸다.

"당신은 부모가 아니야."

당연한 말이었다. 그런데 문득 정신이 들었다. 그렇구나. 집안의 실질적인 가장으로 살다 보니, 다 큰 성인인 동생의 부모 역할까지 하려고 들었다.

그제야 동생에게 돈을 갚으면 좋겠다고 말한 태열의 말을 이해할 수 있었다. 가족의 일을 분담하게 한 것이다. 그리고 동생은 그걸 바로 알아들은 것이다. 앞으로도 그녀가 힘들까 봐, 철없는 동생으로 남아 있지 않으려고, 동생은 생각하고 또 생각했던 것이다.

태열도 효은도 둘 다 자신을 위하고 있다는 생각에 조금은 뭉클했다. 고통이 끝날 것 같지 않던 인생이었는데 어느새 이렇게 행복해진 것일까.

"근데 이 돈은 뭐야?"

태열이 테이블에 있는 만 원을 보고 물었다. 효주가 장난스러운 미소를 지었다.

"아저씨 사탕값이요."

"뭐?"

"가요. 사탕 사 먹게."

그녀가 태열의 팔짱을 끼고 밖으로 나갔다. 들어올 때보다 마음이 가벼워지는 것을 느꼈다.

❖

'정말 괜찮아요?'

어딘가에서 목소리가 들려왔다.

'결혼하지 않아도?'

효은이었다. 효주의 동생. 레스토랑 밖에 서 있을 때, 효은과 마주쳤다. 효은이 물었다. 정말 결혼하지 않아도 괜찮은 건지.

'알다시피 나는 이미 한 번 결혼을 했습니다.'

'그래서요? 무책임하게 계속 동거를 할 건가요?'

'그녀가 원하는 게 그거라면 동거를 할 생각입니다. 하지만 무책임하게는 하지 않을게요.'

'어른들한테는 그렇게 보일 거예요.'

그도 알았다. 하지만 효주가 원하지 않는 걸 강요할 마음은 없었다.

'효주가 원한다면 언제든 할 겁니다.'

'엄마, 아빠한테 재혼이라고 말하지 말아주세요.'

효주의 그런 결혼을 당신들의 탓으로 돌릴 거다. 효은은 눈빛으로 그렇게 말하고 있었다.

'결혼, 하게 되면 상의하겠습니다.'

효은이 피식, 입꼬리를 올렸다.

원하지 않을 거예요. 어차피 아이도 낳지 못하잖아요?

비꼬듯 들려온 목소리는 효은이 아니었다. 누군지 알았지만 떠올리기 싫은 목소리였다.

어떻게 그런 몸으로 나랑 결혼할 생각을 했어요?

목소리가 바뀌었다. 효주였다.

효주야.

우리 헤어져요.

효주야.

태열이 눈을 떴을 때, 주변엔 아무도 없었다. 그가 자리에서 일어났다. 침대에는 자신 혼자였다. 분명 누군가와 같이 잠들었다고 여겼는데, 왜 아무도 없는 걸까. 그가 거실로 나왔다. 아무도 없었다.

그래, 난 원래 혼자였었지.

뒤늦게 깨닫고 욕실로 들어서다가 태열은 문득 뒤를 돌아봤다.

아니야, 난 혼자가 아니었어.

그에겐 효주가 있었다. 그가 뒤늦게 정신을 차리고 집 안을 돌아다니기 시작했다. 방문을 모두 열고 효주를 불렀다. 그러나 집에 그 누구도 살았던 흔적이 없었다.

그가 다시 침실로 향했다. 하얀 방에는 침대 하나가 놓여 있었다. 그곳에서 누군가와 같이 잔 흔적이라고는 전혀 없었다. 그가 일어난 모양 그대로, 그렇게 이불이 놓여 있었다.

분명 그녀를 안고 있었는데.

그가 다시 한 번 효주를 불렀다. 목소리는 점점 간절했지만 텅 빈 방 안은 점점 넓어지기만 했다.

효주야.

그녀가 없다. 그에게 그녀가 없다. 그의 행복이, 그의 기쁨이, 그의 즐거움이 갑자기 사라져버렸다. 방 안은 더 환해졌다. 혼자 남았다는 것이 너무 확연히 보였다.

안 돼. 효주야. 가지 마. 사라지지 마. 제발.

제발 효주야!

"괜찮아요?"

눈앞에 효주가 보였다.

"괜찮아요, 태열 씨?"

향기가 났다. 그녀의 향기, 숨결, 온도. 모든 게 느껴졌다.

잠이 깬 그가 그녀를 와락 안았다.

"태열 씨?"

"있었어?"

"있었죠."

"그래. 있었구나."

태열이 안도의 숨을 내쉬었다. 꿈을 꾸었다. 기분 나쁜 꿈을 꾸었다. 모든 게 잘 풀리는 것만 같아 불안했던 것 같다.

인간이란 참 이상도 하지. 왜 기쁨을 온전히 누리지 못하는 걸까.

그가 그녀를 더 깊이 안고 존재를 확인했다. 그녀의 목덜미에 얼굴을 묻고 비비다가 참지 못하고 그녀에게 키스했다. 가만히 키스를 받던 그녀가 좀 더 깊이 들어오는 그를 보며 웃음을 흘렸다.

"아침부터 서비스가 왜 이렇게 좋아요?"

그녀가 사랑스럽게 웃었다. 이 여자가 정말 내 옆에 있는 거 맞아? 언제까지고 내 옆에?

"더 좋게 해줄게."

그가 그녀의 잠옷을 벗겼다. 최근에는 둘 다 속옷 같은 걸 따로 챙겨 입지 않고 잤다. 자다가 가벼운 재채기에 옷을 챙겨 입는 게 아니면 둘 다 자연인에 가까웠다.

그녀가 거부하지 않고 그를 받아주었다.

"아침부터 싫지 않아?"

혹시나 그가 부리는 어리광을 그냥 받아주는 걸까 봐 그가 조심스럽게 물었다.

"아침부터 나 찾는 게 왜 싫어요? 더 해줘도 좋을 것 같아요."

그녀가 조용히 속삭이는 바람에 욕망이 한층 더 강해졌다. 젖어드는 그녀의 안으로 깊이 들어갔다.

그 뒤로는 거의 대화가 없었다. 신음과 두 사람의 몸체가 부딪히는 소리만 방 안에 가득 찼다. 아침부터 질척하게 그녀를 안았다. 마음이든 몸이든 자신 없이는 살지 못하게 하고 싶었다.

"어디 안 좋아요?"

출근을 위해 차에 탄 효주가 물었다. 참 뒤늦은 물음이었지만 일부러 생각할 시간을 주기 위한 배려라는 것을 알았다.

"아까 일어났을 때 좀 안 좋아 보여서."

"아니. 좋아."

모든 게 너무 좋아서 문제였다. 무엇보다 아침에 눈을 떴을 때 그녀가 품 안에 있는 걸 느낄 때, 밤늦은 시간에 함께 이런저런 수다를 떨다가 잠드는 게 좋았다. 그런 행복이 갑자기 자신에게 왔다는 게 믿기지 않아서 가끔 섬뜩할 때가 있었다. 그리고 그 불안감이 모여 꿈이 된 것 같았다.

"나쁜 꿈이라도 꾼 거예요?"

효주의 걱정스러운 눈빛을 보다가 그가 말없이 시동을 걸었다.

"무슨 꿈 꿨는데?"

그가 말을 안 하려고 하자, 그녀가 볼을 붙들고 얼른 이야기하라는 듯 꼬집었다.

"말하기 싫은데?"

"우리 사이에?"

"당신이 없는 꿈."

그녀가 말을 잃은 듯 눈만 크게 떴다.

"자고 일어났는데 없더라고."

"그래서요?"

"울었지."

"완전 애기네?"

효주가 재미있다는 듯 웃었다. 그 웃음소리를 듣는데 갑자기 왜 이렇게 마음이 아득해지는 것일까. 그녀가 그의 말에 웃음을 짓고, 엉뚱하다고 놀리는 이 별거 아닌 시간이 그에게 너무 소중했다. 그가 그녀의 머리를 받히고 제 품으로 끌어당겼다.

"실망했어?"

"그런 걸로요? 실망할 일도 많다."

"그럼 솔직하게 말해도 될까?"

"네. 말해줘요."

"무서웠어."

언제나 멋있어 보이고만 싶었는데 힘들 것 같았다. 고작 그런 꿈 하나에도 무섭다고 말하는 자신을 그녀가 어떻게 생각할지 걱정스러웠지만 고백하고 싶었다.

무거운 눈빛으로 바라보자, 그녀가 웃음을 거뒀다.

"진짜 놀랐나 보다, 우리 팀장님."

그녀가 그를 안았다.

"걱정 마요. 나 어디 안 가니까."

"그래."

"근데 내가 그렇게 좋아요? 고작 꿈인데 울고?"

고작 꿈. 그래, 고작 꿈일 뿐인데 왜 이렇게 두려운 걸까. 그녀는 젊었고, 사랑스러웠고, 미래가 창창해서겠지. 자신에겐 미래가 없었다.

"어. 좋아해."

한 치의 망설임도 없이 대답하자 그녀가 웃었다.

"나도요."

그가 꼭 손을 잡았다. 자신이 좋다는 이 존재를 더 깊이 확인하고 싶었다.

"차에선 안 돼요. 출근도 해야 하고."

그의 신호를 읽은 사람처럼 그녀가 고개를 저었다.

"아쉽군. 오늘이 평일이라니."

"이런 분인 줄 몰랐어요."

"이런 분이 뭔데?"

"흠, 그렇고 그런 분?"

그녀가 눈을 가늘게 뜨고 놀리듯 말했다. 그가 웃었다.

"나도 몰랐는데."

"병원 가서 검사 좀 받아보세요."

"무슨 검사?"

"너무 무리해서 문제 생길까 봐."

"아직은 멀쩡……, 지금 나이 많다고 놀린 거지?"

"그렇게 들렸어요?"

"혹시 아침에 별로였나?"

그녀가 말없이 웃기만 해서 그를 불안하게 했다.

"김효주 씨?"

"말 안 할래요."

"왜?"

"저녁에 보자고 할 것 같아서."

그가 눈을 가늘게 떴다.

"혹시 그 말을 원하는 거 아니고?"

그녀가 긍정의 미소를 짓고는 그의 시선을 정면으로 돌렸
다.

"운전, 운전해요. 우리 늦었어요."

그가 출발했다. 그리고 조용히 말했다.

"저녁에 보자."

그녀가 웃는 게 보였다. 그녀와의 저녁을 떠올리는 그의 가
슴이 막 뛰었다.

그래, 더 문제가 생길 일은 없었다. 둘은 사랑을 확인했고,
관계도 정립했다. 회사 사람들에게도 인정받았고, 가족들 모
두는 아니지만 동생과 인사도 나눴다. 모든 일이 순조롭게 풀
리는 게 조금 두려운 것뿐이었다.

"출근 같이하는 거 너무 좋아요. 맨날 어정쩡한 곳에 내려
서 걷기 힘들었는데."

그녀가 주차장 엘리베이터를 타고 올라가며 말했다.

회사에서 관계를 밝힌 이후로 두 사람은 조금 편하게 행동
하고 있었다. 눈에 띄는 행동을 하지 않기 위해 일찍 출근하
긴 했지만 굳이 따로 출근하고 싶지는 않았다.

"진작 사귄다고 말할 걸 그랬네."

"그랬으면 스릴이 사라지잖아요."

"스릴?"

"회의실에서."

다른 사람들 눈을 피해 회의실에서 키스를 하던 생각이 바
로 났다. 그 이야기를 하며 그녀가 생글생글 웃었다. 왜 이렇
게 자신의 몸을 달아오르게 만드는 건지. 요새 들어 더 심해
진 것도 같았다.

"저녁에 좀 많이 보자, 김효주?"

"아, 기대돼."

그가 미간을 좁히자 그녀가 웃음을 터트렸다. 그래, 그녀가 즐거우면 된 것이다. 불안해할 것 없었다. 이대로 그녀를 지키면 그만인 것이다. 그가 그녀의 손을 가만히 잡았다가 엘리베이터 문이 열리고 그대로 놓았다.

조금 떨어져 사무실로 향하는데 직원들 소리가 들려왔다.

"미쳤다고 그랬겠어?"

"그래. 뭐가 있었겠지. 애도 못 낳고 이혼했는데, 뭐가 좋다고."

"같이 산다는 말도 있던데?"

"그건 어디서 들었어?"

"아니, 누가 봤대. 마트 쇼핑하는 거."

"세상에. 아주 살림을 차렸구나?"

"혹시 이혼 전부터 둘이 그렇고 그런 거 아니야? 그래서 이혼한 거 아니냐고."

"에이 설마."

"김효주 씨 고졸이었잖아. 근데도 이 회사에 붙은 게 윤 상무가 적극적으로 우겨서 그런 거라던데. 그때부터 찜한 거 아니야?"

"헐, 그러면 말 되네? 우리 회사 고졸 입사 어렵잖아. 대리 달기는 더더욱 힘들고."

두 사람 모두 얼음이 된 채 굳었다. 사귄다고 공식적으로 말을 했는데도 결국 한 사람 한 사람을 건널 때마다 이야기가 달라지는 법이었다.

남의 말이니 얼마나 쉬울까.

"돈 때문인가?"

"그렇겠지. 부모님 병원비 때문이라는 말도 있던데? 김 대리님 어머니 쓰러졌었잖아."

"그럼 그렇지. 봐 봐라, 이제. 좀 있으면 헤어졌단 말 나올걸? 결혼하기엔 여자가 너무 아까우니까."

"먹튀 있잖아. 먹튀."

그가 딱 예상했던 대로 이야기가 옮겨지고 있었다. 하지만 직접 듣는 이야기는 실로 너무나 무서웠다.

"얼른 가요. 오늘 일 많으니까."

효주가 태열을 재촉하며 멈췄던 걸음을 그대로 옮겼다. 무시하겠다는 뜻이었다. 그녀처럼 무시하려던 태열이 효주의 벌게진 얼굴을 보고는 뒤돌아 직원들 무리로 향했다. 말은 무시한다 했지만 쉽지 않을 내용이었다. 자신이 혼자 들었으면 몰라도 그녀가 듣고 상처받을 내용이 있었으니 그는 무시할수 없었다.

기술팀 사람들이 모여 있었다.

"수고들 많네."

태열의 등장에 직원들이 벌떡 일어났다. 개중에 회의 때 종종 보던 양 과장이 보였다.

"철야했나?"

"네. 아직 일이 안 끝나서 잠시 쉬는 시간이었습니다."

"그래. 고생 많아."

"아닙니다."

"빨리하고 퇴근해야지?"

"넵! 자, 뭐해? 다들 가서 마무리해야지?"

도망치듯 우르르 휴게실을 나서는 직원들을 보며 태열이 말했다.

"양 과장이 고졸이었던가?"

"네?"

"김선기 실장도 고졸이었고."

"아, 네."

"우리 회사에서 고졸을 왜 안 뽑아? 일 제일 잘하는 사람들인데. 인성을 봤으면 봤지."

직원들이 무슨 말을 하는지 눈치를 챈 듯 고개를 푹 숙였다.

"죄, 죄송합니다."

"남의 말 함부로 하는 사람들은 누가 뽑은 거지?"

"죄송합니다!"

직원들이 고개를 푹 숙이고 말했다. 결혼 전에는 만나지 않았다는 말을 하려다가 말았다. 효주가 왜 무시하려는지 알 것 같았다. 어쩐지 모든 게 구차했다.

그가 자리로 돌아갔다. 효주가 그를 보는 게 느껴졌다. 그가 고개를 들자 효주가 걱정스러운 눈빛을 하고 있었다. 그가 미소를 지었다. 자신은 괜찮다는 것을 보여주고 싶었다.

하지만 역시 웃고 넘길 일은 아니었을까.

시간이 지날수록 소문은 걷잡을 수 없이 퍼졌다. 두 사람을 보는 눈이 변질돼 가는 것을 막을 수는 없었다. 자신들을 축하해주던 직원들이 없는 것은 아니었지만, 그건 두 사람을 아는 가까이에 있던 직원들뿐이었다.

정말 동거를 하고 있었기 때문에 동거설을 해명할 수도 없었다. 출근을 같이 하기 어려워져 결국 전처럼 따로 해야 했다.

그녀는 점점 말과 웃음을 잃었다. 그가 그녀를 즐겁게 하기 위해 애를 썼지만 그것도 잠시였다. 혹시나 그녀가 다른 생각을 할까 봐 그는 두려워졌다. 문득 그가 꾸었던 꿈이 떠올랐다. 그때 그 불길한 꿈이 결국 현실을 잡아먹는 것일까.

아침마다 그녀가 자리에 있는지 확인해야 했다. 그녀는 항상 그 자리에 있었지만 전보다 웃음이 사라지는 그녀를 느낄 때마다 그는 겁을 먹을 수밖에 없었다.

어느 날, 그가 잠에서 깼을 때, 그녀가 침대에 없었다.

결국 꿈에서 봤던 그 일이 일어난 걸까. 그는 가슴에서 통증을 느꼈다. 아닐 거라는 걸 알아도, 가슴부터 오는 통증을 막을 길은 없었다. 두 사람 관계에 대한 한계 때문이었다.

벌떡 일어나지도 못하고 그가 천천히 몸을 움직였다. 사라졌을지 모르는 그녀를 찾아 조심스럽게 방문을 열었다. 그에게 가장 먼저 닿은 것은 그녀도, 거실도 아니고, 음식 냄새였다.

그가 주방으로 향했다.

"일어났어요?"

"뭐하고 있어?"

"주말이잖아요. 음식 몇 가지 했어요."

"아침부터? 피곤한데 더 자지 않고."

그녀는 웃기만 했다. 그가 불안한 마음에 그녀만 빤히 쳐다봤다.

"뭐하세요? 빨리 씻고 오세요. 밥 먹게."

"할 말, 있는 거지?"

그녀가 슬쩍 눈을 흘겼다.

"왜 이렇게 눈치가 빨라요?"

"뭔데?"

"밥 먹고요."

"넘어갈 것 같지 않은데."

"왜요? 음식 맛없을 것 같아서요?"

그가 웃지 않자, 그녀가 씁쓸하게 그를 보았다.

"할 말이 뭐야."

"우리……."

"헤어지자는 말이면 안 들을게."

그가 돌아섰다. 등 뒤에서 그녀의 나직한 목소리가 들려왔다. 그의 눈이 커졌다.

16

이혼에 애도 못 낳는 남자.

암암리에 그에 대한 소문을 1년 정도 들어왔다. 그에 대한
이야기가 나올 때마다 사람들은 아무렇지도 않게 그런 말을
했다. 아내가 바람이 났고, 그는 애를 가지지 못한다. 그 외
에 다른 이야기들도 많았지만 그녀가 기억하는 것들은 그런
것이었다. 소문을 말하는 이들이 진실을 어떻게 알았는지는
모르지만 진실을 먼저 알고 말하는 것은 아니었다는 것만은
안다.

그가 입을 다문 것도 소문이란 것은 잡기가 어려워서 누구
에게 무슨 항변을 해야 할지 모르기 때문이기도 했을 것이다.
그런 사람들을 일일이 붙들고 왜 그렇게 보냐고, 혹시 내 얘
길 들었냐고 물을 수도 없는 노릇이었다.

그의 소문을 들었을 때 그녀도 흘깃거리던 사람 중 하나였다. 어찌 보면 방관자였고 그에게는 가해자 같은 느낌이 아니었을까.

그렇게 들어왔던 이야기가 잠잠해질 찰나, 또다시 들려오고 있었다. 그것도 자신 때문에.

처녀가 이혼에 애도 못 낳는 남자를 왜 만나겠어, 돈 때문이지.

저러다 버려도 나쁠 거 없지. 윤 상무도 즐겼으니까.

그가 너무도 신나 보였기에, 두 사람의 관계를 밝히는 것에 대해서 별다른 말을 하지 않았지만 그녀는 알고 있었다. 앞으로는 웃으면서도 두 사람의 관계를 축하해도 뒤로는 그런 말들을 하고 다니거나 혹은 그런 이야기들에 더 관심을 보일 거라는 것을.

남의 이야기란 얼마나 재미있는 것이며, 자기 식대로 생각하기는 얼마나 쉬운 일인가.

두 사람이 사귀는 동안, 행여나 헤어져도, 두 사람 이야기만 나와도 이 소문은 계속될 것이었다.

문제는 자신만 그걸 아는 게 아니라 그도 알고 있다는 것이었다. 그는 늘 그녀를 위해 뭔가 하는 남자였기 때문에 그 자신보다는 그녀가 상처받을 것을 참고 있지 않을 것이다.

그럴 거라는 것을 알았지만 이건 너무하잖아.

김 과장의 심부름으로 그의 자리에 갔을 때, 그녀는 모니터에 띄워진 내용을 보고 놀랄 수밖에 없었다.

원룸 오피스텔을 보고 있었다. 옵션이 완벽한 1인 고급 오피스텔이니 이게 누굴 위한 것일지는 안 봐도 훤했다. 동거 때문에 사람들의 입에 오르내리는 그녀를 보호하기 위해서일 터였다.

그의 마음을 모르는 것은 아니었다. 그는 그녀를 사랑했고, 언제나 지키고 싶어 했다. 속 깊은 남자였기에, 그녀를 지킬 수만 있다면 헤어짐을 말할 수도 있는 남자였다.

그가 자신에게 떨어져 지내자고 말한다면 그녀는 무어라고 해야 할까. 그녀는 그에게 헤어지자고 말한 적 있었다. 그걸 듣는 그가 어떤 기분이었을지 이제야 짐작이 됐다. 그가 꿈까지 꾸면서 불안해하는 것도 그때 받은 충격의 여파 때문일지도 모른다.

매일 아침, 그와 눈을 뜨는 게 좋았다. 그가 그녀를 보자마자 안아주는 것도, 자다가 몸을 뒤척이면 그가 굵은 팔로 그녀를 보호하듯 감싸주는 것도 좋았다. 이불을 덮어준다거나, 토닥여주는 것도 좋았다. 어려서 제대로 느껴보지 못했던 보호 받는 기분을 한껏 느낄 수 있었고 그게 그녀를 행복하게 했다.

출장 때문에 그가 없는 밤에는 잠이 오지 않았다. 출장 가서 그가 일을 제대로 못할까 봐 말을 하지는 못했지만 그가 없는 밤이면 새벽까지 뒤척이곤 했다.

그런데 아예 따로 지낸다고?

상상만 해도 싫었다. 그러나 그가 아무 이야기도 꺼내지 않은 상태에서 먼저 이야기를 꺼낼 수는 없었다. 말 나온 김에 그가 혼자 살라고 말할 수도 있는 것이니까.

그녀는 점점 웃음을 잃었다. 그가 언제 자신에게 오피스텔 이야기를 꺼낼까, 그럼 무어라고 답해야 하나, 자신을 걱정하며 꺼낸 이야기를 어떻게 거절할 수 있을까, 이런저런 생각을 하느라고 입맛까지 잃었다.

그녀가 잠든 그를 바라보았다.

자신이 없어지는 꿈을 꾸고 울었다는 남자가 자신을 내보낼 생각을 하다니. 생각만 해도 괘씸했다. 자는 그의 볼을 마구 꼬집었더니, 그가 인상을 찌푸리고는 거의 본능적으로 그녀를 품에 꼭 안았다.

품은 넓고 따뜻했다. 절대로 포기할 수 없는 온기였다.

그를 모르고 혼자 스물아홉 해의 밤을 보냈는데, 그를 알고 지낸 수개월의 밤을 버릴 수 없었다.

결혼하고 싶다. 그녀는 불쑥 그런 생각이 들었다.

'결혼은 나쁜 거예요.'
'그래 맞아. 결혼은 나쁜 거지.'

그와 술을 먹고 나눴던 대화를 그녀는 아직도 잊지 않고 있었다. 둘 다 결혼에 거부감이 있었고 그것은 둘이 나눈 많은 대화에서도 여전히 바뀌지 않았다. 하지만 그녀의 마음은 그로 인해 꽤 많이 달라졌다.

'나랑 결혼하는 게 무슨 의미인 줄 알아요? 내가 앞으로 계속 우리 집 돈 문제를 꺼낼 수 있고 그때마다 팀장님은 괜찮다고 하겠지만 나는 계속 눈치를 봐야 해요. 남들이 보는 시선은 바뀔지 몰라도 우리 사이에서 돈 문제는 더 커지는 거라고요.'

'네 집안도, 내 과거도 바뀌지 않아. 그러니까 우리가 어떻게 할 수 없는 일로 서로를 피롭힐 이유가 없어.'

그녀가 가장 걱정하는 부분을 그는 믿음직스럽게 말해주었다. 그동안의 말과 행동으로 그가 자신의 집안 문제로 힘들게 할 남자가 아니라는 걸 알 수 있었다.

이 남자와 결혼하고 싶어.

그녀가 잠든 그를 보고 생각했다. 그도 결혼하자고 말한 적이 있으니 당연히 거절하지 않을 것이다.

마음이 들뜨기 시작했다. 어떻게 프러포즈를 해야 할까. 머리를 굴리던 그녀는 주말에 요리를 하기로 했다. 그가 그의 집이라는 핑계로 주방을 쓰지 못하게 했기 때문에 그녀는 그와 지내며 요리 한 번을 하지 못했다.

반지는 이미 있었다. 그에게 없는 것을 공략할 필요가 있었다. 음식 냄새가 풍기는 집. 결혼한 가정처럼 느끼는 가장 가까운 방법이기도 했다.

"우리 결혼해요."

이 계획을 짤 때만 해도 그의 독촉으로 밥이 다 되기도 전에 이렇게 고백하게 될 줄은 몰랐다. 헤어지는 건 안 된다고 말하는 그의 뒤에 대고 다급하게 말하게 될 줄도 몰랐다.

못 들었나 싶을 만큼 그는 미동이 없었다.

그가 감동의 눈물이라도 흘릴 줄 알았을까. 자신을 향해 돌아선 그가 말없이 눈가를 찡그리는 모습을 보자, 심장이 덜컥 내려앉았다.

"태열 씨 우리…….."

"아니."

그녀가 말을 보태기도 전에 그가 단호하게 잘라냈다.

"결혼은 안 해."

설렘에 잠도 못 자고 음식을 준비했던 그녀는 너무 놀라 힘없이 팔을 늘어뜨렸다. 예상치도 못한 그의 대답에 그녀는 어찌해야 할 바를 몰랐다.

"아……, 그래요?"

뒤늦게 어색하게 대꾸를 한 그녀가 식탁을 향해 돌아섰다.

"그래도 밥은, 먹어야죠 밥…… 먹어요, 우리."

식사가 중반에 이를 때까지 그도 그녀도 말이 없었다. 분명 그녀에게 결혼하자고 말해놓고서 그녀가 결혼하자고 하니까 거절하는 이 남자가 야속해 눈물이 날 것 같았다.

그와 마주 앉아 있으니 생각에 생각이 더 해져 먹는 시늉을 하는 것도 더는 힘들었다. 그녀가 젓가락을 내려놓았다. 그 소리에 그가 고개를 들었다.

"더 먹어. 맛있는데."

"맛없어요."

그녀의 표정을 읽었는지 그도 젓가락을 내려놓았다.

"김효주."

"부르지 마요. 지금은 대화 못……."

"결혼은 그렇게 하는 거 아니야."

그녀가 그를 보았다. 분명 상처받은 건 자신인데, 그가 더 아픈 얼굴이었다.

"그렇게 하는 게 어떤 건데요?"

"남들한테 떠밀려서 하는 거."

"누가 우리를 독촉했다고?"

"남들의 시선 때문에 결혼할 필요 없어. 그렇게 결혼하는 거 아니야. 이런 말은 정말 하기 싫지만…… 경험자로서의 조언이야."

그가 더 아파 보인 게 이것 때문이었다. 갑작스러운 그녀의 선택도, 그걸 거절해야 하는 심정도, 그녀에게 경험자로서 말하는 것도 그에겐 모두 괴로운 일일 터였다.

그런데도 결혼할 때가 되어서, 다른 사람들에게 떠밀려서 그의 의사와 상관없이 결혼을 했던 경험을 상기시켰다. 남의 기준으로 사는 것이 얼마나 멍청한 짓인지 말해주기 위해서.

"그런 분이 원룸은 왜 보고 계셨어요?"

"어떻게 알았어?"

"다른 사람들 시선 상관없는데 왜 내가 나가야 해요?"

그가 그녀를 물끄러미 바라봤다.

"따로 살기 싫어요."

그가 옅은 미소를 지었다.

"내보내려는 거 아니었어. 이 집이 너무 큰 것 같아서 옮기려고 한 거지."

"상의도 안 하고요?"

"아직 말도 안 꺼냈는데."

"누구 맘대로요? 결혼도 안 해주면서."

그녀가 벽창호처럼 굴자 그가 쓴웃음을 지었다.

"진짜 결혼하고 싶은 거 아니잖아."

"태열 씨가 어떻게 알아요?"

"결혼 싫어했잖아."

"그랬죠. 그랬는데."

문득 이렇게 지낸다는 게 불안해졌다. 그를 소유하는 방법 중에 가장 강력한 방법이 결혼이라면 못할 것도 없었다.

"하고 싶어졌어요."

"소문 때문에?"

"아뇨. 태열 씨가 하고 싶게 만들어서요."

그녀가 결혼하고 싶지 않은 이유는 정말 많았다. 가장 큰 건 부모 때문이었다. 언제 도움을 줘야 할지 모르는 자신의 처지를 못마땅하게 여기는 남편이나 시댁을 굳이 만들고 싶지 않았다. 가족을 도우면서 눈치를 봐야 하는 상황이 생긴다는 것도 말도 안 됐다. 행여나 그렇지 않은 남자를 만날 수 있을지라도 그녀가 힘들 때 기댈 수도 있길 바라는 것은 욕심이 너무 크다고 생각했다.

세상에 그런 남자는 없었다.

그런데 그런 남자가 이제 그녀의 눈앞에 있었다. 놓칠 이유가 있을까. 그녀가 그를 간절히 바라봤다.

"하고 싶게 만들어놓고 이제 와서 발 빼는 거예요? 왜요? 내가 싫어졌어요? 결혼하자고 말한 건 태열 씨가 먼저였잖아요."

"난 애도 못 가져."

"당신 애가 가지고 싶은 게 아니라, 당신을 가지고 싶은 건데요?"

그가 눈가를 찡그렸다.

"다시 잘 생각하고……."

"매일 밤 생각했어요. 잠든 당신 얼굴 보면서. 놓치기 싫다고, ……결혼, 하고 싶다고."

"진심이야?"

"아뇨? 진심 아니에요. 결혼 싫어요. 근데요 설사 싫더라도 뭐 어때요? 나도 팀장님 위해서 뭔가 하고 싶어요. 왜 나는 희생하면 안 되는데요? 나도 팀장님 사랑해요."

그가 그녀를 가만히 바라봤다. 여전히 아픈 눈이었지만 그 안에 사랑이 담겨 있었다. 눈을 마주하자 징, 하고 가슴이 울렸다.

"정확히 얘기해. 진심이야?"

그녀가 고개를 끄덕였다. 그는 말이 없었다.

"설마 나 버리려고 하는 건 아니죠? 결혼할 나이에 동거하고 결혼할 나이 지나서 버리려고 하는 건……."

"부모님이 뭐라고 하실까?"

그녀의 말에는 이야기할 가치가 없다는 듯 그가 다른 질문을 했다. 그녀가 눈을 가늘게 뜨고 못마땅하게 그를 보았다.

"몰라요."

"생각하고 대답하는 거야?"

"내 프러포즈 거절했잖아요. 협조 안 할 거예요."

"동생은 부모님한테 이혼했던 거 말하지 말라던데."

그녀가 눈을 크게 떴다.

"그런 이야기 언제 했어요?"

"그날, 레스토랑에서."

"둘만 있던 시간 없었잖아요."

"동생 나갈 때 만났어."

그녀의 미간이 확 좁아졌다.

"동생이 혹시 안 좋은 소리 했어요?"

"아니. 내가 물었지. 이혼한 건 상관없냐고."

"뭐래요?"

"지금 그게 문제냐고 되묻던데."

그런 부분에 대해서 효은은 신경 안 쓴다는 뜻이었다. 효주가 안도의 숨을 내쉬었다.

"그런데 엄마, 아빠한테는 말하지 말래요?"

그가 고개를 끄덕였다.

"초혼인 것처럼."

"그럼 그렇게 해요. 말 안 하면 모르실 거예요."

"말도 안 돼."

그녀가 고개를 삐딱하게 하고 그를 흘겨봤다.

"근데 그게 무슨 상관이에요? 좀 전에 내 프러포즈 거절하셨잖아요."

"넘어가기 일보 직전이야."

"너무해요! 아직도 안 넘어왔어요? 내가 밥까지 했는데?"

그녀가 억울한 표정을 짓자, 그가 그제야 숟가락을 들었다.

"아직 다 안 먹어서. 다 먹고 대답할게."

그녀가 벌떡 일어났다. 그가 불안한 눈으로 그녀를 올려다봤다.

"어디 가? 화났어?"

"찌개 다시 데울래요. 식어서 맛없을 것 같아요. 두 번 거절
당하면 못 견딜 것 같아서."

"괜……."

그녀가 뚝배기를 가스레인지에 올렸다. 안도의 숨이 절로
나왔다. 다행이다. 떨리는 심장을 진정시키고 있는데 그가 다
가와 그녀를 뒤에서 안았다.

"정말 괜찮겠어? 나랑 결혼해도?"

"안 괜찮아요. 당신하고 결혼 못 하면."

그가 뒤에서 그녀의 목덜미에 얼굴을 묻었다. 미안하다고,
고맙다고, 무슨 말이든 할 것 같았던 그는 아무 말도 하지 않
았다. 그 어떤 말로도 이 순간을 표현하지 못하는 것 같았다.
그러나 그녀에겐 다 들리는 것만 같았다.

그녀가 조용히 자신을 끌어안은 그의 손을 잡았다. 그의 마
음을 다 들은 것 같았다.

❖

간밤에 비가 많이 왔다. 자신의 마음처럼 시끄러운 빗소리
에 태열은 조금 앓다가 일어났다. 미안하고 고마운 마음이 교
차됐다. 그녀와 결혼하고 싶어하는 자신이 뻔뻔하다고 느껴
졌다. 그러면서도 뿌리칠 수는 없었다. 그는 그녀와 가정을

이루고 싶었다. 회사에서 들려오는 소문의 최선은 그녀와 결혼하는 것임을 알고 있었다.

하지만 결혼을 원치 않는 그녀에게 강요나 부탁을 하고 싶지 않았다. 그가 할 수 있는 것은 고작 그녀가 떠나지 못하게 잡는 것뿐이었다.

그가 보던 원룸은 그녀를 내보내기 위해서 보던 게 아니었다. 어디에서나 바로 보이는 곳에 두고 싶어서 궁여지책으로 생각해낸 치졸한 방법이었다. 이 집은 너무 넓었고, 그녀가 안 보이면 이제 불안해서 견디지 못할 지경이었다.

그런데 그녀가 프러포즈를 했다. 그 생각이 무엇에 의한 것인지 알 것 같아 그는 거절하고 싶었다. 하지만 결국 그는 그러지 못했다. 용기 내서 거절하고 조언을 했지만 그건 정말이지 일시적으로 겨우 한 말일 뿐이었다.

'아뇨? 진심 아니에요. 결혼 싫어요. 근데요 설사 싫더라도 뭐 어때요? 나도 팀장님 위해서 뭔가 하고 싶어요. 왜 나는 희생하면 안 되는데요? 나도 팀장님 사랑해요.'

그 이야기를 들을 때, 그는 저도 모르게 주먹을 쥐었다. 눈물이 날 것 같았다. 자신만 그녀를 사랑한다고 생각한 것은 아니었다. 그녀에게 사랑한다는 말을 몇 번이고 들었다. 그런데 이것만큼 와 닿는 고백은 없었다. 그래서 정말 억지로 하는 결혼이라도, 그렇다 해도, 그녀의 마음을 받고 싶었다.

미안했다. 그리고 고마웠다.

그때 그녀를 안고 그가 했던 생각이란, 내가 잘할게, 였다. 더 잘하고, 그저 잘해서 그녀의 행복을 위해서만 살아가고 싶었다. 그 말을 하고 싶었지만 하지 않는 게 좋겠다고 생각했다. 그가 가진 가장 무거운 약속이었다. 함부로 말해서 약속을 가볍게 만들고 싶지 않았다. 가슴 깊은 곳에서 넣어놓고 그 약속을 지키기 위해 살자고 결심했다.

"준비됐어요?"

"어. 다 됐어."

넥타이를 매는데 효주가 다가왔다. 그녀가 삐뚤어진 넥타이를 바로 해주었다.

"오늘따라 더 멋있어요."

얼굴이 어두워 보였을까. 그녀가 괜한 말로 그의 기분을 북돋아 주었다.

"원래 멋있었던 게 아니었나?"

그도 그녀의 농담을 받아쳤다. 그런데 그녀의 눈빛이 진지하게 바뀌었다.

"원래 멋있었던 거 맞아요."

"왜 이렇게 띄워주나."

"내가 말했잖아요. 태열 씨 잘생겼다고."

"그래. 그랬지."

"그때 기분 어땠어요?"

그녀와 처음 식사 자리에서 그녀에게 들은 말이었다. 이렇게 예쁜 여자가 자신을 보고 그렇게 말해주는데 설레지 않았다면 거짓말이겠지.

"글쎄, 늘 듣던 말이라서."

그가 장난스럽게 말했다.

"능청이 많이 느셨네요?"

효주의 말에 그가 웃었다. 어디 그것뿐일까. 그녀를 만나면서 많은 것들이 변했다. 좀 더 유연해지고 여유가 생겼다.

그에게 중요한 것이 사회적 신분이 아니라는 것도 알게 됐다. 일만이 우선이던 때도 있었는데, 이젠 무엇보다도 자신과 자신이 사랑하는 그녀가 중요해졌다.

"안 믿어?"

"믿어요. 그래서 얄미워요."

"내가 얄밉다고?"

"겸손의 미덕 몰라요? 잘생긴 남자가 자기 입으로 잘생겼다고 하는 거 아니에요."

"내 입으론 안 했어. 남들이 그렇다고 했지."

"말발도 느셨고요?"

"원래 잘하지 않았어?"

"그럼 그 실력으로 우리 부모님도 잘 꼬셔봐요."

그의 표정이 금방 굳어졌다. 그녀가 미간을 좁혔다.

"자신 없어요?"

"자신의 문제가 아니지, 이건."

"죄송스럽다고요?"

"그래."

"그럼 효은이가 시킨 대로 하면 되죠."

결혼했던 걸 숨기라는 것. 그런 걸 할 마음도 없었지만 그렇게 하고 살아갈 자신이 없었다. 순간의 편안함을 위해서 평생을 불안하게 살아가다니. 그런 멍청한 선택을 하고 어떻게 효주를 향한 약속을 지키고 산단 말인가.

"한 번에 허락받을 거란 생각, 안 하고 있어."

"그래서요? 그래서 그렇게 끙끙 앓았어요?"

그가 그녀를 보았다. 밤사이에 그가 아팠던 걸 알았나 보다. 그녀가 깰까 봐 무척 조심했는데.

"모르는 줄 알았는데."

"같이 자는데 어떻게 몰라요?"

"나 때문에 잠 설쳤겠네."

"네. 잠 설쳤어요. 미안, 해서요."

"미안하다고? 뭐가?"

"우리 집, 당신한테 정말 고마워해야 하는데, 그것도 모르고 당신한테 안 좋은 소리 할까 봐."

"당연한 거야."

"생각보다 당신이 잘못한 게 없는데 너무 다 당연하게 생각하지 말아요."

태열이 그녀를 보았다. 사랑하면 콩깍지가 낀다고 하는데, 이 여자도 자신만큼 단단히 낀 것만 같았다. 언제나 그를 대단하게 여겨주고, 늘 고마워하고 있었다. 자신이 그렇게 대단한 남자가 아니라는 사실을 안다면, 얼마나 실망하려나.

"당신은 내가 별로일 때 없었어?"

"있었죠. 이상한 바지 입고 나왔을 때."

"그 얘길 아직도?"

"평생 할 것 같은데요? 전래동화처럼 대대손손 물려줄⋯⋯."

그녀가 실수했다는 듯 입을 다물었다. 그렇다. 그녀를 이렇게 만드는 게 미안했던 것이다. 결혼을 원치 않았던 여자가 결혼을 하고 싶어진 것처럼 언젠가 아이를 가지고 싶어할 그녀가 그 순간들을 어떻게 버틸 수 있을까. 자신은 또 어떻게 버텨야 할까. 벌써부터 얼굴을 들 수 없었다.

"미안하다고 하지 마요."

"미안하다고 하지 마."

동시에 말하고 동시에 쓸쓸한 미소를 지었다. 그녀가 먼저 말했다.

"정말 아이는 싫어요."

"내 아이라도?"

"네."

"너무 단호해서 섭섭하려고 하네?"

"나도 태열 씨한테 섭섭해요."

"뭐?"

"자꾸 미안해하는 거요."

"미안하니까."

"우리, 이제 이런 일로는 미안해하지 말기로 해요. 약속 안 하면 결혼 무를 거야."

세상에서 가장 귀엽고 무서운 협박이었다. 그녀가 귀여워 가만히 머리칼을 귀 뒤로 넘겼다. 그녀가 그를 올려다보며 미소를 지었다.

"알았죠? 이제 미안해 말기. 나도, 태열 씨도."

"그래."

"고맙다는 얘긴 백번도 해도 돼요."

"그래. 그거 좋지."

"싸울 땐 태열 씨가 무조건 미안하다고 해주고요."

"그래……. 뭐? 뭐라고 했어?"

장난을 쳐놓고 그녀가 웃음을 터트렸다. 그가 그녀를 끌어안았다.

"그래, 내가 무조건 잘못할게."

"응? 대답이 이상하잖아."

왜, 미안해하라며. 그가 장난치듯 웃었다. 눈이 마주치자 웃음이 멎었다.

"고마워."

그가 그녀의 뺨에 얼굴을 비볐다.

"정말 고마워."

설명할 수 없는 뜨거운 마음이 터져 나왔다.

"저도요. 나한테 식사 제의하고 멋있어서 반하게 하고, 결혼도 허락해줘서 고마워요."

내가 할 소린데. 그는 그저 웃었다.

한참 동안 두 사람은 서로의 볼을 맞대고 있었다. 서로에게 힘이 돼주는 주문처럼.

그가 어렵게 그녀에게서 떨어졌다. 한시라도 빨리 허락을 받아야 결혼도 빨리 할 수 있는 게 아닌가.

"이제 갈까?"

그녀가 고개를 끄덕였다. 두 사람이 손을 잡고 밖으로 나왔다. 밤새 비가 왔다는 게 거짓말 같았다. 비가 개고 나자 하늘이 화창했다. 청소가 된 듯 거리도 깨끗했다.

"오늘 날씨 좋다."

"그러게."

"다 잘될 것 같아요."

"그래. 잘될 것 같네."

생각보다 훨씬 좋은 날씨에 그의 머릿속도 가벼워졌다.

따님을 제게 주십시오.

진심으로 사랑합니다.

많이 부족하지만 평생 아끼고 사랑하겠습니다.

그가 마음으로 읊조리고 또 읊조렸다. 행여나 그녀의 부모
가 돈에 대한 이야기를 하며 우려를 한대도 그는 당당하게 말
할 것이다.

　　내 사랑 가격은 그렇게 값싸지 않습니다.

　　남자의 사랑을 평생 가득 받을 여자가 힘을 주듯 환하게 웃
었다. 가슴 속에 심어둔 묵직한 약속을 지키면서 살아갈 남자
가 그녀의 어깨를 감쌌다.

　　두 사람의 뒷모습이 아름다웠다.

END.

에필로그

아침부터 전화가 요란하게 울렸다. 효주가 겨우 눈을 떠서 전화를 받았다. 결혼식 준비 때문에 매일 피곤한 탓이었다. 허락을 받으러 간 날부터 결혼식을 올리기까지 꽤 긴 시간이 걸렸다. 반대의 벽은 생각보다 두껍고 높았다.

편찮은 상태였기에 쉽게 말을 꺼내지 못한 탓도 있었고 마찬가지 이유로 반대의 벽을 조금씩 허물기 위해서 그는 성급함보다는 침착함을 선택했다.

재혼이라는 이유로 그에게 상처를 줄까 봐 그녀는 그가 우리 가족을 위해 했던 일들을 말해주려고 했지만 그는 부모 가슴에 못 박기를 원치 않았다. 빚진 것처럼 자신을 보는 눈이 재혼을 한 못마땅한 눈빛보다 싫다는 말에 그녀는 그의 말을 따랐다.

어른들은 정성과 시간을 결국 이기지 못했다. 태열의 진면목을 알아준 건 경신이 먼저였다. 진호도 결국 뒤늦게 그를 알아봤다.

—언니!

귓가에 들려오는 효은의 상기된 목소리에 놀란 효주가 벌떡 일어났다.

"효은이니? 아침부터 무슨 일이야. 집에 무슨 일 생긴 거야?"

—언니는 나만 보면 집에 무슨 일 생겼냐더라. 아니거든.

"미안. 혹시나 해서."

—뭐가 미안해. 그럴 거 없어.

"근데 무슨 일이야? 아침부터?"

—나 뭐 좀 물어보려고. 내가 꿈을 꿨거든? 근데 돼지가 우리 집에 들어온 거야. 이거 태몽 맞지?

"맞는 건 같네. 근데 네가 왜 태몽을……. 너, 무슨 짓하고 다니는 거야? 남자 생겼어? 너, 다신 아무도 안 사귄다고 했잖아."

지훈과 헤어진 이후로 효은은 일만 하더니, 결국 태열에게 병원비 일부를 갚고 다시 복학까지 했다. 원하는 회사가 있어서 거기에 들어가기 위해서 이번엔 공부만 했다. 그러면서도 아르바이트를 하며 생활비를 대려 했다.

그녀가 겨우 사정해서 회사에 취직할 때까지만 집을 책임지기로 했다. 태열은 그런 두 자매를 기특해했다. 그렇게나 모진 말을 했었는데도 효은을 예뻐해주는 게, 그가 얼마나 속 깊은 어른인지 다시금 알 수 있었다.

—무슨 소리야. 갑자기 내 남자 이야기가 왜 나와?

"아니, 네가 태몽을 꾸니까 그렇지."

—내가 태몽을 꿨어도, 그게 내 꿈이겠어? 언니 꿈이겠지? 뭐?

효주의 심장이 설렘과 함께 내려앉았다가 이내 현실을 파악하고 냉정해졌다. 그는 아기를 가질 수 없는 남자였다.

"무슨 내 태몽이겠어. 말도 안 돼."

—그게 소리야. 언니 태몽보다 내 태몽이 더 말이 안 되지.

하긴. 모르는 사람이 보면 그럴 수도 있었다. 하지만 그녀에겐 있을 수 없는 일이었다. 그녀가 슬쩍 태열의 눈치를 살폈다. 그는 자고 있는 듯했다.

"아니, 너네 집으로 들어갔다며. 근데 날 생각하는 게 말도 안 된다는 거지."

—너네 집이 아니라 우리 집. 그리고 내가 아니라 아저씨가 안고 들어왔다고.

결혼식을 며칠 앞두고 있었지만 효은은 아직도 형부라고 말하지 않았다. 아저씨라는 말이 너무 친근하다나. 대신 결혼식이 끝나면 칼같이 형부라고 부른다고 약속했다.

"뭐? 태열 씨가?"

그녀가 다시 그를 돌아봤다. 그가 언제 눈을 떴는지 그녀를 보고 있었다.

효은이 꾼 꿈은 효주와 태열이 본가로 찾아왔는데 돼지 한 마리를 끌고 들어왔다는 것이다. 돼지는 태열의 손에 이끌려 순하게 들어왔다고 했다. 태열이 너무 예뻐서 잡아먹자는 말도 못 했다고, 뒷말을 붙였다.

전화를 끊은 그녀가 씁쓸하게 웃었다.

"왜? 무슨 일이야?"

"효은이가 꿈을 꿨대요."

"무슨 꿈인데 전화까지 해?"

"당신이 돼지를 안고 우리 집에 들어갔대요. 근데 효은이는 태몽인 줄 알고 전화했나 봐요."

태열의 표정이 굳어지는 것 같았다. 그녀가 얼른 말을 보탰다.

"돼지는 꼭 태몽이 아니어도 복 들어오는 꿈이니까. 당신이 우리 집 복덩이잖아요."

그녀가 괜히 미안해져 웃었다. 그도 말없이 웃었다.

"일어난 김에 뭐 먹을까요?"

"배고파?"

"응. 뭐 할까요? 토스트 할까요?"

"누워 있어. 내가 해줄게."

라면이나 계란프라이밖에는 못했던 사람이 그녀에게 요리

를 해주느라 종류가 늘었다.

"내가 해도 되는데."

"내가 더 맛있게 해."

"으응? 누가 그래요?"

"내가."

그가 웃으며 밖으로 나갔다. 그녀가 휴대전화로 돼지 태몽을 검색했다. 재주가 많고 재물운이 많은 아이라는 설명이 있었다. 쾌활하고 씩씩?

"흐음, 우리가 아이를 낳으면 그런 애가 태어났겠구나."

몰려오는 씁쓸함을 웃음으로 몰아내고 밖으로 나갔다. 대충 준비가 돼 있을 줄 알았는데 그가 주방에 그냥 서 있었다. 아무래도 태몽이라는 말에 그가 힘들었던 모양이다. 그의 등에서 자신이 느꼈던 그 씁쓸함이 느껴졌다. 그가 어떤 심정일지 가슴이 아팠다. 하지만 이런 일이 있을 때마다 우울해하고 싶지 않았다. 그녀가 그를 뒤에서 안았다.

"사장님, 토스트 오늘 안에 나오나요?"

그가 그제야 웃는 것 같았다.

"지금 나옵니다."

"너무 늦네요, 사장님. 이렇게 장사하면 토스트집 망해요."

"맛보면 생각이 달라집니다, 손님."

"그래요? 얼마나 맛있기에 아까부터 그렇게 자신만만한 거예요?"

그가 그저 웃으며 달걀을 깨서 프라이팬에 올렸다.

"웨딩드레스 보러 가는 날인 거 잊지 않았죠?"

"잊을 리가. 엄청 기대 중인데."

"기대요?"

"지금도 예쁜데 얼마나 더 예쁠까."

"뭐에요. 쑥스럽게. 안 예쁘면 어쩌려고."

그가 그녀를 품에 안았다.

"예뻐. 아주 예쁠 거야. 안 봐도 알아."

자신도 안 봐도 알았다. 이렇게 둘이 살면 조금은 적적하겠지만 아마도 평생 그에게 예쁨 받을 것이라는 것을.

❖

신혼여행을 다녀오고 바로 회사를 나와야 했기 때문일까. 피곤한지 그녀가 영 밥을 먹지 못했다. 함께 다니는 회사가 아니었다면 모른 척 연차를 쓰게 했을 것이다.

하지만 신혼여행으로 같은 팀에 두 사람이나 빠지는 바람에 직원들이 고생을 한 터라 그녀에게 더 쉬라고 말도 못했다. 사내커플이다 보니 조만간 부서가 바뀔 예정이라 그때는 반드시 연차를 길게 쓰게 할 참이었다.

[먼저 퇴근해.]

집까지 태워다 주고 싶었지만 그녀의 일을 덜어주기 위해 자신이 더 일을 하는 수밖에 없었다.

퇴근 때쯤 그가 문자를 보냈다.

[같이 갈래요.]

[피곤하잖아.]

[같이 있으면 하나도 안 피곤해요.]

그녀의 문자를 확인한 그가 미소를 지으며 고개를 들었다. 그녀가 자신을 보며 웃고 있었다. 아무것도 모르는 김 과장이 효주에게 업무 지시를 하는 바람에 그녀가 먼저 시선을 뗐다.

그는 여전히 그녀를 보고 있었다. 핏기 어린 얼굴이 많이 피곤해 보였다. 아무래도 야간 진료하는 곳을 알아봐야 할 것 같았다.

[일찍 마치자. 갈 데가 있어.]

[어디요?]

[병원.]

[왜요? 어디 아파요?]

[내가? 아니, 당신이 아파 보여서.]

[괜찮아요.]

[괜찮긴. 피곤해 보이는데.]

[정말 괜찮아요.]

그녀가 계속 괜찮다고 우겼다. 혹시 자신이 모르는 게 뭔가가 있는 건가. 생각하다가 아차, 싶었다. 생리를 하고 있을지도 몰랐다.

[혹시 그날인가.]

문자를 확인한 그녀가 답을 주지 않은 채 벌떡 일어났다. 무슨 일인가 싶어 바라보니, 그녀가 놀란 눈으로 그를 보다가 허둥지둥 밖으로 나갔다.

하는지 몰랐나.

화장실에 가서 뒤늦게 확인이라도 하는 것 같았다. 그가 걱정스럽게 바라보다가 이내 야근을 시작했다. 신경은 온통 돌아오지 않는 그녀에게 쏠려 있었다.

한참 뒤에야 그녀가 들어왔다. 평소 같으면 직원들 눈치를 볼 그녀가 빠르게 상무실로 들어왔다.

"무슨 일이야?"

그가 놀란 눈으로 그녀에게 물었다.

"내가 묻고 싶은 말인데요?"

"뭐가……."

그녀가 뭔가를 내밀었다. 보자마자 뭔지는 알았다. 임신을 확인하는 키트였다. 익숙한 만큼 그 이상으로 낯설었다. 그녀가 그걸 들고 있다는 것이.

"두 줄이에요."

"뭐?"

"두 줄, 두 줄이라고요."

머릿속이 새하얘졌다. 저게 두 줄이면 뭐지? 몰랐던 것도 아닌데 생각이 엉켰다. 뒤늦게 자신이 두 줄이 돼 있는 걸 한 번도 본 적 없다는 것을 깨달았다.

"어? 어?"

언제 왔는지, 팀장에게 볼일이 있던 김 과장이 소란을 피웠다.

"어? 겨, 경사, 경사가 났네?"

김 과장이 자신도 모르게 소리쳤다. 근처에 있던 오 부장이 따라 들어왔다.

"경사? 무슨 경사?"

너무 놀라 감출 여력이 없던 두 사람 앞에서 키트의 두 줄을 확인한 직원들이 박수를 쳤다.

"아이고! 아이고! 팀장님! 축하드립니다!"

뒤늦게 그녀가 키트를 감췄다. 죄라도 진 듯이. 자신 역시 뭔가 잘못된 게 아닐까 싶어서 소문이 나는 게 두려웠지만 아무것도 모르는 오 부장과 김 과장이 직원들을 불러모아 결혼에 이어 두 사람 사이에 경사가 났다는 것을 알렸다.

이거 잘못됐을 텐데.

두 사람이 시선을 나눴다. 기뻐하지 않은 것은 오직 두 사람뿐이었다.

"바람피운 거 아니에요."

퇴근하는 동안 그는 한마디도 하지 못했다. 자신이 무슨 일을 겪고 있는 건지 이해하지 못한 탓이었다. 집 앞에 도착할 때까지 그가 말을 않자, 그녀가 먼저 말했다.

"나, 다른 사람 만나지 않았어요."

그가 설핏, 웃었다. 자신도 알고 있었다. 그녀와 한순간도 떨어진 적 없었다. 일벌레인 자신이 일도 팽개치고 그녀와만 있었다. 왜 모르겠는가.

"그냥, 혹시나 그렇게 오해하실 수도 있어서요. 예전에 아내분이……."

"트라우마, 없어."

그런 의심 같은 건 애초에 해본 적도 없었다. 그가 옅은 미소를 지었다.

"당신이 만들 시간도 안 줬잖아."

"미안해요. 태열 씨가 갑자기 생리 얘기를 꺼내서, 날짜가 지났다는 걸 그때야 알았어요. 그동안 결혼 준비하고 결혼식 하고 신혼여행 가고 바빴잖아요."

"근데 뭐가 미안해?"

"정말 기대한 것도 아니었어요. 혹시나 싶어서 확인한 거예요. 아무래도 키트가 불량이었던 것 같은데 직원들이 알게 돼서요. 내가 좀 더 조심했어야 했는데, 너무 놀라서……."

"불량이 아니라면?"

"네?"

"만약 불량이 아니고 당신이 진짜 임신을 한 거면 어쩌지?"

"네?"

"당신…… 아이 원치 않았잖아."

그녀가 입을 다물었다. 다행이었다. 그녀가 당신 아이면 간절히 원한다고 해주진 않아서. 그게 서운하긴 했지만, 뭔가 잘못됐다는 걸 확인할 때 가슴이 덜 아플 것 같았다.

"키트가 불량이었을 거야."

그가 웃었다. 그녀는 아무 말도 하지 않았다.

밤새 두 사람은 깨어 있는 걸 서로 알았지만 아무 말도 하지 않았다. 이렇게 적적한 밤은 아마도 처음이었다. 그가 그녀의 손을 잡았다. 훌쩍, 하고 눈물 흘리는 소리가 났다. 그가 놀라서 고개를 돌리자, 그녀가 뒤늦게 눈물을 훔쳤다.

그가 고개를 다른 쪽으로 돌리는 그녀를 붙들었다.

"김효주."

"미안해요, 태열 씨."

"뭐가?"

"거짓말했어요."

"뭘?"

"……"

"뭘, 거짓말했다는 거야?"

바람이라도 피웠다는 건가. 덜컥 심장이 내려앉았다.

"김효주."

"당신 닮은 아이면…… 당신 닮은 아이면 너무 가지고 싶어요."

키트 불량이 아니었으면 좋겠다고, 그러면서 흐느꼈다.

"내일 병원에 가자."

그녀가 실망할 것이 무서워서 말을 못했지만 이렇게밖에는 말할 수 없었다.

미안. 나도 나 자신을 속이고 있었어. 나 닮은 아이라도 필요 없다고 할 때 무지 섭섭했거든.

그가 말없이 그녀를 다독였다. 희망을 가질 수는 없었다. 그저 그녀가 가질 실망감을 오직 자신만 느끼게 해달라고, 빌고 또 빌었다.

❖

"……네?"

두 사람이 웃고 있는 산부인과 의사를 바라보며 똑같은 표정을 지었다.

"임신……하셨다고요. 부부 아니세요? 결혼 전이신가?"

의사가 차트를 다시 한 번 확인하고 굳혔던 표정을 풀었다.

"결혼하셨네요. 특별히 피임도 안 하셨던데. 아이, 기다리셨던 거 맞죠?"

두 사람이 서로를 바라보았다. 자신보다 더 얼떨떨한 표정을 짓고 있는 그를 대신해서 그녀가 물었다.

"남편이 불임인 줄 알았는데요."

"검사, 받아보셨어요?"

그도, 그녀도 말을 못했다. 그러고 보니, 그가 검사를 받으러 간 것은 아니었다. 전부인만 검사를 받았고, 그걸로 그의 문제를 확정했다. 자신이 다시 검사를 받으러 가자고 할 수는 없었기에 그가 믿고 있는 것을 그녀도 그대로 믿었다.

"여기 있다 보면 임신이나 유산에 있어서 별일을 다 겪습니다. 과학적으로는 증명할 수 없는 일들도 종종 생기곤 해요."

산부인과 의사가 자신의 가족 이야기를 들려주었다.

조카가 불임 판정을 받고 이혼을 했는데 재혼하고 나서 아이가 생겼다는 이야기였다.

"이 이야기를 사실은 임신한 부부가 아닌 보통 불임 부부에게 많이 해주는데."

의사가 웃었다.

"그래서 전 믿어요. 기적이라는 거요."

기적.

어쩌면 그는 불임이 아닐지도 몰랐다. 전부인도 그도 문제가 없었지만 그저 궁합이 맞지 않아서 안 생겼을지도 모를 일이었다. 하지만 상관없었다. 기적이라는 그 단어가 마음에 들었다.

그는 기적이었다. 결혼을 하는 것도, 부모가 되는 것도 싫다던 그녀를 이렇게 변화시켰다. 자신도 그에게 기적이고 싶었다. 재미없다던 그의 삶을 즐거움으로만 가득 차게 변화시키고 싫었다.

"2주 뒤에 뵐게요. 그때는 심장소리 확인합시다. 초기니까 조심하시고요."

밖에 나와서도 그는 믿을 수 없다는 표정이었다. 그녀가 걱정스럽게 물었다.

"혹시, 싫어요?"

"뭐가?"

"우리, 아이 생긴 거요."

그가 인상을 찌푸리며 웃었다.

"그럴 리가."

"계획에 없었잖아요."

"당신 계획에도 없었잖아. 혹시 싫은 거야?"

"좋아요. 당신 닮은 아기, 너무 보고 싶어요."

그의 눈가가 젖어들더니, 금세 눈동자가 충혈됐다.

"아직도 안 믿겨."

"비뇨기과 가볼래요?"

"당신을 못 믿는다는 뜻이 아니야."

"알아요. 그냥…… 혹시나 싫어서 현실 부정하는 걸까 봐."

그는 아니란 말 대신 침묵했다. 그러더니 한참 뒤에야 휴대전화를 꺼냈다.

"처제가 뭐라고 했다고?"

"네?"

"꿈 말이야. 그때 꿨던 태몽. 돼지라고 했나?"

그가 부산스럽게 묻더니, 검색을 했다.

"이것 봐. 돼지 꿈꾸고 태어난 애는 재물운이 있대."

"그래요?"

먼저 검색을 했던 그녀는 알면서 모른 척 물었다.

"씩씩하고 또⋯⋯."

그가 신난 사람처럼 계속 검색을 했다. 다행이다. 그가 행복해서.

"처제한테 한턱내야겠다."

"그전에 우리 먼저 밥 좀 먹어요. 배고파요."

"배고파? 뭐, 뭐 먹고 싶대? 혹시 아가도 뭐 먹고 싶은 건가?"

아직 세포일 뿐인데, 그가 배에 대고 이것저것 묻고 있었다. 귀여워.

"이름은 뭘로 할까? 당신이랑 내 이름 하나씩 따서 지을까?"

내내 어른인 것만 같았던 그가 처음으로 바보가 되는 순간이었다. 그래도 좋아.

'자식 바보'가 될 그를 바라보며 그녀가 미소를 지었다.

"아이 없어도 괜찮은 것 같더니."

"어, 난 당신으로 충분해."

아무렇지도 않게 거짓말을 하는 그를 보며 그녀가 쿡 웃었다. 그가 그녀의 뺨을 매만졌다.

"당신, 정말 좋은 거 맞지?"

아이를 낳지 않는 부모가 최고의 부모라고 했었다. 그 때문에 그를 좋아하게 됐다고도 했었다. 그가 불안할 만했다.

"사랑해요."

그녀가 그의 손을 잡고 두 눈을 마주했다.

"그 어떤 순간에도."

아이가 있든 없든, 두 사람이 어떤 상황이라도.

그가 말없이 그녀를 안았다.

"당신이 본 적 없는 가정을 만들어줄게."

최고로 행복한.

사랑한다는 말보다 더 행복한 말도 있구나.

가족 때문에 늘 힘들었던 그녀에게는 무엇보다 행복한 약속이었다. 그녀는 그 약속을 믿었다. 그는 그런 남자니까.

"이제 밥이나 한 끼 할까?"

그의 말에 그녀가 얼른 고개를 끄덕였다. 그와의 식사는 언제나 좋은 일을 가져왔다.

두 사람이 손을 잡고 식당으로 향했다. 너무나 잘 어울리는 다정한 부부의 모습이었다.